ARNO STROBEL

MÖRDER FINDER

STIMME DER ANGST

Thriller

FISCHER

Der S. Fischer Verlag hat sich zu einer nachhaltigen Buchproduktion verpflichtet. Gemeinsam mit unseren Partnern und Lieferanten setzen wir uns für eine klimaneutrale Buchproduktion ein, die den Erwerb von Klimazertifikaten zur Kompensation des CO_2-Ausstoßes einschließt. Weitere Informationen finden Sie unter *www.klimaneutralerverlag.de*

Bei Erfahrungen mit Gewalt oder Missbrauch können manche Passagen in diesem Buch triggernd wirken. Wenn es Ihnen damit nicht gut geht, finden Sie hier Hilfe: www.hilfetelefon.de oder www.weisser-ring.de.

FSC www.fsc.org MIX Papier | Fördert gute Waldnutzung FSC® C083411

Originalausgabe
Erschienen bei FISCHER Taschenbuch
Frankfurt am Main, März 2024

Dieses Werk wurde vermittelt durch die
Literarische Agentur Thomas Schlück GmbH, 30161 Hannover.

Redaktion: Ilse Wagner

Satz: Dörlemann Satz, Lemförde
Druck und Bindung: CPI books GmbH, Leck
ISBN 978-3-596-70921-2

Die Vergangenheit vergeht nicht,
sie ist immer gegenwärtig.

Werner Hilko Janssen

PROLOG

Der Anruf kam am Dienstagmorgen um kurz nach zehn. Max saß in seiner Wohnung am Esstisch und korrigierte Klausuren. Als er den Namen seines ehemaligen Dozenten und Mentors auf dem Display las, nahm er das Gespräch erfreut an. »Professor Bormann, wie schön, wieder von Ihnen zu hören. Es ist ja eine Ewigkeit her, dass …«

»Nein, hier spricht Marianne Bormann, Herr Bischoff.«

»Frau Bormann«, sagte Max deutlich leiser. Er kannte die Frau des Professors von den Besuchen bei ihnen zu Hause, es war jedoch noch nie vorgekommen, dass sie ihn anrief. Ein flaues Gefühl breitete sich in seiner Magengegend aus. »Ist alles in Ordnung?«

»Nein, das kann man wirklich nicht sagen.« In ihrer Stimme schwang etwas mit, das Max nichts Gutes ahnen ließ.

»Ich rufe Sie an, um Ihnen zu sagen, dass mein Mann in der vergangenen Nacht verstorben ist. Ich weiß, dass er Ihnen viel bedeutet hat.«

Da waren sie, die Worte, die Max nicht hatte hören wollen.

»Mein herzliches Beileid.« Er merkte, wie brüchig seine Stimme klang, und fühlte sich schrecklich hilflos, weil er nicht wusste, was er sagen sollte. »Wie …« Er räusperte sich. »Ich meine, er war noch recht jung, wie ist er …«

Sekunden verstrichen, bis Marianne Bormann mit sanfter Stimme sagte: »So, wie er es sich immer gewünscht hat. Im Schlaf. Er ist heute Morgen einfach nicht mehr aufgewacht.«

Gott sei Dank, dachte Max, um sich gleich darauf zu fragen, wie er auf die absurde Idee kam, beim Tod eines geschätzten und aktiven Menschen wie Professor Bormann Dankbarkeit zu verspüren. Die Antwort darauf war einfach: weil ein Herzinfarkt im Schlaf nach Max' Auffassung eine der angenehmsten Arten des Sterbens war. Auch mit gerade mal Mitte sechzig.

»Vor nicht allzu langer Zeit hat er nach einem Arzttermin damit begonnen, seine Angelegenheiten zu regeln. Er hat wohl geahnt, dass es jederzeit passieren kann. Ich weiß noch nicht, wann die Beerdigung sein wird, aber ich werde Sie gern informieren, wenn Sie das möchten.«

»Ja, bitte. Kann ich etwas für Sie tun? Brauchen Sie Hilfe in irgendeiner Form?«

»Nein, danke. Das ist sehr nett von Ihnen, aber ich denke, ich komme klar. Wie ich schon sagte, mein Mann hat für diesen Fall alles sehr gut geregelt. Ich melde mich wieder bei Ihnen.«

Max legte das Telefon zur Seite und gab sich dem Gefühl der Leere hin, die entsteht, wenn ein geschätzter Mensch plötzlich nicht mehr lebt. Leere und Trauer. Er senkte den Kopf und schloss die Augen, und sofort kamen die Erinnerungen. An Bormanns Vorlesungen, denen Max stets mit brennendem Interesse gelauscht hatte. An gemeinsame Gespräche bei einem Glas Wein, als Max schon im aktiven Dienst der Kripo gewesen war und sich Rat zu aktuellen Fällen von dem erfahrenen Fallanalytiker Bormann geholt hatte. An seinen feinen Humor und diese spezielle Art, ihm, wenn sie über einen Fall redeten, Fragen zu stellen, die meist dazu führten, dass Max selbst auf Lösungsansätze kam, die er zuvor nicht gesehen hatte.

Und nun war Bormann gestorben.

Irgendwann gab Max sich einen Ruck und griff wieder nach dem Telefon. Er musste mit jemandem reden. Mit dem Menschen, der ihn wie kein anderer kannte und der wusste, welchen Stellenwert Professor Bormann in seinem Leben gehabt hatte.

»Professor Bormann ist tot«, begann er ohne Umschweife, nachdem seine Schwester Kirsten das Gespräch angenommen hatte.

»Wie geht es dir?«, kam ebenso schnörkellos ihre logische erste Frage.

1

Es war kalt. Zu kalt für die Jahreszeit, obwohl drei bis vier Grad Anfang März gar nicht so ungewöhnlich waren.

Max schlug den Kragen seines Mantels hoch, um sich vor dem unangenehmen Wind zu schützen.

Er stand nur zwei Meter hinter Professor Bormanns Witwe und betrachtete den Hügel frisch aufgeworfener Erde neben dem gähnenden Loch, in das der Sarg mit seinem Mentor hinabgelassen worden war. Ein kalter Körper, der nichts mehr mit dem zu tun hatte, was den Menschen Bormann ausgemacht hatte. Bedeckt mit der ebenso kalten Erde, dem endgültigen Verfall preisgegeben.

Während der Priester von der Liebe Gottes predigte, löste Max den Blick vom Grab und sah sich um. Gut einhundert Menschen waren gekommen, um dem Professor die letzte Ehre zu erweisen. Sie standen rund um das Grab und lauschten den Worten des Geistlichen, verstärkt durch ein Mikrophon, so dass man sie auch in den hinteren Reihen verstehen konnte.

Max kannte kaum einen der Anwesenden, und ihm fiel auf, dass er zwar den Kontakt zu seinem ehemaligen Dozenten aufrechterhalten hatte, ihm aber so gut wie nichts über sein Umfeld bekannt war und er keinen seiner

Freunde je getroffen hatte. Er wusste lediglich von Bormanns Weg vom Psychologiestudium über seine langjährige Tätigkeit für die Kripo bis hin zum Lehrstuhl an der Kölner Hochschule. Der Professor war ein Einzelkind gewesen und hatte seinen Vater früh verloren.

Max' Blick blieb an einer Frau hängen, ihm gegenüber etwa zwanzig Meter entfernt, die ihn unverwandt ansah. Plötzlich hatte er das Gefühl, der Boden unter ihm beginne zu schwanken.

Dieses Gesicht, die dunklen, langen Haare … Bilder blitzten vor ihm auf, Szenen, Momente, und die Gefühle, die damit einhergingen, waren so tief, so schmerzhaft … Max wandte den Kopf ab, blickte angestrengt in eine andere Richtung und versuchte einzuordnen, was gerade geschah. Er hoffte, dass er einer Täuschung erlegen war, dass sein Verstand ihm einen Streich spielte. Ausgelöst vielleicht durch den Tod seines Mentors, mit dem er sich vor ein paar Jahren intensiv über diese Frau unterhalten hatte, in die er sich am Anfang seiner Karriere beim KK11 verliebt hatte und die ihm nach kurzer Zeit brutal wieder genommen worden war. Deren Ebenbild ihm – falls ihm sein Kopf nicht gerade etwas vorgaukelte – rund fünf Jahre nach ihrem Tod gegenüberstand.

Gegen seinen Willen sah er sie wieder an, betrachtete sie genauer. Das ebenmäßige Gesicht war dezent geschminkt, die dunklen Haare fielen ihr glatt auf die Schultern. Genau so, wie Jenny sie getragen hatte.

Einer der Männer neben ihr machte einen kleinen Schritt zur Seite, und Max konnte sehen, dass sie eine schwarze Jeans trug, die ihre sportliche Figur betonte. Sie mochte Anfang bis Mitte dreißig sein, so alt, wie Jenny wäre, wenn sie noch leben würde. Die Ähnlichkeit war frappierend.

Während Max die Frau betrachtete, sah auch sie ihn unablässig an, jedoch weder auf eine provokante noch auf eine abweisende Art. Eher neugierig, fragend.

Erneut wandte Max sich ab und senkte den Kopf, und plötzlich brach sein innerer Widerstand in sich zusammen, und Bilder der Erinnerung fluteten seinen Verstand, die nichts mit dem verstorbenen Professor zu tun hatten, sondern mit *ihr*. Diese Bilder waren von grausamer Klarheit und Präzision. Er sah sich wieder in den Kellerraum kommen, sah Jenny dort sitzen …

Er betrachtet ihren Körper, der eine einzige blutige Wunde ist, und weiß nicht, wo er sie anfassen soll. Sein Blick fällt auf den Arm, in dem eine Kanüle steckt, die in einen Kanister hängt. Jennys Blut fließt aus ihr heraus in den Behälter. Mit einem beherzten Griff zieht Max sie ihr aus dem Arm, presst den Daumen auf die Wunde und drückt so fest zu, dass der Blutstrom versiegt.

Hinter sich hört er Geräusche, dann seinen Namen. Böhmer.

»Einen Arzt, schnell«, stößt Max hervor. Seine Stimme klingt unnatürlich fremd. Keine Sekunde wendet er sich dabei von Jenny ab. Sie lebt noch, das weiß er. Ihr Herz hat schließlich gerade noch das Blut aus ihrem Körper gepumpt. »Jenny«, flüstert er, »bitte, bleib bei mir. Bitte.« Wieder wandert sein Blick über ihren Körper. Er muss sie befreien. Sofort. Mit zittrigen Fingern löst er die Riemen, durch die ihre Beine gespreizt

werden. Er zwingt sich dazu, das verstümmelte Fleisch zwischen ihren Oberschenkeln nicht anzusehen. Er weint, flucht, während seine Finger immer wieder von den Knoten abrutschen. Schließlich hat er es geschafft, kann den schlaffen Körper gerade noch auffangen, als er nach vorn kippt. Vorsichtig hebt er sie hoch und legt sie auf der Pritsche ab. Nichts an ihr deutet darauf hin, dass sie noch lebt.

Irgendwann zieht jemand ihn am Arm. Es ist ein Sanitäter, der ihn verständnisvoll ansieht. Eine Ärztin beugt sich über Jenny.

Er lässt es geschehen, dass man ihn ein Stück zur Seite schiebt. Zwei Sanitäter sind damit beschäftigt, Jennys Arm abzubinden, ein dritter kommt gerade in den Raum, mehrere dunkle Plastikbeutel mit Schläuchen in den Händen. Blutkonserven. Der Nebel um ihn herum lichtet sich einfach nicht. Max lehnt an der Wand wie ein Gegenstand, den man dort abgestellt hat, und beobachtet die Ärztin, Jennys Blut auf ihrer weißen Hose. Mittlerweile sind noch weitere Leute in den Raum gekommen. Wahrscheinlich Kollegen. Entweder sie sprechen nicht, oder er hört nicht, was sie sagen. Es ist ihm egal. Sein Fokus liegt auf Jenny, wie ein Scheinwerfer, der, auf eine bestimmte Stelle gerichtet, alles andere in tiefer Dunkelheit versinken lässt.

Irgendwann richtet die Ärztin sich auf. Langsam. Viel zu langsam. Und auch die Sanitäter lassen von Jenny ab. Max drückt sich von der Wand ab. »Warum … hören Sie auf?«, hört er sich sagen. »Geht es ihr besser?«

Der Blick der Ärztin. Max kennt ihn, aber sein Verstand wehrt sich vehement dagegen zu akzeptieren, was er ausdrückt. Nein. NEIN!

»Nun sagen Sie schon, wie steht es um sie? Sie schafft es, oder?«

Die Frau antwortet nicht. Sie sieht ihn nur mitfühlend an, während die Sanitäter bereits damit beginnen, ihr Material zusammenzuräumen.

Niemand kümmert sich um Jenny. Sie liegt nackt auf der schmutzigen Pritsche, allein, unbeachtet. Und noch während er nach einer Möglichkeit sucht zu verstehen, was gerade geschehen ist, spricht die Ärztin das Unfassbare, das Undenkbare aus.

»Tut mir leid.«[1]

Um Max herum entstand Bewegung, die ihn zurück in die Gegenwart holte. Der Priester hatte sich abgewandt und verließ, gefolgt von vier Messdienern in schwarz-weißen Gewändern, das Grab.

Einige der Trauernden machten sich ebenfalls auf den Weg, die meisten jedoch kondolierten Marianne Bormann, der Witwe.

Auch sie. Die Frau, die Jenny so sehr glich, war nur noch wenige Meter von Marianne Bormann entfernt, und während sie sich langsam näherte, waren ihre Augen unentwegt auf Max gerichtet. In ihrem Blick lag die gleiche Verletzlichkeit, wie er sie manchmal bei Jenny gesehen hatte.

Max beobachtete, wie sie Marianne Bormann die Hand gab und ein paar Worte zu ihr sprach, die er nicht verstehen konnte. Als sie sich abwandte und ging, folgte er ihr.

---

1 siehe *Im Kopf des Mörders – Tiefe Narbe*, Fischer Taschenbuch Verlag, 2017

Nach zwanzig Metern hatte er zu ihr aufgeschlossen und sagte: »Entschuldigen Sie bitte.«

Sie blieb stehen und sah Max wenig überrascht an, als hätte sie damit gerechnet, von ihm angesprochen zu werden. »Ja?«

»Bitte fassen Sie es nicht falsch auf, dass ich Sie einfach anspreche, dazu noch bei einer Beerdigung, aber … kennen wir uns?«

Bevor sie antwortete, sah sie Max in die Augen und schien über seine Frage nachzudenken. Dann schüttelte sie mit einer langsamen Bewegung den Kopf. »Nein, ich glaube nicht.« Ihre Stimme klang sanft und auf eine Weise traurig, die Max berührte.

»Sie sehen jemandem sehr ähnlich. Einer Frau, die ich mal sehr gut gekannt habe.«

Sie neigte den Kopf ein wenig zur Seite. »Seltsam, mir ging es mit Ihnen ganz genauso. Ich hatte auch das Gefühl, Sie zu kennen.«

»Vielleicht sind wir uns ja tatsächlich schon mal begegnet?«

»Ich weiß es nicht, aber wenn es so ist, kann ich mich nicht daran erinnern, wo das gewesen sein könnte. Sie sagten, Sie haben diese Frau sehr gut gekannt. Das klingt, als hätten Sie sie geliebt.«

»Ja, das habe ich.« Max' Mund fühlte sich plötzlich trocken an.

»Was ist passiert?«

»Sie ist tot.«

»Das tut mir sehr leid.«

»Sie hieß Jenny«, sagte Max spontan. »Jennifer Sommer. Sagt Ihnen der Name etwas?«

Was immer er sich als Reaktion erhofft hatte, trat nicht ein. Da war kein Aufblitzen des Erkennens in ihren Augen, als sie den Namen hörte, und auch kein Anzeichen dafür, dass sie darüber nachdachte.

Stattdessen reichte sie Max die Hand und sagte: »Nein. Mein Name ist Dominique. Dominique Klauber.«

»Max Bischoff«, entgegnete Max. Ihre Hand fühlte sich zart und verletzlich an. »Nochmals: Sorry, dass ich sie so plump angesprochen habe, aber …«

»Wie lange ist das her?«

»Was?«, fragte Max irritiert.

»Dass die Frau, die Sie geliebt haben, gestorben ist.«

»Etwa fünf Jahre.«

»Wie ist sie gestorben?«

Als Max zögerte, sagte sie: »Es tut mir leid, das geht mich nichts an. Sie müssen darauf nicht antworten.«

»Sie ist ermordet worden.«

»Das ist ja schrecklich.« Sie legte Max sanft eine Hand auf den Oberarm, zog sie aber sofort wieder zurück. »Entschuldigen Sie.«

»Wofür?« Max sah sich um. Etwas in ihm wollte nicht, dass diese Begegnung schon vorbei sein sollte. Es war fast, als hätte er noch einmal die Chance, in Jennys Nähe zu sein.

»Es ist wahrscheinlich völlig unpassend, aber … würden Sie eine Tasse Kaffee mit mir trinken? Ich lade Sie ein.«

Sie sah ihn unverwandt an, und wieder meinte Max, Neugier in ihrem Blick zu erkennen. »Ja, gerne«, entgegnete sie dann, und sie setzten ihren Weg über den festgetretenen Schotterweg fort. Max überlegte, worüber er sich mit ihr unterhalten sollte. Nicht, dass ihm nichts eingefallen wäre. Ganz im Gegenteil, alle mühsam weggeschlossenen Gefühle und Erinnerungen an Jenny fluteten seine Gedanken, und obwohl er wusste, dass diese Frau neben ihm nichts mit Jenny zu tun, sie nicht einmal gekannt hatte, drängte alles in ihm danach, mit ihr über Jennifer Sommer zu reden. Er tat es nicht.

Dominique hingegen fragte: »Erzählen Sie mir von ihr?«, als sie auf den Ausgang des Friedhofs zugingen.

»Das ist nicht so einfach. Ich habe damals lange gebraucht, bis ich damit klargekommen bin, dass Jenny nicht mehr …«

»Ja, das kann ich verstehen.«

»Warum waren Sie auf der Beerdigung von Professor Bormann?«, erkundigte sich Max in dem Versuch, das Thema zu wechseln. »Woher kannten Sie ihn?«

Sie zuckte mit den Schultern. »Eigentlich gar nicht. Mein Vater hat ihn gekannt, und da er im letzten Jahr gestorben ist, dachte ich, ich gehe an seiner Stelle zu der Beerdigung.«

Sie hatten den Ausgang erreicht, als Dominique stehen blieb und Max ansah. »Sie sagten, ich sehe fast genauso aus wie Jenny. Können Sie verstehen, dass ich gern etwas über sie erfahren würde?«

»Ich kenne ein Café in der Nähe.« Max deutete mit einer Kopfbewegung nach vorn. »Gehen wir. Und ja, ich denke, ich verstehe das.«

2

Max war schon öfter an dem Café vorbeigefahren, aber noch nie hineingegangen. Es war nicht sehr groß, Max zählte sechs Tische, von denen zwei besetzt waren, als sie eintraten. Die Einrichtung schien wahllos zusammengewürfelt, was sich auf den zweiten Blick aber als bewusst gewähltes Konzept herausstellte, weil sich verschiedene Elemente mehrfach wiederfanden. Die nicht abgeschliffenen Lackreste auf dem Holz einer kleinen Vitrine tauchten ebenfalls auf einem hüfthohen Regal neben dem Fenster auf. Das Senfgelb des Retro-Sessels an einem der Tische war das gleiche wie das des Lampenschirms über dem Tisch daneben. Alles in allem wirkte der Raum gemütlich.

Sie hatten Glück, ein schöner Platz direkt am Fenster war noch frei.

Nachdem sie einander gegenüber Platz genommen hatten, betrachtete Max Dominiques ebenmäßiges Gesicht und versuchte, das Gefühlschaos in seinem Inneren zu ordnen.

Sie bemerkte es und lächelte verlegen. »Ist die Ähnlichkeit so groß?«

»Es gibt schon Unterschiede, aber ja, Sie gleichen ihr tatsächlich sehr. Wie eine Schwester.«

Dominique hob mit der Andeutung eines Lächelns, das seltsam traurig wirkte, die Hände. »Ich bin Einzelkind.«

Max bestellte einen Cappuccino, Dominique schloss sich an. Als der junge Mann, der ihre Wünsche aufgenommen hatte, wieder gegangen war, sagte Max: »Sie erwähnten auf dem Friedhof, ich komme Ihnen ebenfalls bekannt vor.«

Dominique nickte, ohne darüber nachzudenken. »Ja, das ist richtig.« Sie machte eine Pause, bevor sie weitersprach. »Es gab vor einiger Zeit jemanden, den ich sehr mochte. An ihn haben Sie mich erinnert. Wahrscheinlich ging es mir da ähnlich wie Ihnen mit mir und Jenny. Nur dass Sie diesem Mann nicht so sehr gleichen. Er war einfach ein ähnlicher Typ Mann wie Sie.«

»Verstehe«, sagte Max, obwohl er nicht alles verstand. »Ein Freund.«

»Ja, ich denke, man kann sagen, er war ein Freund.«

Der junge Mann brachte die Getränke und stellte sie mit einem freundlichen Lächeln vor ihnen ab.

»Sie sprechen von ihm in der Vergangenheit. Ist er kein Freund mehr?«

»Nein, er … er hat nicht in mein Leben gepasst.« Sie nahm einen Schluck und stellte die Tasse wieder ab. »Und Sie? Konnten Sie sich nach Jenny wieder verlieben?«

Max versuchte noch, Dominiques Erklärung zu verstehen, und sah sie angesichts des abrupten Themenwechsels überrascht an. Seit Jennys Tod hatte es ihm widerstrebt, mit Fremden über sie zu sprechen, aber die Ähnlichkeit zwischen ihr und Dominique Klauber führte dazu, dass diese Frau ihm ein geradezu irrationales Gefühl von Vertrautheit vermittelte.

»Es ist … schwierig«, wich er aus. Dabei dachte er an Jana Brosius, die einst seine Studentin war, dann mit ihm gemeinsam einen Fall an der Mosel gelöst hatte und mittlerweile … ja, was war sie mittlerweile? Eine Freundin?

Dominique nickte. »Verstehe.« Sie fixierte einen Punkt auf dem Tisch, als sie leise hinzufügte: »Alles, was mit Beziehungen zusammenhängt, scheint schwierig zu sein.«

Max verdrängte die Gedanken an Jana. »So wie mit dem Freund, der keiner mehr ist?«

»Ja«, sagte Dominique und wandte den Kopf ab. Max entdeckte einen blauen Fleck hinter ihrem Ohr, der sich bis zum Nacken hinunterzog. Sie bemerkte seinen Blick und drehte ihm das Gesicht mit einer schnellen Bewegung wieder zu. Gleichzeitig strich sie wie zufällig die Haare über die Stelle, als fühle sie sich ertappt.

»Ich denke, es wird Zeit für mich zu gehen.« Mit einer fast hektischen Bewegung schob sie ihren Stuhl zurück.

»Ist alles in Ordnung?«, fragte Max.

»Ja, ich … ich muss nur einfach nach Hause.« Es klang abweisend, und Max spürte, dass etwas ganz und gar nicht stimmte.

Sie stand auf und zog ihren Mantel an, den sie auf einem der freien Stühle abgelegt hatte.

»Hatten Sie einen Unfall?«, fragte Max unvermittelt und erhob sich ebenfalls.

»Was? Nein, wie kommen Sie denn darauf?«, antwortete sie nervös und machte den Eindruck, als könne sie plötzlich gar nicht schnell genug von Max wegkommen.

»Wegen des blauen Flecks.«

»Was?«, wiederholte sie.

»Hinter Ihrem Ohr.«

»Ach das … das ist nichts. Ich habe mich nur gestoßen. Ich hatte es schon völlig vergessen. Jetzt muss ich aber wirklich los.«

»Wartet jemand auf Sie?«

»Ja.«

Max nickte und betrachtete noch einmal dieses fremde und doch auf eine fatale Art vertraute Gesicht, in dem er jetzt nicht mehr nur Nervosität, sondern auch eine Spur von Angst zu erkennen glaubte.

Mit einem Griff in die Innentasche seines Sakkos zog er eine seiner Visitenkarten der Uni hervor und reichte sie ihr.

»Falls Sie mal Hilfe brauchen oder mit jemandem reden möchten.«

Dominique sah die Karte in seiner ausgestreckten Hand an, als wisse sie nicht, um was es sich dabei handele.

Schließlich gab sie sich einen Ruck und griff danach. »Danke«, hauchte sie, wandte sich ab und verließ das Café, ohne sich noch einmal umzudrehen.

Max setzte sich wieder und sah Dominique durch das Fenster nach, bis sie aus seinem Blickfeld verschwunden war. Als der Kellner an seinem Tisch vorbeikam, bat er um die Rechnung und versuchte dann herauszufinden, was er bei dem Gedanken an Jenny empfand. Liebte er sie noch immer? So viele Jahre nachdem sie gestorben war? Ja, er liebte sie noch, aber auf eine Weise, wie man nur jemanden lieben kann, der nicht mehr lebte.

Erneut wanderten seine Gedanken zu Jana Brosius, doch bevor er sich selbst die nächste Frage stellen konnte, stand der Kellner mit geöffneter Geldbörse neben ihm und lächelte ihn an.

Kurz darauf verließ Max das Café und ging zurück zum Friedhof, auf dessen Parkplatz er seinen Wagen abgestellt hatte.

Minuten später bog er auf die Straße ein und musste nicht lange darüber nachdenken, wohin er fahren würde. Aufgewühlt, wie er war, gab es nur einen Menschen, mit dem er in diesem Moment reden wollte. Seine Schwester Kirsten.

Als er auf den Klingelknopf neben ihrer Wohnungstür drückte, wartete er jedoch vergebens darauf, dass die Tür geöffnet wurde. Nachdem er es ein zweites Mal erfolglos versucht hatte, zog er sein Handy hervor und wählte ihre Nummer. Das hätte er schon tun sollen, bevor er losgefahren war, hatte aber vor lauter Gefühlschaos nicht daran gedacht.

Zwar besaß er einen Schlüssel zu ihrer Wohnung, allerdings nur für Notfälle. Ein solcher lag jedoch nicht vor, wie Max Sekunden später feststellen konnte, als Kirsten das Gespräch mit einem fröhlich klingenden »Hallo, Bruderherz« annahm.

»Hallo. Wo bist du denn? Ich stehe vor deiner Tür.«

»Max, bitte … ich arbeite heute, das solltest du wissen.«

Sie hatte recht, das wusste er. Eigentlich. Montag, Mittwoch und Donnerstag arbeitete Kirsten jeweils bis sechzehn Uhr in der Stadtverwaltung, und es war Donnerstag.

»Stimmt. Ich bin wohl etwas durcheinander.«

»Die Beerdigung. War es schlimm?«

»Seine Frau hat sich unglaublich tapfer geschlagen. Sie hatte sogar tröstende Worte für manche Leute, die ihr kondoliert haben.«

»Max … war es für dich schlimm?«

»Es ging. Ich hatte ja ein paar Tage Zeit, mich darauf vorzubereiten.« Er dachte darüber nach, ob er Kirsten am Telefon von der Begegnung mit Dominique erzählen sollte, sagte jedoch stattdessen: »Ich komme am frühen Abend zu dir, dann können wir bei einem Glas Wein in Ruhe darüber reden, okay?«

»Geht es dir sehr schlecht wegen Professor Bormann?«

»Sehr schlecht? Nein, das kann man so nicht sagen. Ich habe ihn einfach sehr geschätzt.«

»Du weißt, dass ich mich immer freue, wenn du mich besuchst. Heute Abend kommt eine Kollegin zu mir, deswegen wird das vielleicht nicht der Rahmen sein, um über Professor Bormann zu reden, aber du kannst trotzdem gern dazustoßen, wenn du möchtest. Sie wird sicher nichts dagegen haben.«

»Nein, nein, dann komme ich lieber morgen zum Frühstück vorbei, wenn dir das recht ist.«

»Ja, prima, gute Idee.«

»Um neun? Ich bringe Brötchen mit.«

»Ja, ich freue mich. Bis morgen.«

»Bis dann.«

Max steckte das Handy weg und machte sich auf den Weg zurück zum Auto. Da Kirstens Wohnung sich ebenso wie seine in Unterbilk befand, warf er nur zehn Minuten später den Schlüsselbund in die Schale auf der Kommode seiner kleinen Diele und ging ins Badezimmer.

Nachdem er sich mit beiden Händen kaltes Wasser ins Gesicht gespritzt hatte, sah er in den Spiegel und fuhr sich über die kurzen, dunkelblonden Haare. Dann stützte er die Hände auf dem Waschbeckenrand ab und blickte sich selbst in die blauen Augen. »Was zum Teufel passiert hier gerade?«, murmelte er, bevor er sich abwandte und ins Wohnzimmer ging. Dort legte er sich auf die Couch.

Dominique Klauber ... Abgesehen von der Tatsache, dass sie Jenny nicht nur unglaublich glich, sondern auch einen ganz ähnlichen Stil bezüglich Kleidung und Make-up, ja sogar bei ihrer Frisur hatte, schien es Max, dass da etwas war, das sie sehr belastete, ihr vielleicht sogar Angst machte. Max schloss die Augen. Dieser blaue Fleck hinter ihrem Ohr, die schüchterne Art, mit der sie redete und auf Fragen antwortete. Die Traurigkeit, die sogar mitschwang, wenn sie lächelte ... All das ließ ihn vermuten, dass etwas in ihrem Leben nicht stimmte.

Dass diese Frau ihm bei der Beerdigung seines Mentors gegenübergestanden und ihn unentwegt angesehen hatte, war entweder kein Zufall gewesen, oder aber das Schicksal spielte ein sehr sonderbares Spiel mit ihm.

Max öffnete die Augen und richtete sich wieder auf. Er musste sich ablenken, sonst würden seine Gedanken sich für den Rest des Tages um Dominique Klauber drehen. Und um Jenny.

Er setzte sich ans Kopfende des Esstischs und korrigierte weiter die Klausuren, die seine Studentinnen und Studenten einen Tag vor Bormanns Tod geschrieben hatten.

Gegen sieben Uhr, es war schon seit einiger Zeit dunkel draußen, stand er auf und ging in die Küche, wo er sich ein Lachsfilet im Honigmantel mit Feldsalat zubereitete. Nachdem er eine halbe Stunde später das Geschirr in die Spülmaschine geräumt hatte, verließ er die Küche und blieb hinter dem Eingang zum Wohnzimmer stehen. Sein Blick ruhte auf dem niedrigen Phonoschrank, auf dem sein Plattenspieler stand. Er liebte den klaren Klang von Schallplatten und hatte sich im Laufe der Zeit nicht nur eine sündhaft teure Anlage, sondern auch eine beachtliche Sammlung an Vinylalben zugelegt.

Er machte ein paar Schritte darauf zu, sank vor den LPs in die Hocke und ließ den Blick über die dünnen Rücken der Plattencover wandern, bis er gefunden hatte, was er suchte.

Permanent Vacation von Aerosmith. Einen bestimmten Song darauf hatte er oft mit Jenny gehört.

Vorsichtig zog er die schwarze Scheibe aus der Hülle, legte sie auf den Plattenteller, hob den Tonarm ab und zählte die Songs von außen nach innen. Auf der schmalen Leerspur vor dem neunten Song setzte er die Nadel ab und ging zurück zur Couch. Bei den ersten Takten zu *Angel* schloss er die Augen und sang den Text leise mit.

Dann gingen seine Gedanken auf Wanderschaft.

3

Es war drei Minuten vor neun am Morgen, als Max an der Tür von Kirstens Wohnung klingelte. Eine Dreiviertelstunde später saßen sie bereits bei der dritten Tasse Kaffee. Kirsten hatte ihre Hand auf die ihres Bruders gelegt und sah ihn lächelnd an. »Es ist völlig normal, dass deine Gedanken sich nach dieser Begegnung wieder um Jenny drehen. Du hast sie sehr geliebt.«

Max nickte. »Ja, das stimmt. Aber ich glaube, was mir gerade mehr zu schaffen macht, ist diese fast schon unheimliche Ähnlichkeit zwischen Dominique und Jenny.«

»Du nennst diese fremde Frau beim Vornamen, wenn du an sie denkst? Das wirkt für eure kurze Begegnung sehr vertraut.«

Max nickte. »Ja eben. Es fühlt sich tatsächlich vertraut an, wenn ich an sie denke. Das liegt wohl daran, dass sie so viel mit Jenny gemein hat, und damit meine ich nicht nur ihr Aussehen. Auch die Art, wie sie sich bewegt, wie sie spricht … es ist einfach unheimlich.«

»Ist es das tatsächlich, oder kann es eher sein, dass du diese Ähnlichkeiten sehen *willst*?«

Max sah seiner Schwester in die Augen und zuckte mit den Schultern. »Ich weiß es nicht.«

»Du sagtest, sie hat dich während der Beerdigung die ganze Zeit über angeschaut. Hältst du es für möglich, dass eure Begegnung kein Zufall war?«

Max lehnte sich zurück. »Darüber habe ich auch schon nachgedacht. Natürlich ist das möglich. Aber warum? Ich kenne sie nicht. Was kann sie von mir wollen?«

»Du hast ihr deine Telefonnummer gegeben?«

»Ja. Weil es mir so vorkam, als könne sie vielleicht Hilfe brauchen.«

Kirsten neigte den Kopf zur Seite und sah ihn schweigend an.

»Tja, aber das erklärt trotzdem nicht ihre Ähnlichkeit mit Jenny.«

»Was ist mit Jana?« Die Frage kam so unvermittelt, dass Max seine Schwester überrascht ansah.

»Was meinst du?«

»Du hast in den letzten Wochen recht viel Zeit mit ihr verbracht.«

»Ja, wir haben an der Mosel eng zusammengearbeitet und dabei festgestellt, dass wir uns sympathisch sind.«

Kirstens rechte Braue wanderte nach oben. »Sympathisch.«

»Ja.«

»Gut, nennen wir es so. Ändert die Begegnung mit dieser Frau und das, was sie in dir ausgelöst hat, etwas daran?«

»Nein, natürlich nicht, warum sollte …« Max stockte und schüttelte den Kopf. »Jenny hat mir sehr viel bedeutet, doch das ist über fünf Jahre her. Ich werde sie nie vergessen, und die Gedanken an sie sind schmerzlich, weil ihr

Tod so schrecklich gewesen ist. Aber ich habe mittlerweile genügend Abstand, dass Platz für etwas Neues ist. Das soll nicht heißen, dass Jana und ich … ich meine, dass da zwischen uns …«

Kirsten lachte auf und legte erneut die Hand auf seine. »Schon gut, ich verstehe, was du meinst.«

Auch Max verzog den Mund zu einem Lächeln. »Ja, ich weiß, dass du das tust. Du verstehst immer, was ich meine.«

Eine halbe Stunde später verließ Max die Wohnung seiner Schwester und machte sich zu Fuß auf den Weg zurück nach Hause. Er hatte vor, die restlichen Klausuren zu korrigieren und dann – wie jeden Dienstag und Freitag – gegen sechzehn Uhr eine Runde zu joggen. Diese Stunde, in der er ein Stück weit am Rhein entlanglief, war ihm schon so sehr zur Gewohnheit geworden, dass er sich unwohl fühlte, wenn er sie ausfallen lassen musste.

Er griff in seine Jackentasche, zog das Handy hervor und wählte Janas Nummer. Es dauerte eine Weile, bis sie das Gespräch annahm.

»Hey! Schön, von dir zu hören. Wie war die Beerdigung? Schlimm?«

»Außergewöhnlich. Hast du heute Abend schon etwas vor? Wenn nicht, könnten wir zusammen zum Italiener gehen, und ich erzähle dir davon.«

»Du hast Glück«, entgegnete sie, und Max hörte ihrer Stimme an, dass sie lächelte. »Gerade ist für heute Abend noch ein Termin frei geworden.«

Auch Max musste lächeln. »Das ist kein Glück, sondern

eine Fügung des Schicksals. Ich hole dich um halb acht ab, okay?«

Er steckte das Smartphone wieder ein. Er würde Jana von seiner Begegnung mit Dominique Klauber erzählen. Der Gedanke daran fühlte sich richtig an, zumal er ihr vor einiger Zeit auch von Jenny erzählt hatte.

Um kurz nach vier verließ Max in Joggingkleidung seine Wohnung und machte sich auf den Weg. Die kalte, klare Luft tat gut, und er atmete tief durch.

Zwanzig Minuten später führte sein Weg ihn zum Rheinufer, dem er ein Stück weit folgte. Kurz bevor er nach rechts in einen kleinen Park abbiegen wollte, wurde er langsamer. Ein Paar kam ihm entgegen, und beide starrten ihn an. Der Mann war etwa so groß wie Max, aber massiger und vielleicht etwas jünger. Die blonden Haare waren an den Seiten millimeterkurz rasiert, während das lange Deckhaar zu einem Dutt zusammengesteckt war. Max war sicher, ihn nicht zu kennen.

Die Frau hingegen erkannte er sofort. Er war ihr ja erst am Vortag begegnet.

Als sie nur noch wenige Meter voneinander entfernt waren, blieb Max stehen und sagte: »So ein Zufall.«

Sie lächelte unsicher. »Ja, das ist wirklich ein Zufall.«

Max nickte dem Mann zu. »Hallo. Ich bin Max Bischoff.«

Der Blick, mit dem er daraufhin gemustert wurde, war alles andere als freundlich. Statt sich selbst vorzustellen, fragte Dominiques Begleiter, an sie gerichtet: »Ist er das?«

»Es ist wirklich …«, setzte sie an, wurde aber von dem Mann unterbrochen, der zu Max sagte: »Wie ich hörte, haben Sie meine Freundin gestern auf einer Beerdigung angesprochen.«

Max' Blick wanderte zu Dominiques verängstigtem Gesichtsausdruck und wieder zurück zu ihrem Freund. »Wenn Sie das gehört haben, wird es wohl stimmen.«

»Es ist offensichtlich normal für Sie, fremde Frauen auf Beerdigungen zu belästigen.«

Max schüttelte den Kopf. »Hören Sie, ich weiß nicht, was Sie da hineininterpretieren, aber wir haben uns lediglich ein wenig unterhalten, weil Dominique einer Frau ähnlich sieht, die ich einmal sehr gut gekannt habe.«

Der Mann runzelte die Stirn. »Wie originell.«

»Noch mal, ich weiß nicht, was sie sich vorstellen, aber wir haben nur …«

Mit einem Schritt stand der Mann dicht vor Max. »Halten Sie sich von Dominique fern. Sie möchte nichts mit Ihnen zu tun haben.«

Max stieß ein ungläubiges Lachen aus. »Ist das Ihr Ernst?«

Er registrierte, dass die Augen seines Gegenübers sich kurz verengten, und spannte reflexartig die Muskeln an, als der Mann sagte: »Allerdings.«

Max machte einen Schritt zurück. Er wollte vermeiden, dass die Situation eskalierte, weil er befürchtete, dass Dominique es ausbaden müsste, wenn er es auf eine Konfrontation ankommen ließ. Deshalb hob er eine Hand und sagte mit ruhiger Stimme: »Um es noch mal klarzustellen:

Ich habe Ihre Freundin nicht belästigt, sondern mich lediglich mit ihr unterhalten, weil sie jemandem sehr ähnlich sieht. Das war alles.« Nach einem erneuten kurzen Blick zu Dominique fügte er hinzu: »Ich möchte ganz sicher nichts von ihr, okay?«

Eine Weile sahen sie sich in die Augen, als würden sie einen stummen Kampf austragen, dann wandte der Mann sich ab und nickte Dominique zu. »Gehen wir.«

Ohne Max noch einmal anzusehen, senkte sie den Kopf und lief an ihm vorbei.

»Auf Wiedersehen«, flüsterte Max, als die beiden schon einige Meter weit entfernt waren, und sein Gefühl sagte ihm, dass sie sich tatsächlich schon bald wiedersehen würden.

4

»Ich danke dir«, sagte Jana, eine ganze Weile nachdem Max seine Schilderung beendet hatte, und strich sich dabei eine Strähne ihrer langen, blonden Haare zurück. Sie saßen sich in Max' Lieblingsrestaurant gegenüber und hatten Gläser mit einem köstlichen Lugana vor sich stehen.

»Wofür?«

Jana senkte den Blick und betrachtete das Weinglas, während sie mit dem Zeigefinger auf dem Tisch einen Kreis außen herum malte. »Ich habe gerade darüber nachgedacht, wie ich es einordnen soll, dass du mir von dieser sehr persönlichen Begegnung erzählt hast.« Nun sah sie wieder zu ihm auf. »Und ich möchte dir dafür danken, dass du mir dieses Vertrauen schenkst.«

Max nickte. »Ich habe auch darüber nachgedacht, ob ich dir davon erzähle, aber es war mir schnell klar, dass du das wissen solltest.«

»Sagst du mir, warum das so schnell klar war?«

Max sah ihr in die Augen. »Weil du für mich mehr bist als nur eine ehemalige Studentin und Kollegin.«

Die Andeutung eines Lächelns umspielte ihre Mundwinkel. »Was meinst du damit?«

»Das würde ich gern ohne Erklärung so stehen lassen«, antwortete er, ebenfalls lächelnd.

»Und du denkst, mit den beiden stimmt etwas nicht?«, wechselte Jana das Thema.

Max zuckte mit den Schultern. »Vielleicht täusche ich mich, aber ich habe das Gefühl, dass sie Angst vor ihm hat.«

»Denkst du, er misshandelt sie?«

»Dieser blaue Fleck am Hals ... ich glaube nicht, dass sie sich gestoßen hat.«

»Und? Was hast du nun vor?«

»Nichts. Was soll ich machen?«

»So, wie ich dich kenne, lässt dir der Gedanke, der Kerl könne seiner Freundin weh tun, keine Ruhe. Ich weiß doch, wie sehr es dich aufregt, wenn unschuldige Menschen zu Opfern werden. Und dass sie dich an Jenny erinnert, kommt noch hinzu.«

Für einen kurzen Moment wollten Max' Gedanken wieder in die Vergangenheit wandern, doch er ließ es nicht zu.

»Trotzdem werde ich nichts tun können. Immerhin ist das alles nur eine Vermutung, und solange sie nicht bestätigt, dass er sie misshandelt ... Außerdem möchte ich mit dir nicht den ganzen Abend über andere reden.« Max griff nach seinem Glas. »Zum Wohl.«

Erneut erntete er von Jana ein Schmunzeln. »Sondern?«

»Na, zum Beispiel über dich. Wie läuft es auf der Dienststelle? Hat dir Frau Keskin mittlerweile verziehen, dass du mich nicht hasst?«

Eslem Keskin hatte einen Narren an Jana gefressen und

hatte sie ein Jahr zuvor mit Mitte zwanzig schon als Kommissarin auf Probe zum KK11 geholt. Offenbar hatte sie erwartet, Jana in Bezug auf Max beeinflussen zu können, was ihr aber nur kurz gelungen war.

Jana machte eine wegwerfende Handbewegung. »Ach, ich glaube nicht, dass sie dich wirklich hasst. Ich denke, sie hat sich da in eine Position verrannt, aus der sie nicht so einfach wieder rauskommt. Wenn ich das richtig sehe, war sie in Hauptkommissar Menkhoff verliebt und hat wohl gehofft, dass aus ihnen ein Paar wird. Sie weiß mittlerweile sicher selbst, dass es unfair ist, dir die Schuld an dem zu geben, was geschehen ist, aber sie hat Angst, vor den Kollegen ihr Gesicht zu verlieren, wenn sie das eingesteht.«

Max wiegte den Kopf hin und her. »Wenn du recht hast, versteht sie es wirklich ganz hervorragend, den Schein zu wahren. Nach jeder Begegnung mit ihr bin ich aufs Neue sicher, dass sie mich noch weniger ausstehen kann als beim vorhergehenden Treffen.«

Erneut betrachtete Jana ihren Finger, der wieder das Weinglas umkreiste.

»Und wenn ich dich bitte, es mir zu sagen?« Ihre Stimme war eine Nuance dunkler geworden.

»Was?«

»Was das heißt, dass ich mehr bin als nur deine ehemalige Studentin und Kollegin.«

Max sah Jana an und spürte eine Woge der Zuneigung in sich aufsteigen. Sanft legte er die Hand auf ihre und stoppte damit die kreisenden Bewegungen. Er wollte etwas sagen, als plötzlich wieder Bilder aus der Vergangenheit auftauchten. Aber dieses Mal war es nicht das Bild von Jennys geschundenem Körper, sondern das seiner Schwester Kirsten.

Max sah das abgetrennte Glied ihres kleinen Fingers, das dieser kranke Scheißkerl ihm per Post geschickt hatte. Er sah Kirstens Gesicht und die vor panischer Angst geweiteten Augen. Er glaubte zu hören, wie sie um ihr Leben flehte. Und all das wegen ihm.

Max blickte in Janas ebenmäßiges Gesicht und stellte sich vor, jemand würde auch ihr etwas antun, um ihn zu treffen.

Mit einer hastigen Bewegung zog er seine Hand zurück, woraufhin Jana ihn erschrocken ansah.

»Ich …« Er brauchte drei, vier Atemzüge, bis er weiterreden konnte. »Bitte entschuldige. Ich musste gerade an eine schlimme Zeit denken. Es geht um meine Schwester, Kirsten.«

»Du meinst ihre Entführung?«[2]

Max war überrascht. »Du weißt davon?«

Sie nickte ernst. »Ja, die Kollegen haben es mir vor kurzem erzählt. Das muss furchtbar für dich gewesen sein. Aber ich verstehe nicht …« Sie stockte einen Moment, dann nickte sie. »Doch, ich glaube, ich verstehe. Du hast Angst.«

»Ich weiß noch, wie das damals mit Kirsten war. Ich war kurz davor, durchzudrehen. Sie wäre fast gestorben, weil

---

2 siehe *Im Kopf des Mörders – Toter Schrei*, Fischer Taschenbuch Verlag, 2019

so ein Irrer sich an mir rächen wollte. Damals habe ich mir geschworen, niemanden mehr dieser Gefahr auszusetzen.«

»Indem du niemanden mehr an dich heranlässt?«

»Verstehst du das denn nicht? Jeder, der mir nahesteht, ist gefährdet, weil die Irren da draußen wissen, dass ich über diejenigen verwundbar bin.«

»Ich bin Polizistin.« Als Max nichts darauf entgegnete, sagte Jana: »Du möchtest also für den Rest deines Lebens allein bleiben?«

»Das kann ich nicht beantworten«, antwortete Max ehrlich. »Ich möchte das nicht, aber ich werde diese Gedanken einfach nicht los.« Er sah ihr in die Augen. »Was ich weiß, ist, dass du mir viel bedeutest. Aber ich kann im Moment …«

Jana hob die Hand und legte ihm sanft zwei Finger auf den Mund. »Schon gut, ich verstehe dich.«

»Es ist wirklich nicht so, dass ich …«, setzte er erneut zu einer Erklärung an, doch Jana schüttelte den Kopf. »Es ist gut, Max. Verzeih, dass ich nachgefragt habe. Das war unsensibel von mir. Lassen wir einfach alles auf uns zukommen und sehen, was passiert, okay?«

»Ja, das ist okay.«

Nun war es Jana, die ihre Hand auf seine legte. »Du bedeutest mir übrigens auch viel.« Ihr Mund verzog sich zu einem schelmischen Grinsen. »Und noch mehr, wenn du uns Wein nachschenkst.«

Als Max die Tür seiner Wohnung hinter sich schloss, war es zwanzig nach elf. Er warf den Schlüssel in die Holzschale, zog Jacke und Schuhe aus und ging ins Wohnzimmer, wo er sich auf die Couch fallen ließ.

Sie hatten den restlichen Abend nicht mehr über Kirsten, Jenny oder Dominique geredet, sondern über alltägliche Dinge. Janas Kollegen auf dem Präsidium, Max' Vorlesungen in der Uni und komische Situationen mit Studierenden … Sie hatten gewitzelt und gelacht, und als sie sich vor dem Restaurant voneinander verabschiedeten, hatte Jana Max einen Kuss auf die Wange gegeben, der etwas länger dauerte als das bei Verabschiedungen üblich war.

Max dachte an ihre Unterhaltung und stellte sich selbst erneut die Frage, die Jana ihm gestellt hatte: Wollte er den Rest seines Lebens allein bleiben? Wie zuvor fand er keine Antwort darauf.

Nachdem Max sich ein Glas Auxerrois aus der Küche geholt hatte und ins Wohnzimmer zurückgekehrt war, trank er einen Schluck und legte sich wieder auf die Couch. Schnell glitten seine Gedanken ab zu Szenen mit Jenny, Kirsten sowie den jüngsten Ereignissen um Dominique, bis ihm irgendwann die Augen zufielen.

Kurz vor ein Uhr nachts weckte ihn das Klingeln seines Handys.

Verschlafen tastete er nach dem Smartphone, das er auf dem Tisch abgelegt hatte, warf einen Blick auf die unbekannte Nummer und nahm das Gespräch an.

»Bischoff?« Seine Stimme klang heiser.

Er hörte leises Schluchzen.

»Hallo?«, sagte er alarmiert und richtete sich auf. Aus einem Impuls heraus fragte er: »Dominique?«

»Bitte … entschuldigen Sie, dass ich Sie so spät störe.«

»Ist etwas passiert?«

»Ich wollte …« Erneut war ein verhaltenes Schluchzen zu hören. »Bitte … ich möchte nur mit jemandem reden. Sie haben gesagt, ich kann Sie jederzeit anrufen.«

Das hatte er. Allerdings hatte er nicht damit gerechnet, dass das tatsächlich so schnell und mitten in der Nacht geschehen würde.

»Das meinte ich auch so. Sie klingen nicht so, als ginge es Ihnen gut. Möchten Sie mir erzählen, was passiert ist?«

»Ich … lieber nicht.«

»Warum?«

»Ich wollte nur die Stimme von jemandem hören«, wich sie aus, »der mich nicht anschreit.«

»Aber warum können Sie mir nicht sagen, was passiert ist?«

»Ich glaube, dass Sie ein guter Mensch sind. Deshalb wollte ich Ihre Stimme hören.«

So kam er also offenbar nicht weiter.

»Sind Sie allein?«

»Ja.«

»Ist heute Abend etwas vorgefallen?«

Keine Antwort.

»Dominique, ich würde Ihnen gern helfen, aber wenn Sie mir nicht sagen, was passiert ist, kann ich das nicht.«

Dominique schwieg weiterhin. Max wartete ab. Als die Stille fast unerträglich wurde, sagte sie: »Wir haben uns gestritten. Er war furchtbar wütend.«

»Wegen unserer Begegnung?«

»Er ist sehr eifersüchtig. Aber das ist doch auch ein Zeichen, dass er mich liebt, nicht wahr?«

Ansichtssache, dachte Max.

»Sie haben sich also wegen unserer Begegnung gestritten?«

»Er liebt mich. Er hat Angst, mich zu verlieren. Deshalb ist er manchmal so wütend.« Sie gab ein Geräusch von sich, das klang, als stöhne sie auf.

Max zögerte kurz, entschied dann aber, nicht länger um den heißen Brei herumzureden.

»Kam es zwischen Ihnen zu Handgreiflichkeiten?«

»Was?« Ihre Stimme klang so dünn, dass Max sie fast nicht hörte.

»Dominique. Hat er Ihnen weh getan?«

Erneut schluchzte sie, und dieses Mal machte sie nicht mehr den Versuch, es zu unterdrücken.

»Ich … ich war selbst schuld. Ich hätte ihm nicht widersprechen sollen, wo er doch sowieso schon so wütend war. Ich hätte es ja auch gut sein lassen können. Aber ich musste ihn ja immer weiter reizen. Ich habe ihn mit meinen Widerworten provoziert.«

»Nein, Dominique, es gibt keine Rechtfertigung für eine solche Reaktion.«

»Doch, ich habe es mir selbst zuzuschreiben. Ich blöde Kuh hätte ja einfach den Mund halten können.«

»Wo sind Sie verletzt und wie schwer?«

Erneut entstand eine Pause, bis Dominique leise sagte: »Es ist nicht so schlimm.«

Max sah Jennys misshandelten Körper wieder vor sich.

Er atmete tief durch und versuchte, die Bilder zu verdrängen. Er durfte sich Dominique gegenüber nicht anmerken lassen, wie sehr ihn diese Situation aufwühlte.

»Wo ist er jetzt?«

»Er ist irgendwann gegangen. Ich kenne das schon. Wenn ich ihn so wütend mache, dann braucht er Abstand von mir. Er wird sich seinen Frust irgendwo runterspülen und nicht vor morgen früh zurückkommen.«

»Sagen Sie mir jetzt bitte, wo und wie schwer Sie verletzt sind?«

Es vergingen zehn Sekunden, fünfzehn …

»Dominique?«

»Vermutlich war es keine gute Idee, Sie mitten in der Nacht zu belästigen, tut mir leid. Vielleicht sollten wir das Gespräch jetzt beenden.«

»Nein, warten Sie bitte«, entgegnete Max schnell. »Wo wohnen Sie eigentlich?«

»Wo ich wohne? Warum wollen Sie das wissen? Das ist doch egal.«

Weil ich sehen möchte, was der Kerl dir angetan hat, dachte Max.

»Nein, es ist nicht egal. Sie sagten, Sie möchten mit jemandem reden, und ich habe das Gefühl, dass Sie das auch dringend brauchen. Sie sagten auch, Ihr … *Freund* kommt nicht vor morgen früh zurück. Ich kann zu Ihnen kommen, und wir könnten uns in Ruhe unterhalten.«

»Nein!«, entgegnete sie fast panisch und fügte dann deutlich leiser hinzu: »Wir können uns doch am Telefon unterhalten.«

»Hören Sie, Dominique, auf eine gewisse Weise trage ich ja eine Mitschuld an dem, was passiert ist. Das kann man nicht einfach so beiseiteschieben. Und ich befürchte, dass Ihre Verletzungen schwerer sind, als Sie es zugeben.«

»Nein, wirklich …«

»Dann spricht ja nichts dagegen, dass wir uns sehen.«

»Ich … habe Angst. Wenn er doch früher nach Hause kommt, und Sie sind hier … Ich weiß nicht, was er dann tut.«

Max hätte sich selbst ohrfeigen können. Natürlich hatte sie Angst, ihn, den Auslöser für das, was geschehen war, in ihre Wohnung zu lassen, in die dieses brutale Arschloch jederzeit zurückkehren konnte. Max fluchte innerlich über sich selbst, dass er das nicht berücksichtigt hatte, war äußerst unprofessionell.

»Dann treffen wir uns woanders«, schlug er vor. »Suchen Sie sich irgendeinen Platz aus, und ich komme dorthin.«

»Ich weiß nicht …«, sagte sie unsicher, bevor ihre Stimme wieder einen festeren Klang annahm. »Nein, das ist keine gute Idee. Es wäre schlimm, wenn er das herausfände. Ich lege jetzt besser auf. Entschuldigen Sie bitte, dass ich so spät noch gestört habe.«

Max hörte ihrer Stimme an, dass ihr Entschluss feststand. »Und was wird geschehen, wenn er nach Hause kommt?«

»Ich weiß es nicht«, sagte sie und beendete das Gespräch.

Als Max kurz darauf im Bett lag, kreisten seine Gedanken noch eine ganze Weile um Dominique und wollten dabei immer wieder auch zu Jenny abdriften. Er versuchte, sich dagegen zu wehren, was ihm aber nur zum Teil gelang. Er konnte nur hoffen, dass ihm die furchtbaren Bilder von damals nicht im Traum begegnen würden.

5

Max wachte um zehn nach sieben auf und stellte erleichtert fest, dass er den Rest der Nacht traumlos durchgeschlafen hatte. Er duschte ausgiebig und hatte sich gerade fertig angezogen, als Marianne Bormann anrief. Es war kurz vor acht.

»Guten Morgen, Herr Bischoff«, sagte sie, und Max dachte, wie angenehm und sanft ihre Stimme klang. »Ich hoffe, ich habe Sie nicht geweckt?«

»Nein, nein, ich bin schon eine Weile auf den Beinen.«

»Dann bin ich beruhigt.«

»Wie geht es Ihnen?«

»Danke, mir geht es so weit gut. Es ist ein seltsames Gefühl, morgens allein aufzuwachen, und die Stille im Haus ist ungewohnt, aber das wird schon. Ich habe meine Erinnerungen an fünfundvierzig wundervolle Jahre mit meinem Mann. Wir haben gemeinsam so viel Schönes erlebt, dass ich davon den Rest meines Lebens zehren kann.«

»Ich habe Ihren Mann sehr geschätzt. Als Dozent und als Freund.«

»Das weiß ich, und ihm ging es mit Ihnen ganz ähnlich. Das bringt mich zum Grund meines Anrufs. Ich habe hier ein Päckchen, das mein Mann für Sie hinterlassen hat.

Möchten Sie es abholen, oder soll ich es Ihnen zustellen lassen?«

»Ein Päckchen für mich?«

»Ja. Er hat es sogar in seinem Testament erwähnt. Es lag in einem Schrank in seinem Arbeitszimmer und ist beschriftet mit: *Für Max Bischoff. Persönlich!*«

Max überlegte kurz, was sein ehemaliger Professor für ihn in einem Päckchen hinterlassen haben könnte, dann sagte er: »Machen Sie sich bitte keine Umstände, ich hole es ab. Wann passt es Ihnen?«

»Am besten gleich heute Vormittag. Ich möchte möglichst schnell alles erledigen, was mit seinem Tod zu tun hat.«

»Das kann ich verstehen. Ist es Ihnen recht, wenn ich in einer Stunde komme?«

»Gern.«

»Dann bis gleich.«

Bevor Max sich auf den Weg zu Professor Bormanns Witwe machte, versuchte er, Horst Böhmer zu erreichen, seinen ehemaligen Partner bei der Kripo Düsseldorf. Er erwischte ihn im Auto auf dem Weg zum Präsidium.

»Guten Morgen, werter Exkollege«, begann Böhmer, offensichtlich bester Laune. »Wie geht es dir?«

»Gut so weit. Bei dir auch alles okay?«

»Zurzeit noch, aber ich ahne, dass es einen Grund hat, wenn du mich so früh am Morgen anrufst. Sag's mir gleich: Werde ich mal wieder Ärger mit Keskin bekommen?«

»Da man meiner Erfahrung nach immer und zu jeder Zeit Ärger mit der Frau Kriminalrätin bekommen kann, würde ich sagen, ja. Aber ich denke, in diesem Fall nicht wegen mir.«

»Okay, dann schieß mal los.«

Max sah Böhmer vor sich, wie er sich in diesem Moment wahrscheinlich über seinen immer sorgsam gestutzten Bart strich.

»Würdest du mir den Gefallen tun und jemanden für mich checken?«

»Um wen geht es und warum?«

»Es geht um eine Frau.«

»Oha!« Böhmer stieß ein meckerndes Lachen aus. »Weiß Jana davon?«

»Ja, tatsächlich. Auch wenn der Grund ein anderer ist, als es dir deine überbordende Phantasie vorgaukelt. Ich habe auf der Beerdigung von Professor Bormann eine Frau getroffen, die eine verblüffende Ähnlichkeit mit Jenny hat.«

Nach ein paar Sekunden der Stille war Böhmers gute Laune hörbar gedämpft. »Scheiße«, sagte er ernst. »Max … Ich dachte, du hättest das Thema hinter dir gelassen. Bormanns Tod hat dich wahrscheinlich getriggert. Da sind wohl Erinnerungen hochgekommen.«

»Nein! Dominique sieht wirklich aus wie Jenny. Sie könnte fast ihre Zwillingsschwester sein.«

»Dominique. Hm … Jenny hatte keine Geschwister.«

»Nein. Also noch mal: Könntest du bitte für mich checken, ob ihr irgendetwas über sie habt? Auch hinsichtlich häuslicher Gewalt?«

»Häusliche Gewalt?«, wiederholte Böhmer.

»Ja, ich befürchte, dass sie von ihrem Freund misshandelt wird. Vielleicht gab es ja mal einen Hinweis aus dem Krankenhaus.«

»Mann, Max, hörst du dir eigentlich selbst zu? Eine Frau, die deiner Meinung nach misshandelt wird und deiner großen Liebe gleicht, die damals ihrerseits misshandelt und ermordet wurde. Du siehst es selbst, oder?«

»Ich sehe nichts anderes außer einer vollkommen verängstigten Frau, der ich helfen möchte.«

Böhmer schnaufte. »Da ich dich kenne, weiß ich, dass es wahrscheinlich keinen Zweck hat, aber als dein Freund rate ich dir trotzdem, die Finger davon zu lassen. Ich bin kein Psychologe, doch das muss man in diesem Fall auch nicht sein. Was da los ist, liegt auf der Hand. Gerade du solltest das sehen.«

»Was sollte ich sehen?«, fragte Max, obwohl er ahnte, was Böhmer meinte.

»Ach, komm schon. Bei der Beerdigung deines Mentors, der dir bei dem Fall geholfen hat, bei dem Jenny ums Leben kam, siehst du *zufälligerweise* eine Frau, die Jenny gleicht, und die wird deiner Meinung nach auch noch – wie Jenny – misshandelt? Erzähl mir nicht, dass dir nicht klar ist, was da passiert.«

»Horst, ich verstehe ja, was du meinst, und im umgekehrten Fall würde ich sicher genauso denken, aber wenn du sie sehen würdest … Ich bilde mir das nicht ein, sie gleicht Jenny wirklich. So sehr, dass ich im ersten Moment an meinem Verstand gezweifelt habe. Die Augen, das Gesicht, die Figur. Selbst die Haarfarbe und die Frisur.«

»Also gut, ich geb's auf. Wie ist ihr vollständiger Name?«

»Dominique Klauber.«

»Klauber«, wiederholte Böhmer. »Und wo wohnt sie?«

»Das weiß ich nicht, aber es wird hier in der Gegend sein.«

»Okay. Ich schaue mal nach. Aber …«

»Ich danke dir«, fiel Max ihm ins Wort. »Melde dich, wenn du was weißt. Bis dann.« Er beendete das Gespräch, bevor Böhmer noch etwas sagen konnte. Natürlich verstand er die Bedenken seines Expartners und mittlerweile guten Freundes, aber er sträubte sich dagegen, lange Diskussionen darüber zu führen. Spätestens, wenn Böhmer ein Foto von Dominique sehen würde, würde er ihn verstehen.

Marianne Bormann schenkte Max ein warmherziges Lächeln, als sie ihm die Tür öffnete. Dennoch bemerkte er, dass sie sehr blass war. Ihre Gesichtshaut wirkte fast durchscheinend, unter ihren Augen lagen dunkle Schatten. Max vermutete, dass sie in den letzten Tagen nicht viel geschlafen hatte.

»Danke, dass Sie kommen konnten, Herr Bischoff. Wie schon gesagt, bin ich erleichtert, wenn ich alles, was mit dem Tod meines Mannes zu tun hat, so schnell wie möglich hinter mich bringen kann.« Sie deutete ins Innere des Hauses. »Bitte, kommen Sie doch herein. Das Päckchen liegt im Wohnzimmer.«

»Danke«, erwiderte Max und betrat die geräumige Diele, wo er wartete, bis die Witwe seines Mentors die Tür geschlossen hatte und an ihm vorbei ins Wohnzimmer ging.

Das Päckchen stand auf dem Couchtisch und war etwas größer als ein gängiger Schuhkarton. Es war komplett in Packpapier eingeschlagen und mehrfach mit braunem Klebeband umwickelt. Marianne Bormann zeigte darauf. »Ich weiß nicht, was es ist, aber es war meinem Mann wichtig, dass Sie es bekommen.«

Max las seinen Namen, der in schwarzen Druckbuchstaben in Bormanns säuberlicher Handschrift auf die Oberseite geschrieben war, und hob das Päckchen an. Er schätzte sein Gewicht auf etwa ein Kilo. »Wenn Sie möchten, öffne ich es gleich hier, dann können Sie sehen, was drin ist.«

Sie winkte ab. »Nein, nehmen Sie es mit. Wenn mein Mann gewollt hätte, dass man sieht, was es ist, hätte er es nicht so gut verpackt.«

Max nickte. »Okay. Wenn es etwas gibt, das ich für Sie tun kann, lassen Sie es mich bitte wissen.«

Mit der Andeutung eines Lächelns schüttelte sie den Kopf. »Das ist sehr nett von Ihnen, aber ich komme zurecht.«

Sie verabschiedeten sich voneinander.

Max hatte gerade den Motor angelassen, als Böhmer anrief.

»Wir haben nichts über Dominique Klauber«, begann er ohne Umschweife. »Aber ihre Adresse habe ich. Sie wohnt erst seit neun Monaten in Düsseldorf.«

»Allein?«

»Ja. Vorher hat sie in Köln gewohnt, ebenfalls allein. Was wirst du tun, wenn ich dir die Adresse gebe?«

»Das weiß ich nicht«, antwortete Max ehrlich. »Aber es beruhigt mich, sie für den Notfall zu wissen.«

»Für den Notfall?«

»Ja.« Max erzählte Böhmer von dem Telefonat, das er in der Nacht mit Dominique geführt hatte.

»Du weißt schon, dass wir nichts tun können, solange sie ihn nicht anzeigt.«

»Oder jemand sieht, dass er sie misshandelt.«

»Ja. Aber ich muss dir nicht sagen, dass solche Dinge meist zu Hause stattfinden, unter Ausschluss der Öffentlichkeit.«

»Ich weiß. Jedenfalls danke ich dir für deine Hilfe. Schickst du mir die Adresse per WhatsApp?«

»Ja. Ich hoffe, es ist kein Fehler.«

»Ich danke dir.«

»Ach, noch was«, sagte Böhmer, bevor Max auflegen konnte. »Ich habe ein Foto von ihr gesehen.«

»Und?«

»Na ja, ganz ehrlich? Ich sehe da kaum irgendwelche Ähnlichkeiten. Außerdem hatte Jenny doch dunkle Haare.«

»Ja, so wie Dominique.«

»Dann sind sie entweder auf dem Foto oder jetzt gefärbt. Die Dominique Klauber auf dem Foto, das ich gesehen habe, ist definitiv blond.«

»Viele Frauen färben sich die Haare.«

»Das stimmt. Aber noch mal: Vielleicht hat sie sich mittlerweile im Vergleich zu dem Foto verändert, aber ich sehe, wenn überhaupt, nur eine geringe Ähnlichkeit mit Jenny. Und ich bleibe dabei: Weil du dir bei dem Fall damals seinen Rat geholt hast, hat Bormanns Tod dich getriggert. So sehr, dass du *wolltest*, dass diese Frau aussieht wie deine große Liebe.«

»Vielleicht«, sagte Max, auch wenn er insgeheim vom Gegenteil überzeugt war.

6

Fünf Minuten nach ihrem Gespräch rief Böhmer wieder an.

»Ich habe eben ganz vergessen zu fragen, ob du weißt, was mit Jana los ist?«

»Nein, warum? Was soll mit ihr sein?«

»Sie ist noch nicht im Präsidium, dabei hätten wir jetzt gemeinsam einen Termin. Und telefonisch konnte ich sie auch nicht erreichen. Da meldet sich nur die Mailbox. Klingt, als ob das Handy ausgeschaltet ist.«

Max warf einen Blick auf die Uhr. »Vielleicht hat sie sich verspätet, und der Akku ihres Handys ist leer.«

»Hm … mag sein. Wahrscheinlich hast du recht, und sie taucht gleich auf. Hätte ja sein können, dass du weißt, wo sie ist.«

»Ich bin im Auto«, erklärte Max, »und kann schnell zu ihr fahren und nachschauen, ob sie vielleicht noch zu Hause ist. Sag mir Bescheid, falls sie zwischenzeitlich auftaucht, ja?«

Während der Fahrt versuchte er, Jana telefonisch zu erreichen, doch wie bei Böhmer schaltete sich sofort die Mailbox an. Max bat darum, sich bei ihm zu melden, sobald sie seine Nachricht abhörte.

Zwanzig Minuten später stand Max vor dem dreistöckigen Haus in Wersten, in dessen oberer Etage Jana eine kleine Wohnung hatte, und wartete darauf, dass sich auf sein Klingeln hin etwas tat. Nach einer Weile versuchte er es ein weiteres Mal, dann gab er auf.

Er wählte Böhmers Nummer und ließ ihn wissen, dass Jana nicht mehr zu Hause war. Bevor er auflegte, bat er seinen Exkollegen, sich bei ihm zu melden, wenn sie im Büro auftauchte.

Nachdem sie sich gegenseitig versichert hatten, dass sich bestimmt bald herausstellen würde, dass es einen plausiblen Grund dafür gab, dass Jana noch nicht im Präsidium und auch nicht zu erreichen war, legte Max auf. Aber dennoch beschlich ihn ein ungutes Gefühl.

Zu Hause angekommen, versuchte er, sich mit der Korrektur von Klausuren abzulenken, was aber nur mäßig erfolgreich war. Immer wieder wandte er den Blick zur Seite, weil seine Gedanken abschweiften.

Gegen elf Uhr rief er Vicky, Janas Nachbarin, an und danach eine gemeinsame Freundin von ihr und Jana. Beide hatten nichts von Jana gehört.

Um kurz nach eins meldete sich Kriminalrätin Eslem Keskin.

»Herr Bischoff, gut, dass ich Sie erreiche. Wissen Sie, was mit Kommissarin Brosius los ist? Sie ist heute nicht zum Dienst erschienen, und ihr Telefon ist offenbar ausgeschaltet.«

»Ich war heute Morgen vor ihrer Wohnung. Sie scheint nicht zu Hause zu sein.« Max wunderte sich. Wie es aussah, hatte Böhmer Keskin offenbar nichts davon gesagt, dass sie schon über Jana gesprochen hatten.

»Sie wissen also bereits, dass sie nicht auf der Dienststelle ist?«, bestätigte Keskin seine Vermutung.

»Ja«, entgegnete Max.

»Ich finde das merkwürdig. Frau Brosius ist normalerweise sehr zuverlässig. Aber wem sage ich das, Sie dürften sie in der Zwischenzeit ja besser kennen als ich, Sie sehen sich ja jetzt öfter.«

»Frau Keskin, haben Sie angerufen, weil Sie sich Sorgen um Jana machen oder weil Sie das dringende Bedürfnis hatten, sich zu unserer Freizeitgestaltung zu äußern?«

»Ich mache mir tatsächlich ein wenig Sorgen«, gab Keskin in deutlich sanfterem Ton zu. »Wie gesagt, ich bin es von ihr nicht gewohnt, dass sie einfach unentschuldigt dem Dienst fernbleibt. Ich habe gehofft, Sie wüssten vielleicht, wo sie sein könnte.«

»Nein, das weiß ich nicht. Aber wenn sie nicht bald auftaucht, fahre ich noch mal zu Janas Wohnung und lasse mir von ihrer Nachbarin aufschließen. Sie hat einen Ersatzschlüssel.«

»Ja, tun Sie das. Wer weiß, was da passiert ist. Nicht, dass sie hilflos in ihrer Wohnung liegt.«

Hilflos in ihrer Wohnung … Plötzlich brachen die Bilder wieder mit voller Wucht über Max herein.

»Ich muss jetzt auflegen«, erklärte er, beendete das Gespräch und verließ gleich darauf das Haus.

Was, wenn Jana tatsächlich etwas zugestoßen war? Wenn sie so schwer verletzt war, dass sie sich nicht melden konnte? Jennys Wunden … ihr bleiches Gesicht, aus dem alle Farbe gewichen war. Und jetzt war Jana verschwunden. Was, wenn sie …

»Nein, nein, nein«, zischte er beschwörend, setzte sich hinter das Steuer seines Wagens und drängelte sich nervös durch den dichten Stadtverkehr.

Warum hatte er nicht gleich Janas Tür von der Nachbarin aufschließen lassen? Was war nur los mit ihm? War das ein Resultat davon, erfolgreich die Vergangenheit verdrängt zu haben? War damit auch seine Sensibilität für Gefahrensituationen verschwunden? Hatte er sich damals nicht geschworen, alles dafür zu tun, dass nie wieder jemandem aus seinem Umfeld so etwas passieren würde wie Jenny oder Kirsten?

Er erreichte das Haus, parkte das Auto halb auf dem Bürgersteig und war im nächsten Moment schon ausgestiegen.

Nachdem er erneut den Klingelknopf zu Janas Wohnung gedrückt und keine Reaktion erhalten hatte, läutete er bei ihrer Nachbarin. Zum Glück war sie zu Hause.

»Hallo, Vicky, hier ist Max. Max Bischoff«, sagte er in die Sprechanlage neben der Haustür. »Würdest du mich bitte reinlassen?«

»Max? Was ist denn los?« Sie hatten sich erst ein paarmal gesehen, waren aber vom ersten Moment an per du gewesen. Die neunundzwanzigjährige Krankenschwester war etwa ein Jahr zuvor aus Kleve zugezogen und recht unkompliziert. Bevor Max antworten konnte, summte der Türöffner. Er drückte die Haustür auf und stieg die Treppen hoch in die dritte Etage, wo Vicky ihn bereits erwartete.

»Jana ist nicht zum Dienst erschienen und telefonisch nicht zu erreichen. Hast du sie heute schon gesehen?«

»Nein.«

Max nickte und deutete auf die Tür zu Janas Wohnung. »Niemand weiß, wo sie ist. Hast du den Schlüssel?«

»Ja, hier.« Sie zeigte ihm den Schlüssel, der an einem dunklen Band baumelte, bevor sie ihn ins Schloss steckte und die Tür aufschloss.

Janas Wohnung war aufgeräumt, wie Max es von seinen Besuchen bei ihr kannte. Er sah sich in dem kleinen Wohnzimmer um, konnte aber nichts Ungewöhnliches entdecken.

»Und?«, fragte neben ihm Vicky. »Was sagt der Ermittler?«

»Sieht normal aus.« Max wandte sich ab und rief Janas Namen, bevor er die Tür zum Schlafzimmer öffnete.

Die Bettdecke war nachlässig zurückgeschlagen, Laken und Kissen zerknittert. Jana hatte also offenbar in ihrer Wohnung geschlafen. Er drehte sich um und ließ den Blick erneut durch das fast penibel aufgeräumte Wohnzimmer wandern. Die exakt aufgereihten bunten Kissen auf der Couch, der blitzsaubere Holzboden … Max wusste nichts über ihre Gewohnheiten, aber das Haus zu verlassen, ohne das Bett gemacht zu haben, das passte nicht zu der Jana, die er kannte.

Er zog sein Smartphone aus der Tasche und wählte Böhmers Nummer. Nach dem siebten oder achten Läuten legte er auf und tippte in der Anrufliste auf Keskins Eintrag.

»Ich bin in Janas Wohnung«, berichtete er, als sie das Gespräch angenommen hatte. »Sie ist nicht zu Hause, hier sieht aber alles normal und aufgeräumt aus.«

»Gut, dass es keine Auffälligkeiten gibt, aber das löst nicht das Rätsel, wo sie sich aufhält und warum sie sich noch nicht gemeldet hat. Das passt einfach überhaupt nicht zu ihr. Ich mache mir Sorgen.«

Max wusste, dass Keskin große Stücke auf Jana hielt und dafür gesorgt hatte, dass sie als junge Kommissarin auf Probe frisch vom Studium zur Kripo gekommen war. Lediglich die Tatsache, dass Jana ihn nicht – wie von Keskin geplant – verachtete, dürfte eine Enttäuschung für die Leiterin des KK11 gewesen sein.

»Ich werde versuchen herauszufinden, wo sie steckt«, versicherte Max.

»Gut. Wenn Sie etwas erfahren, benachrichtigen Sie mich umgehend.«

»Okay, und rufen Sie mich bitte an, falls sie doch noch im Präsidium auftaucht oder sich bei Ihnen meldet, ja?«

»Das hängt davon ab, wo sie zu diesem Zeitpunkt ist und was sie tut. Sollte ich das als interne Angelegenheit einschätzen, kann ich Ihnen als Zivilisten nichts dazu sagen.«

Max schüttelte genervt den Kopf, woraufhin Vicky ihn verwundert ansah. »Sie können nicht anders, oder? Sie können es einfach nicht lassen, nicht mal in solchen Situationen.«

»Ich weiß nicht, was Sie meinen. Ich erledige nur meinen Job.«

»Das macht es nicht besser. Aber lassen wir das. Eine andere Frage: Wissen Sie, wo Hauptkommissar Böhmer steckt? Ich konnte ihn nicht erreichen. Und sagen Sie jetzt bitte nicht, dass Sie mir als Zivilisten diese Information nicht geben dürfen.«

»Herr Bischoff, ich bin Leiterin eines Kriminalkommissariats und kein Kindermädchen. Ich kann unmöglich zu jeder Zeit wissen, was meine Beamten gerade tun oder wo sie sich aufhalten.«

»Ja, das dachte ich mir«, entgegnete Max und legte auf.

Vicky zog die Stirn kraus. »Was war das denn?«

»Das war Janas Chefin.«

»Ihr scheint euch zu mögen.«

Max winkte ab und ging zur Tür. »Vergiss es. Ich mache mich auf den Weg. Rufst du mich bitte gleich an, falls Jana hier auftaucht?«

»Ja, aber ich habe deine Nummer nicht. Moment, ich hole mein Handy.«

Max verließ hinter ihr Janas Wohnung, zog die Tür zu und wartete im Treppenhaus. Als Vicky kurz darauf seine Nummer auf ihrem Smartphone gespeichert hatte, sagte er: »Du hast nicht zufällig die Nummer von Janas Vater?«

»Doch, die habe ich tatsächlich. Allerdings nicht auf dem Handy. Jana hat sie mir mal aufgeschrieben, für alle Fälle.«

»Kannst du sie mir geben? Vielleicht ist Jana ja bei ihm.«

»Klar, ich hole sie dir.«

Während Vicky erneut in ihrer Wohnung verschwand,

dachte Max darüber nach, ob er wirklich Janas Vater anrufen sollte. Seit dem Krebstod seiner Frau drei Jahre zuvor lebte er allein. Die beiden hatten ein sehr gutes Verhältnis, und Jana besuchte ihren Vater regelmäßig. Es lag also durchaus im Bereich des Möglichen, dass sie sich bei ihm aufhielt. Allerdings sprach die Tatsache, dass sie nicht telefonisch erreichbar war, wiederum dagegen. Wenn Jana sich aber nicht bei ihm aufhielt und er durch Max' Anruf erfuhr, dass seine Tochter vermutlich seit diesem Morgen spurlos verschwunden war, wäre er wahrscheinlich ziemlich beunruhigt.

Vicky kam gerade mit einem kleinen Zettel aus ihrer Wohnung zurück, als Max' Telefon klingelte. Es war Eslem Keskin. Er nahm das Gespräch an und fragte hastig: »Ist sie aufgetaucht?«

»Nein«, entgegnete Keskin, und etwas in ihrer Stimme alarmierte Max. »Ich rufe an wegen Hauptkommissar Böhmer. Er ist gefunden worden.«

»Gefunden worden?«, wiederholte Max; sein Magen krampfte sich zusammen. »Was bedeutet das? Gefunden? Geht es ihm gut?«

»Er ist schwer verletzt.«

»Scheiße«, entfuhr es Max. »Wie ist das passiert? Ein Unfall?«

»Nein, man hat ihn in einer Gasse in Flingern-Nord gefunden. Ich weiß nicht, was er dort gemacht hat. Er hat eine erhebliche Kopfwunde. Wie es aussieht, ist er mit einem harten Gegenstand hinterrücks niedergeschlagen worden.«

»Mist! Wie schlimm ist es?«

»Schlimm.«

»Welches Krankenhaus?«

»Das Marien Hospital.«

»Ich fahre sofort hin.«

»Ja, tun Sie das.«

Als er das Telefon wegsteckte, fiel ihm auf, dass Vicky blass geworden war und ihn mit großen Augen ansah. »Was ist mit Jana? Was ist passiert?«

Max schüttelte den Kopf. »Es geht nicht um Jana, sondern um einen ihrer Kollegen. Und meinen Freund. Ich muss los.«

7

Sie erwacht in einem Albtraum.

Sie will die Augen öffnen, aber sie kann die Lider nicht heben. Etwas drückt dagegen. Verwirrt will sie danach tasten, doch ihre Arme lassen sich nicht bewegen. Panik breitet sich mit rasender Geschwindigkeit in ihr aus, sie will schreien, doch mehr als ein dumpfer Ton ist nicht zu hören. Wo … Die Erinnerung trifft sie wie ein Blitzschlag. Der Anruf auf ihrem Handy, mitten in der Nacht. Max. Er hat seltsam geklungen, war sehr aufgeregt. Er hat gesagt, sie soll sofort zu diesem alten Gebäude in der Nähe des Rheinufers kommen, es wäre wichtig. Er hat ihr hektisch den Weg beschrieben, dann hat er aufgelegt. Sie hat sich gewundert, aber sie weiß, wenn Max sie mitten in der Nacht anruft, dann muss er einen triftigen Grund haben. Also ist sie aufgestanden.

Max war nicht da, als sie angekommen ist. Es war sehr dunkel, geradezu unheimlich. Sie weiß noch, dass sie gedacht hat, dass sie sich genau in einer der *Situationen befindet, bei denen sie in irgendwelchen Fernsehkrimis immer den Kopf schüttelt. Weil einfach keine Frau nachts in irgendwelchen dunklen Wäldern oder Gegenden herumläuft. So wie sie in diesem Moment.*

Sie hat Max' Namen gerufen. Dann ist etwas in ihrem Kopf explodiert, und es wurde schwarz.

Jetzt ist sie bei Bewusstsein, aber die Schwärze ist noch da.

Sie hofft, dass das alles tatsächlich ein Albtraum ist, spürt jedoch instinktiv, dass sie diese Situation wirklich erlebt. Bei der Erkenntnis bäumt sie sich auf, spannt alle Muskeln an, zieht, zerrt, schreit einen dumpfen Ton gegen den Knebel in ihrem Mund … es nutzt nichts. Sie zwingt sich zur Ruhe. Denk nach, *sagt sie sich.* Du musst deine Situation analysieren und dann überlegen, was du tun kannst.

Sie sitzt auf etwas Hartem, Unbequemem. Wahrscheinlich ein Holzstuhl. Ihre Hände sind hinter ihrem Rücken an die Lehne gefesselt, die Beine sind mit einem Seil oder Draht, der ihr schmerzhaft in die Waden schneidet, so fest an den Stuhlbeinen fixiert, dass sie sie keinen Zentimeter bewegen kann. Augen und Mund sind mit einem Stück Stoff verbunden. Das einzige Geräusch, das sie hört, ist ihr eigenes dumpfes Stöhnen. Sie ist vollkommen in sich selbst isoliert.

Das Atmen fällt ihr schwer, weil ihre Nase leicht verstopft ist. Jeder Atemzug kostet Kraft. Sie hat derart starke Kopfschmerzen, dass ihr davon übel wird und sie befürchtet, sich übergeben zu müssen. Wenn das geschieht, wird sie ersticken.

Sie versucht, ihre Angst zu unterdrücken und sich darauf zu konzentrieren, nicht in Panik zu geraten. Panik würde dazu führen, dass sie sich verkrampft und noch schlechter Luft bekommt.

Sie weiß weder, wo sie sich befindet, noch, wie sie hierhergekommen ist. Auch wer für diese Situation verantwortlich ist, weiß sie nicht.

Sie denkt an Max, an seinen Anruf. Wie aufgeregt er war. Was ist mit ihm? Hat derjenige, der sie niedergeschlagen hat, auch ihn außer Gefecht gesetzt?

Hat er ihn vielleicht sogar … Nein, so was möchte sie nicht denken. Vielleicht ist Max erst bei dem Treffpunkt eingetroffen, als ihr Entführer sie schon weggeschafft hatte? Vielleicht sucht er bereits nach ihr, gemeinsam mit den Kolleginnen und Kollegen vom Präsidium.

Sie weiß es nicht.

Was sie sicher weiß, ist, dass sie Angst hat. Größere Angst als je zuvor in ihrem Leben.

8

Als Max sich im Krankenhaus nach Böhmer erkundigte, bat die junge Dame am Empfang ihn, einen Moment zu warten, und führte dann ein kurzes Telefonat.

Zwei Minuten später kam ein grauhaariger, schlanker Mann Mitte fünfzig in Polizeiuniform mit den Schulterklappen eines Hauptkommissars auf ihn zu und blieb vor ihm stehen. »Herr Bischoff?«

»Sie wissen, wer ich bin?«

Der Polizist nickte. »Ja. Sie sind der Exkollege von Horst. Ich bin Karsten Bandel. Ich war mit einer Kollegin als erster Beamter am mutmaßlichen Tatort. Ich kenne Horst von früher. Aber das war noch vor Ihrer Zeit bei der Polizei.«

»Wie geht es ihm?«

Der Mann zuckte mit den Schultern. »Ich weiß es nicht. Er ist noch im OP.«

»Wie schlimm ist es?«

»Das ist schwer zu sagen, ich bin kein Arzt und kann …«

»Sie haben ihn doch gesehen«, unterbrach Max ihn ungeduldig. »Wie schätzen Sie die Verletzung ein?«

»Die Wunde sah schlimm aus. Alles andere werden wir hoffentlich bald von den Ärzten erfahren.«

»Es muss doch irgendjemanden geben, der etwas zu seinem Zustand sagen kann, verdammt.«

Bandel hob die Hand. »Sie können nichts tun, Herr Bischoff, und es nutzt überhaupt nichts, wenn Sie hier herumfluchen.«

Nicht zu wissen, wie es um Böhmer stand, war für Max unerträglich. Am liebsten wäre er in den OP gestürmt. Aber es nutzte nichts.

»Sie haben ja recht. Ist die KTU am Tatort?«

»Ja. Und einige Ihrer ehemaligen Kollegen vom KK11.«

»Okay. Wie lange bleiben Sie hier?«

»Bis er aus dem OP kommt. Das kann aber noch dauern.«

Max dachte an Jana. »Ich gebe Ihnen meine Nummer. Rufen Sie mich bitte sofort an, wenn Sie irgendwas erfahren, okay?«

»Ja.«

Fünf Minuten später ließ Max sich auf den Fahrersitz seines Wagens fallen, schloss die Augen und versuchte, das heillose Durcheinander in seinem Kopf zu sortieren.

Da tauchte bei der Beerdigung seines Mentors plötzlich Dominique in seinem Leben auf, die ein Ebenbild von Jenny war und wahrscheinlich misshandelt wurde. Dann Jana, die plötzlich verschwunden war, und nun war sein Freund Horst Böhmer niedergeschlagen und schwer verletzt worden. Innerhalb von zwei Tagen stand Max' Welt kopf. Zwangsläufig stellte sich ihm die Frage, ob es zwischen diesen Ereignissen einen Zusammenhang gab. Und warum das alles geschah.

Max griff nach seinem Handy und versuchte erneut, Jana zu erreichen, doch wie zuvor schaltete sich die Mailbox ein.

»Jana, hier ist noch mal Max. Bitte ruf mich unbedingt sofort zurück, wenn du diese Nachricht erhältst. Ich weiß nicht, was passiert ist und wo du gerade bist, aber wir machen uns alle große Sorgen.«

Er legte das Telefon zur Seite. Dabei fiel sein Blick auf das Päckchen mit seinem Namen darauf. Professor Bormanns Nachlass an ihn. Er hatte es in der ganzen Aufregung völlig vergessen.

Einerseits interessierte es ihn, was sein Mentor ihm hinterlassen hatte, aber im Moment gab es andere Dinge, um die er sich kümmern musste. Kurz spielte er mit dem Gedanken, Hauptkommissar Bandel anzurufen und zu fragen, ob es etwas Neues von Böhmer gab, ließ es dann aber bleiben. Bandel hatte zugesagt, ihn zu informieren, sobald er etwas erfuhr. Es brachte nichts, ihm auf die Nerven zu gehen.

Aber ein anderes Telefonat würde er jetzt führen, und er war sehr gespannt darauf.

Er suchte aus der Liste Dominiques Anruf von letzter Nacht heraus und tippte auf ihre Nummer.

Max ließ es acht-, neunmal läuten und wollte gerade auflegen, als das Gespräch angenommen wurde.

»Dominique Klauber«, meldete sie sich mit brüchig klingender Stimme.

»Max Bischoff hier. Ich wollte hören, wie es Ihnen geht.«

»Herr Bischoff. Das ist lieb von Ihnen.«

Täuschte Max sich, oder hatte er gerade ein unterdrücktes Stöhnen gehört? »Sagen Sie es mir?«

»Was?«

»Wie es Ihnen geht.«

»Es ist … okay.« Wieder dieses Geräusch.

»Wirklich?« Als sie nicht antwortete, fragte Max: »Sind Sie allein?«

»Ja. Er ist noch nicht zurückgekommen.«

»Was machen Ihre Verletzungen?«

Nach einer Weile antwortete sie mit dünner Stimme: »Es ist nicht schlimm.«

Er spürte, dass sie log.

»Dominique, sagen Sie mir, welcher Art diese Verletzungen sind? Und wo?«

Wieder verging eine ganze Weile, bis sie antwortete: »Ich muss jetzt Schluss machen. Ich bin sehr müde.«

»Soll ich vielleicht …«, setzte Max an, aber sie hatte schon aufgelegt.

Max warf sein Telefon in die Mittelkonsole und startete den Motor. Er musste nicht lange überlegen, was zu tun war. So, wie Dominique geklungen hatte, ging es ihr schlecht. Er musste nach ihr sehen und sich selbst davon überzeugen, ob und wie schwer verletzt sie war.

Kurz dachte er daran, was geschehen würde, wenn ihr Freund nach Hause kam, während er in ihrer Wohnung war, schob diesen Gedanken aber beiseite. Das würde sich zeigen und hing im Wesentlichen davon ab, wie der Kerl sich benahm.

Max brauchte für die etwa sechs Kilometer nach Eller fünfundzwanzig Minuten. Er parkte den Wagen in der ruhigen Straße, stieg aus und betrachtete das zwei Stockwerk hohe Haus, in dessen Erdgeschoss Dominique wohnte. Die helle Fassade war sauber und sah frisch gestrichen aus, der kleine Vorgarten war so penibel gepflegt, dass es fast schon spießig wirkte.

Vor der Haustür blieb Max einen Moment stehen und lauschte, doch aus der Wohnung war nichts zu hören. Angespannt drückte er auf den Klingelknopf.

Es dauerte eine Weile, bis Dominiques Stimme krächzend aus der Sprechanlage ertönte. »Ja?«

»Ich bin's, Max Bischoff.«

»Max? Aber … Woher haben Sie meine Adresse?«

»Das erzähle ich Ihnen gleich. Darf ich reinkommen?«

»Nein, bitte, gehen Sie wieder. Sofort. Wenn er kommt, und Sie sind bei mir … bitte!«

»Erst wenn ich Sie gesehen habe«, beharrte Max, nicht bereit, sich von ihr abwimmeln zu lassen.

»Nein, es ist alles gut, wirklich. Bitte, bitte gehen Sie. Schnell.«

»Nein. Entweder, Sie lassen mich herein, oder ich bleibe hier draußen so lange sitzen, bis er kommt.«

»O nein, das dürfen Sie nicht. Sie wissen ja nicht …«

»Dominique, bitte! Öffnen Sie die Tür.«

Stille.

»Dominique?«

Das elektronische Summen ertönte so unverhofft und laut, dass Max zusammenfuhr.

Er öffnete die Tür und betrat einen geräumigen Flur, von dem aus eine Treppe nach oben führte. Eine Wohnungstür hinter dem Treppenaufgang öffnete sich mit einem Klacken einen Spalt weit.

»Dominique?«, sagte Max, bekam aber keine Antwort.

Er drückte die Tür auf und machte einen Schritt in die Wohnung. An einer Garderobe vorbei konnte er ins Wohnzimmer sehen. Dort auf der Couch saß vornübergebeugt und mit gesenktem Kopf Dominique.

Max schloss die Tür hinter sich und ging ins Wohnzimmer. »Danke, dass Sie mir geöffnet haben«, sagte er und blieb zwei Meter vor ihr stehen. »Wie geht es Ihnen?«

Als Dominique statt einer Antwort den Kopf hob und ihn ansah, stöhnte Max erschrocken auf.

9

Über die ganze linke Gesichtshälfte zog sich ein dunkles Hämatom, das Auge war zugeschwollen. Auf Ober- und Unterlippe hatte sich Schorf gebildet, auf der Stirn klaffte eine Platzwunde, die von einem Klammerpflaster zusammengehalten wurde, das Dominique sich wahrscheinlich selbst aufgeklebt hatte. Auch ihre Unterarme waren übersät mit kleineren Wunden und blauen Flecken. Max wollte sich nicht vorstellen, wie der Rest ihres Körpers aussah.

»War er das?«, presste er hervor und hatte Mühe, sich zu beherrschen. Sie senkte den Blick, sagte aber nichts. Max sah, dass sich Tränen aus ihren Augen lösten und über die geschwollenen Wangen liefen. Er setzte sich neben sie auf die Couch und nahm sie vorsichtig in den Arm. In diesem Moment war es, als würden alle Dämme bei ihr brechen. Sie legte Max die Arme um den Hals, ließ den Kopf an seine Schulter sinken und begann, hemmungslos zu weinen.

Max sagte nichts, streichelte ihr nur sanft über das Haar, während ihre Schultern zuckten. Zwei, drei Minuten lang saßen sie so da, bis Dominique wieder ruhiger wurde.

»Es tut mir leid«, schluchzte sie gegen seine Brust.

»Was gibt es, das dir leidtun muss?« Max ging ganz selbstverständlich zum Du über.

»Es tut mir leid, dass ich dich da mit reingezogen habe.«

Max legte ihr die Hände auf die Schultern und schob sie sanft ein wenig zurück. »Das hast du nicht. Im Gegenteil, du hast ja alles versucht, mich da rauszuhalten.«

»Und jetzt musst du auch bitte wieder gehen. Wenn er kommt und dich hier sieht …«

»Ich hoffe, dass er kommt«, knurrte Max. »Dann können wir gleich einiges klären.« Er sah ihr eindringlich in die geschwollenen und geröteten Augen. »Du musst ihn anzeigen, Dominique.«

Sie riss die Augen auf. »Was? Nein, auf keinen Fall. Das kann ich nicht tun. Er würde …«

»Er würde was?«

Sie schüttelte den Kopf und verbarg das Gesicht in den Händen.

»Du hast Angst, dass er dir dann noch Schlimmeres antun könnte?«

»Ja«, sagte sie so leise, dass Max es kaum hören konnte.

»Das verstehe ich, aber …« Er wurde vom Klingeln seines Handys unterbrochen. Er zog es aus der Tasche und warf einen Blick aufs Display. Die angezeigte Nummer kannte er nicht, aber er ahnte, zu wem sie gehörte.

»Entschuldige bitte«, sagte er zu Dominique und nahm das Gespräch an. Es war Hauptkommissar Bandel.

»Hallo, Bandel hier, ich wollte Ihnen nur Bescheid sagen, dass Horst aus dem OP raus ist. Ich habe mich eben mit einem Arzt unterhalten. Sie haben Horst auf die Intensivstation verlegt und halten ihn im künstlichen Koma. Offenbar hat ein Teil des gebrochenen Schädelknochens gegen das Gehirn gedrückt und eine Schwellung verursacht.«

»Scheiße. Ist die Verletzung lebensgefährlich?«

»Der Arzt sagt, das entscheidet sich in den nächsten Stunden. Gefährlich wird es, wenn die Schwellung größer wird. Dann müssten sie ihm ein Stück vom Schädelknochen entfernen. Mehr weiß ich allerdings auch nicht. Ich werde mich jetzt auf den Heimweg machen.«

»Ist jemand bei ihm?«

»Ja, zwei Kollegen sind hier und passen auf.«

»Okay, danke für den Anruf.«

Max legte auf und steckte das Telefon weg. Das Atmen fiel ihm schwer. Es war, als drücke etwas innen gegen seinen Brustkorb. Nein, es war kein Druck, es war blanke Wut. Auf denjenigen, der Böhmer das angetan hatte, auf diesen Mistkerl, der für Dominiques Zustand verantwortlich war, und auf die Tatsache, dass er nicht wusste, wo Jana war und ob es ihr gut ging.

»Was ist passiert?«, fragte Dominique und riss ihn aus seinen Gedanken.

»Ein guter Freund von mir ist niedergeschlagen und schwer verletzt worden. Er ist in ein künstliches Koma versetzt worden.«

»Oh, das … ist schlimm.«

Max nickte und versuchte, sich zu sammeln und auf den Moment zu konzentrieren. »Ja. Aber lass uns noch mal über dich reden. Du musst zu einem Arzt. Wer weiß, was …«

»Nein, kein Arzt. Ich komme klar.«

Max ahnte, warum sie das nicht wollte. Ein Arzt würde an der Art ihrer Verletzungen die Ursache erahnen und die Polizei informieren. Und damit das auslösen, was Dominique offenbar unbedingt vermeiden wollte. Ihre Angst vor diesem Mistkerl war zu groß.

Sie sah ihn flehend an. »Und jetzt musst du bitte, bitte wieder gehen.«

»Ich lasse dich nicht allein hier, das kommt überhaupt nicht in Frage.«

»Glaub mir, ich kenne ihn, er wird mir nichts tun. Zumindest im Moment nicht. Wenn er zurückkommt und sieht, was er mir angetan hat, wird er schreckliche Schuldgefühle haben und mich anflehen, ihm zu verzeihen. Es tut ihm dann wirklich leid, das spüre ich. Er ist kein schlechter Mensch. In den nächsten Tagen wird er mir der beste Partner sein, den man sich vorstellen kann.«

»Bis er wieder ausrastet.«

»Wenn du aber noch da bist, wenn er kommt, dann weiß ich nicht, was geschieht.« Sie blickte zur Seite, als versuche sie, sich an etwas zu erinnern. »Er … er ist im Grunde nicht böse«, versicherte sie erneut. »Er ist nur schrecklich eifersüchtig, und wenn ich ihm einen Grund gebe, an mir zu zweifeln, dann kommt es eben vor …«

»Dass er dich halb totprügelt«, vollendete Max den Satz, als sie nicht weitersprach.

Dominique legte ihre Hand auf seine und sah ihn eindringlich an. »Glaub mir, er wird mir nichts tun. Aber er darf dich hier nicht antreffen. Ich bitte dich inständig, jetzt zu gehen.«

Einerseits sträubte sich alles in Max dagegen, Dominique in ihrem Zustand schutzlos diesem brutalen Schläger auszuliefern. Auf der anderen Seite konnte er ihre Angst verstehen. Letztendlich musste er sich ihrem Wunsch beugen und sich auf das verlassen, was sie ihm sagte.

»Also gut. Aber wenn er dich noch mal anfasst oder auch nur bedroht, rufst du entweder die Polizei oder mich an, kannst du mir das versprechen?«

Sie nickte stumm.

»Und bitte ruf mich auf jeden Fall heute Abend an und sag mir, wie es dir geht, okay?«

»Du scheinst dir ja richtige Sorgen um mich zu machen«, erwiderte sie leise.

»Hast du mal in den Spiegel geschaut? Natürlich mache ich mir Sorgen.«

»Danke.« Es war nur ein Flüstern. Etwas lauter fügte sie hinzu: »Bis heute Abend.«

»Ja«, sagte Max, dann wandte er sich ab und verließ die Wohnung.

Noch auf dem Weg zum Auto rief er Keskin an.

»Haben Sie schon von Böhmer gehört?«

»Ja. Schrecklich. Ich lasse gerade eine SoKo zusammenstellen, die sich mit dem Fall beschäftigen wird.«

»Weiß denn niemand, was Horst in Flingern-Nord wollte?«

»Ich kann Ihnen zu laufenden Ermittlungen keine …«

»Verdammt nochmal, jetzt hören sie endlich auf mit diesem Mist von wegen laufenden Ermittlungen«, fuhr Max dazwischen.

»Sie sollten auf Ihren Ton achten, Herr Bischoff, und bedenken, mit wem Sie reden«, entgegnete Keskin pikiert. »Ich bin keine Ihrer Studentinnen.«

»Nein, das sind Sie weiß Gott nicht. Jede meiner Studentinnen würde nämlich alles dafür tun, dass derjenige, der einen Kollegen fast umgebracht hat, schnellstmöglich gefasst wird, statt ihr Hauptaugenmerk darauf zu richten, mir ein ums andere Mal auf die Füße zu treten. Ich möchte verdammt nochmal helfen, diesen Scheißkerl zu fassen, und Sie wissen aus eigener Erfahrung, dass ich ein guter Ermittler bin. Und Horst Böhmer ist mein Freund. Also, was können Sie mir sagen?«

»Wenn sich etwas Entscheidendes ergeben sollte, werde ich Sie davon in Kenntnis setzen lassen. Darüber hinaus bitte ich Sie, die aktiven Beamten ihre Arbeit machen zu lassen und sich nicht einzumischen. Wir wissen, was zu tun ist.«

Es klickte, und das Gespräch war beendet.

»Du dämliche Sumpfkuh!«, stieß Max aus und ließ noch einen deftigen Fluch folgen. Er war außer sich und hätte am liebsten das Telefon auf den Boden geworfen.

Als er im Auto saß, hatte er sich wieder halbwegs im Griff. An seinem Ärger änderte das allerdings nichts.

Diese unsägliche Frau, die nichts Besseres zu tun hatte, als zu verhindern, dass er half, Böhmers Angreifer zu finden …

Böhmers Angreifer! Was hatte sein Freund in diesem Teil von Flingern gewollt? Und vor allem, warum war er während des Dienstes dort hingefahren, ohne jemandem etwas zu sagen? Oder hatte er es jemandem gesagt, und Keskin verschwieg es ihm?

Wie ging es jetzt weiter?

Eine Frau, die er gerade erst kennengelernt hatte, wurde von ihrem Freund brutal misshandelt. Jana, die Frau, für die er – zum ersten Mal seit vielen Jahren – begonnen hatte, Gefühle zu entwickeln, die über eine Freundschaft hinausgingen, war spurlos verschwunden, und sein Freund war lebensgefährlich verletzt worden. Und er, Max Bischoff, ehemaliger Kriminalbeamter und nun Privatermittler mit einer Erfolgsquote von einhundert Prozent, war zur Untätigkeit verdammt, weil *Eslem Keskin* ihm jegliche Informationen verweigerte und weil der Einzige, der ihm diese Informationen hätte beschaffen können, ebenjener Freund war, der nun im künstlichen Koma lag.

Was blieb also? Unter keinen Umständen würde er untätig herumsitzen. Er musste es auf eigene Faust und ohne die Unterstützung der Polizei versuchen. Und er hatte auch schon eine Idee, wer ihm dabei helfen konnte.

Max nahm sein Smartphone in die Hand, öffnete die Kontakte und tippte auf einen Namen.

»Marvin hier, welch große Freude, von Ihnen zu hören, lieber Max«, meldete sich nach nur zweimaligem Läuten der Psychologe und Schriftexperte in seiner gewohnt überschwänglichen, leicht exzentrischen Art.

»Hallo, Marvin, gut, dass ich Sie erreicht habe«, erklärte Max und fügte ohne Umschweife hinzu: »Ich brauche Sie.«

»Gewohnt zielgerichtet und direkt, wie ich Sie kenne.

Kein langes Herumgerede. Das lobe ich mir, und ich komme nicht umhin, den Unterton von Verzweiflung aus Ihrer Stimme herauszuhören. Also bin ich ganz Ohr zu erfahren, was ich für Sie tun kann.«

»Ich mache es kurz. Jana ist spurlos verschwunden und nicht zu erreichen, und Horst Böhmer ist niedergeschlagen und dabei sehr schwer verletzt worden. Er wurde operiert und ins künstliche Koma versetzt.«

»Sehen Sie einen Zusammenhang zwischen diesen beiden Ereignissen?« Das war eine für Marvin typische Reaktion. Kein *Ach* und *Herrje*, sondern sofort eine klar formulierte Frage.

»Ich weiß es nicht, aber es gibt noch eine andere ungewöhnliche Begebenheit. Vorgestern habe ich bei einer Beerdigung eine Frau kennengelernt, die auf verblüffende Weise einer Frau gleicht, die ich vor fünf Jahren geliebt habe und die ermordet worden ist.«

»Jenny. Ich erinnere mich, Sie erwähnten diese tragische Geschichte schon mal. Aber darüber können wir uns persönlich unterhalten. Die wichtige Information für Sie ist erst einmal, dass Sie meine Neugier geweckt haben. Lassen Sie mich nachsehen ... es ist jetzt gleich sechzehn Uhr. Ich muss hier noch etwas erledigen, könnte aber in etwa einer Stunde aufbrechen. Spätestens gegen sechs bin ich also bei Ihnen.«

»Super, ich danke Ihnen«, sagte Max erleichtert.

»Kann ich bei Ihnen übernachten?«

»Sicher, ich mache Ihnen ein Nachtlager auf der Couch.«

»Haben Sie Bier im Haus?«

»Ja.«

»Dann bis später.«

Max legte auf und dachte über Dr. Marvin Wagner nach, der der außergewöhnlichste Wissenschaftler war, den er je kennengelernt hatte.

Wagner hatte Psychologie studiert, anschließend eine Weiterbildung zum Psychotherapeuten absolviert und schließlich seine Dissertation mit summa cum laude abgeschlossen. Er war tätig als Rechtspsychologe bei Gericht und forensischer Psychologe, zudem als forensischer Schriftgutachter. Doch das wirklich Außergewöhnliche an ihm waren sein erfrischend unkonventioneller Blick auf die Wissenschaft, seine witzige Art, mit Situationen umzugehen und sie zu kommentieren, und nicht zuletzt sein Äußeres. Marvin hatte eine rasierte Glatze, trug große Ohrtunnel, und seine Haut war übersät mit auffälligen Tätowierungen an allen sichtbaren Stellen außer dem Gesicht. Dort zierte dafür ein großer Ring seinen Nasenflügel und Metallstifte seine Augenbrauen. Marvin wohnte in Duisburg, also nur rund vierzig Kilometer entfernt.

Die Tatsache, dass er ihm helfen würde, beruhigte Max ein wenig. Er startete den Motor und fuhr los. Die Zeit bis zu Marvins Eintreffen würde er zum Nachdenken nutzen.

10

Wie lange ist sie wohl schon hier? Eine Stunde? Drei? Fünf? Und wie lange war sie bewusstlos? Ist es Tag oder Nacht? Sie weiß es nicht. Aber was macht das auch für einen Unterschied?

Diese Kopfschmerzen …

Sie hat wahnsinnigen Durst. Ihr Mund ist so trocken, dass sie bei dem Versuch zu schlucken husten muss. Was aber der Knebel in ihrem Mund unmöglich macht.

Sie hat geweint, bis sie keine Tränen mehr hatte. Dieser Stoff, mit dem ihre Augen verbunden sind, hat ihre Tränen aufgesogen.

Sie hat (vor Minuten oder vor Stunden?) zum ersten Mal daran gedacht, dass sie vielleicht sterben, einfach so aus dem Leben gerissen wird, und sie weiß nicht, warum. Sie denkt an etwas, das Max ihr gesagt hat. Es ist noch nicht lange her, ein paar Wochen vielleicht, in einer Situation, in der sie beide deutlich gespürt haben, dass das, was sie verbindet, nicht nur Freundschaft ist. In der Max es wohl zum ersten Mal wirklich wahrgenommen hat. Sie selbst weiß das schon ein bisschen länger.

Er hat gesagt, dass er Angst vor dem hat, was sich gerade zwischen ihnen entwickelt. Erst war sie erschrocken, weil sie befürchtete, er wolle das zwischen ihnen beenden, bevor es die Chance hatte, groß zu werden.

Aber dann hat er ihr erklärt, dass es für Frauen gefährlich ist, wenn er sie liebt. Und ihr erzählt, was mit Jenny geschehen war. Und mit seiner Schwester Kirsten. Sie wusste schon vorher davon, kannte aber keine Details. Als Max geschildert hat, wie er Jenny in diesem Keller fand, wie er geschrien hat vor verzweifelter Angst um sie, wie sie starb … da haben sie beide geweint.

Sie hat ihm gesagt, dass sie keine Angst hat und dass sie das Risiko eingeht. Dass sie sicher ist, dass ihr nichts passieren wird.

Er hat sie nur angesehen, und in seinen Augen hat so viel Traurigkeit gelegen, so viel Verletztheit, dass sie ihn zum ersten und bisher einzigen Mal auf den Mund geküsst hat. Es war nicht mehr als der Hauch einer Berührung ihrer Lippen gewesen, und doch hat es gereicht, dass sie in diesem Moment definitiv wusste, was sie für ihn empfindet. Sie liebt ihn. Schon lange.

Ein stechender Schmerz rast ihr durch den Kopf.

Sie zieht mühsam die Luft ein. Hoffentlich geht ihre verstopfte Nase nicht ganz zu. Das wäre ihr Ende.

Ihr Ende … Hat Max recht gehabt? Zahlt sie jetzt den Preis für das unbeschreibliche Glücksgefühl, das der Gedanke in ihr ausgelöst hat, trotz seiner Warnung vielleicht ihr Leben mit ihm zu verbringen? Er war es, der sie in der Nacht angerufen und zu diesem Ort bestellt hat, wo sie niedergeschlagen und dann verschleppt wurde.

Aber noch ist sie am Leben. Wenn derjenige, der sie entführt hat, sie hätte töten wollen, hätte er es an diesem alten Gebäude am Rhein getan und sie nicht – geknebelt und gefesselt – mühsam irgendwohin transportiert.

Andererseits – wer sagt ihr, dass sie sich nicht mehr in diesem Gebäude befindet?

Vielleicht hat der Kerl sie dort eingesperrt, um sie verdursten zu lassen?

Aber Max hat sie dorthin bestellt, er würde nachsehen, wo sie steckt.

Vielleicht hat sich ihr Kidnapper mittlerweile bei ihm gemeldet und Forderungen gestellt. Irgendetwas, das Max tun muss, damit sie wieder freikommt.

Vielleicht weiß Max bereits, dass sich seine düstere Prophezeiung schneller erfüllt hat, als er es für möglich gehalten hat.

Vielleicht sind es unsinnige Gedanken, die sie sich gerade macht, aber während sie angestrengt nachdenkt, vergisst sie die Angst ein wenig.

Diese Angst zu sterben.

11

Zu Hause angekommen, ging Max auf direktem Weg in die Küche, wo er das Päckchen von Professor Bormann auf dem Küchentisch ablegte und mit einem Messer aufschnitt.

Als er den Deckel zurückklappte, blickte er auf einen dunkelblauen Einband, in dessen Mitte das Wort *Notizen* eingeprägt war.

Max nahm das Buch heraus und betrachtete es von allen Seiten. Es hatte deutliche Gebrauchsspuren und schien schon älter zu sein. Schließlich schlug er es auf.

Die erste Seite war mit Bormanns sauberer und gut lesbarer Handschrift eng beschrieben und begann mit dem Datum:

Dienstag, der 29. Mai 1984

Ich beginne mit diesen Aufzeichnungen aus Anlass meines Besuches in den Vereinigten Staaten von Amerika, von dem ich gerade zurückgekehrt bin. Ich war dort bei John Douglas und Robert Ressler von der Behavioural Science Unit, *kurz* BSU. *Das ist eine Abteilung des FBI, die sich auf Verhaltensforschung spezialisiert hat. Von 1979 bis 1983 interviewten Ressler und Douglas überführte Serienmörder, ein Projekt, das sie* Criminal Personality Research Project *genannt haben. Ihr Ziel war es, mehr über die Persönlichkeit von Tätern in Erfahrung zu bringen, um dieses Wissen dann bei der Aufklärung von schweren Straftaten einzusetzen. Ich war von den Erkenntnissen, die sie gewonnen haben, und ihrem Nutzen für die Verbrechensbekämpfung sehr beeindruckt und habe mir vorgenommen, in diesem Buch die Erfahrungen, die ich in meiner Tätigkeit als Kriminalpsychologe während Gesprächen mit Straftätern sammle, ebenfalls niederzuschreiben.*

Max blätterte um und fand auf der nächsten Seite wie angekündigt eine Art Protokoll einer Unterhaltung mit einem Serienvergewaltiger, die am Freitag, den 13. Juli 1984, stattgefunden hatte.

Max überflog die ersten Zeilen. Den Namen des Täters nannte Bormann nicht, sondern benutzte nur zwei Buchstaben. In diesem Fall war es B. S., vermutlich die Anfangsbuchstaben von Vor- und Nachnamen.

Max blätterte weiter und stellte dabei fest, dass das Notizbuch zu mehr als drei Vierteln vollgeschrieben war. Er klappte es zu und nahm es mit ins Wohnzimmer, wo er sich auf die Couch setzte. Bormann hatte ihm also die Aufzeichnungen seiner Gespräche mit Straftätern hinterlassen. Wahrscheinlich, weil er davon ausging, dass sie Max nützlich sein konnten. Und Max war überzeugt, dass sie das auch waren und dass es extrem spannend war, in den Notizen zu lesen. Aber im Moment hatte er keinen Nerv dafür, denn seine Gedanken kreisten um Böhmer und Jana. Und je länger er über Janas plötzliches Verschwinden nachdachte, umso überzeugter war er davon, dass es nicht freiwillig geschehen war, und auch, dass der Angriff auf Böhmer etwas damit zu tun hatte. Oder bildete er sich das nur ein? Er legte das Buch auf dem Tisch ab und streckte sich auf der Couch aus.

Mit geschlossenen Augen konzentrierte er sich komplett auf seine Atmung. Es hatte sich gezeigt, dass das eine sehr wirkungsvolle Möglichkeit war, um in einen Zustand der Entspannung zu kommen, der wiederum die Voraussetzung für logisches Denken war.

Schließlich ließ er den Gedanken freien Lauf. In diesem Zustand gab es nichts, was nicht in Betracht gezogen werden durfte, solange es im Bereich des Möglichen war und den Gesetzen der Logik folgte. Wie bei einem Schachspiel.

Und wie bei einem Schachspiel zog er in Gedanken eine Figur nach der nächsten auf sein imaginäres Spielbrett. Wollte man bei dem Bild bleiben, war das Ziel, den schwarzen König zu schlagen. Max atmete tief durch, dann begann er.

Wer bist du?

Du hast Horst so heftig niedergeschlagen, dass du damit rechnen musstest, dass er stirbt. Ein Hauptkommissar des KK 11. Nein, falsch. Du hast nicht nur damit gerechnet, du hattest vor, ihn zu töten, sonst hätte auch ein weniger harter Schlag genügt. Du wolltest diesen Polizisten umbringen. Deshalb hast du mit ungeheurer Wucht zugeschlagen, so fest, dass seine Schädeldecke gebrochen ist. Und jetzt? Weißt du, dass er noch lebt? Ist dir das egal, oder suchst du nach einer Möglichkeit, das zu vollenden, was dir beim ersten Versuch nicht gelungen ist?

Und was ist mit Jana? Kennst du sie? Weißt du etwas über

ihr Verschwinden? Hast du sie selbst verschwinden lassen? Warum?

Schließlich Dominique Klauber. Ein Abbild von Jennifer Sommer. Zufälligerweise tritt sie, zwei Tage bevor Jana verschwindet und Böhmer niedergeschlagen wird, in Erscheinung. Kennst du sie ebenfalls? Spielt sie womöglich eine Rolle in diesem Spiel?

Was haben alle diese Spielfiguren gemeinsam? Sie stehen in einem besonderen Verhältnis zu mir. Böhmer als mein bester Freund, Jana als die erste Frau nach Jenny, für die ich tiefe Gefühle empfinde, und Dominique als Stellvertreterin für Jenny, meine frühere große Liebe.

Also zielt dein Handeln auf … mich!

Du möchtest mir schaden, und du weißt, dass du mich am meisten triffst und vielleicht sogar psychisch vernichten kannst, wenn du mein großes Trauma erneut aufleben lässt. Indem du den Menschen schadest, die mir nahestehen. Indem du sie tötest?

Max riss die Augen auf und setzte sich so schnell auf, dass ihm kurz schwindlig wurde. Die Menschen, die ihm nahestanden …

Er griff nach seinem Smartphone und rief seine Schwester an. Es läutete dreimal, viermal …

»Komm schon, geh ran«, sagte er beschwörend.

Fünfmal, sechsmal. »Verdammt!«

Ein Klick, dann Kirstens Stimme. »Hallo, Bruderherz, sorry, ich war gerade im Bad.«

»Gott sei Dank!«, sagte er erleichtert. »Geht es dir gut?«

»Ja klar, warum sollte es mir nicht gut gehen?«

In diesem Moment wurde Max bewusst, dass Kirsten von Janas Verschwinden und dem Überfall auf Böhmer noch nichts wusste.

»Weil … weil ich befürchte, dass jemand mir schaden möchte.«

»Inwiefern?«

»Horst ist niedergeschlagen und sehr schwer verletzt worden.«

»O mein Gott, das ist ja schrecklich. Wie geht es ihm?«

»Sie haben ihn in ein künstliches Koma versetzt. Aber das ist noch nicht alles. Jana ist vermutlich seit heute Morgen verschwunden.«

»Verschwunden?«

»Sie ist nicht zum Dienst erschienen, niemand kann sie erreichen. Ich war schon in ihrer Wohnung, da sieht alles normal aus.«

»Seit heute Morgen? Dann ist sie noch nicht so lange weg. Vielleicht gibt es einen guten Grund, und sie taucht in ein, zwei Stunden wieder auf?«

»Theoretisch könnte das natürlich sein, aber mein Gefühl sagt mir etwas anderes. Auch wegen der Sache mit Horst.«

»Und vorgestern ist diese Frau aufgetaucht.«

»Ja.«

»Und du glaubst, das hat etwas mit dir zu tun?«

»Es ist zumindest naheliegend, ich bin der gemeinsame Nenner. Deshalb rufe ich dich an.«

»Denkst du, ich bin in Gefahr?«

Ein paar Jahre zuvor hätte Kirsten an dieser Stelle seine Bedenken als übertrieben abgetan und ihm gesagt, dass ihr nichts passieren würde. Doch das hatte sich seit ihrer Entführung geändert.

»Ich weiß es nicht, aber wir müssen zumindest damit rechnen.«

»Und was soll ich tun?«

»Du könntest zu mir kommen. Marvin Wagner wird zwar bei mir übernachten, aber den könnte ich bitten, in ein Hotel zu gehen.«

Max ließ seiner Schwester Zeit zum Nachdenken.

»Die Erfahrung, die ich damals machen musste, möchte ich wirklich nicht noch einmal erleben. Allein beim Gedanken daran wird mir angst und bange. Aber andererseits kann ich mich nicht immer wieder verstecken.«

»Ich weiß, was du meinst, aber ich mache mir wirklich Sorgen.«

»Aber das ist alles nur eine vage Vermutung von dir, oder?«

»Ja.«

»Okay, es läuft folgendermaßen: Solange diese Sache nicht geklärt ist, werde ich vorsichtig sein und darauf achten, dass meine Wohnung immer verschlossen ist. Ich werde keinem Fremden die Tür öffnen und auch sonst nichts tun, das irgendwie leichtsinnig ist. Und sobald ich das Gefühl habe, dass etwas nicht stimmt, rufe ich dich sofort an, okay?«

Max kannte seine Schwester gut genug, um zu wissen, dass er sie nicht umstimmen konnte.

»Also gut«, sagte er. »Aber bitte, halte dich auch an alles, was du gerade gesagt hast.«

»Versprochen. Du musst dich jetzt darum kümmern, was mit Jana ist. Ich hoffe, es gibt für ihr Verschwinden eine harmlose Erklärung.«

»Ja, das hoffe ich auch«, sagte er, musste sich jedoch eingestehen, dass diese Hoffnung mit jeder Stunde, die verging, geringer wurde.

Kurz nachdem er aufgelegt hatte, bekam er einen Anruf von Eslem Keskin.

»Die Kollegen haben in der Nähe der Stelle, an der Hauptkommissar Böhmer niedergeschlagen wurde, nichts gefunden, das als Tatwaffe in Frage käme. Aber der Arzt hält es anhand der Beschaffenheit der Wunde für wahrscheinlich, dass es sich um einen Hammer oder etwas ähnlich Geformtes handeln muss.«

»Ein Hammer«, wiederholte Max nachdenklich. »Eine extrem brutale Variante. Und ein Hinweis darauf, dass der Täter Horst töten wollte. Wenn er ein bisschen fester zugeschlagen hätte …«

»Ja, das stimmt. Ich gehe davon aus, Sie haben auch noch nichts von Kommissarin Brosius gehört, denn sonst hätten Sie mich ja benachrichtigt.«

»Richtig. Lassen Sie schon nach ihr suchen?«

»In ein, zwei Tagen vielleicht, wenn es bis dahin immer noch kein Lebenszeichen von ihr gibt. Sie wissen, dass das nicht so einfach ist. Jeder erwachsene Mensch hat das Recht, seinen Aufenthaltsort selbst zu bestimmen, ohne irgendjemandem Rechenschaft ablegen zu müssen. Solange kein eindeutiger Hinweis auf eine Straftat vorliegt, sind mir die Hände gebunden.«

»Jana würde niemals einfach so abtauchen, ohne Bescheid zu sagen. Das widerspricht völlig ihrer Art, und das wissen Sie auch. Allein das ist bereits ein deutlicher Hinweis darauf, dass sie nicht freiwillig ihren *Aufenthaltsort* bestimmt hat. Grund genug, nach ihr suchen zu lassen.«

»Herr Bischoff, Sie waren nie in einer Führungsposition und damit in der Verantwortung für viele Beamten. Wenn ich jetzt alles in Bewegung setze und nach ihr suchen lasse, und morgen stellt sich heraus, dass sie sich lediglich eine Auszeit genommen hat und nicht gestört werden wollte, werde ich erklären müssen, warum ich ohne triftigen Grund Steuergelder verschwendet habe. Und nicht nur das, die Öffentlichkeit wird mir zudem noch vorwerfen, voreilig den Polizeiapparat missbraucht zu haben, weil die gesuchte Person eine Polizistin ist.«

Max hatte sie zu Ende reden lassen, obwohl er ihr gern schon nach dem ersten Satz ins Wort gefallen wäre. Nun atmete er tief durch und sagte so ruhig wie möglich: »Manchmal frage ich mich ernsthaft, was in Ihrem Leben schiefgelaufen ist, dass Sie so geworden sind.«

»Vielleicht war es der Verlust des fähigsten Polizisten, den ich je getroffen habe. Durch die Schuld eines Zivilisten, der sich für einen großen Ermittler hält.«

Damit legte sie auf.

12

Das Klacken ist das erste Geräusch, das sie nicht selbst verursacht hat, seit sie zu sich gekommen ist. Das muss einige Stunden her sein. Die Angst und die Verzweiflung sind mittlerweile der Resignation gewichen, was sich aber ändert, als irgendwo hinter ihr eine knarzende Tür geöffnet wird. Ihr Herz beginnt sofort ein wildes Stakkato, das das Blut in ihren Ohren rauschen lässt.

Ist derjenige, der sie entführt hat, zurückgekommen, um sie zu töten?

Sie stößt ein dumpfes Stöhnen aus und bäumt sich in ihren Fesseln auf.

Die Schritte hinter ihr erscheinen überlaut. Der nächste Schritt ist direkt neben, ein weiterer vor ihr. Dann ist Stille.

»Mmmm-mmm-mmm«, schreit sie gegen den Knebel.

Keine Reaktion.

Sie zieht die Luft in kurzen, heftigen Stößen durch die Nase und hat wieder das Gefühl, gleich zu ersticken.

Dann spürt sie etwas an ihrem Hals. Etwas Kaltes, Hartes – eine Klinge? Es bewegt sich, drückt gegen ihre Kehle, aber ohne sie zu verletzen. Sie hält den Atem an, ihr Herz hämmert gegen ihren Brustkorb.

Sie nimmt einen warmen Hauch an ihrem linken Ohr wahr. Atem!

Die Angst droht ihr den Verstand zu rauben. Sie dreht den Kopf zur Seite.

Wieder herrscht Stille. Drückende Stille. Noch nie hat sie das Nichtvorhandensein von Geräuschen als so bedrohlich empfunden wie in diesem Moment.

Eine Weile geschieht nichts, dann plötzlich ein ruckartiges Ziehen und ein seltsam ratschendes Geräusch, gleich darauf wird es kühler an ihrem Dekolleté. Ihr Pullover! Er schneidet ihn mit einem Messer auf. Hände packen zu, etwas zerrt ihren Oberkörper ein Stück nach vorn, der Stoff reißt, dann spürt sie, dass ihr Pullover auseinanderklafft.

»Mmmhmmmmmmm …«, stößt sie aus, schüttelt den Kopf, windet sich, zerrt an den Fesseln. »Mmmmm-mmmmm-mmmm.«

Irgendwann gibt sie auf. Lässt den Kopf auf die Brust sinken, zieht gierig die Luft durch ihre halb verstopfte Nase.

Eine Berührung lässt sie innehalten. Sie ist kaum spürbar, lediglich Fingerspitzen, die langsam zwischen ihren Brüsten auf und ab streichen, dann gleiten sie den Rand des BHs entlang und wieder zurück. Obwohl der Kontakt zwischen diesen fremden Fingern und ihrer Haut kaum wahrnehmbar ist, empfindet sie eine Abscheu, wie sie sie noch nie zuvor gespürt hat.

Dann hört es so plötzlich auf, wie es angefangen hat.

Sie stellt sich vor, wie der Kerl jetzt dasteht und auf ihre Brüste starrt. Wie er vielleicht darüber nachdenkt, was er als Nächstes tun wird.

Erneut spürt sie die Kälte der Messerklinge. Der glatte Stahl wird zwischen ihren Brüsten unter den BH geschoben, verharrt dort einen Moment. Dann ein Ruck, und sie ist entblößt.

13

Wie angekündigt stand Marvin Wagner um kurz vor sechs mit einer braunen Reisetasche über der Schulter vor Max' Tür.

»Schön, dass Sie da sind«, begrüßte Max den Psychologen. Obwohl die beiden sich mochten und auch schon einiges gemeinsam erlebt hatten, waren sie noch bei der förmlichen Anrede, weil Marvin Wagner der Meinung war, für das *Du* sollte man befreundet sein, wofür sie sich allerdings noch nicht lange genug kannten.

»Danke, dass Sie es so schnell möglich machen konnten.«

Marvin betrat die Wohnung und winkte ab. »Das, mein lieber Max, ist für mich eine Selbstverständlichkeit. Zudem sind gemeinsame Ermittlungen mit Ihnen sehr spannend und interessant, wie ich ja bereits in dem kleinen Moselörtchen erfahren durfte. Das lasse ich mir keinesfalls entgehen. Aber …« Er sah Max an und zog die Stirn kraus. »Bitte entschuldigen Sie. Wie ich sehe, sind Sie in Sorge. Da ist mein belangloses Geplapper deplatziert.«

»Schon gut.« Max deutete auf die Couch. »Bitte, setzen Sie sich. Möchten Sie etwas trinken?«

»Ein kaltes Bier wäre toll, danke.«

Als Max mit zwei Bier aus der Küche zurückkam, war Marvins Blick auf das Notizbuch von Professor Bormann gerichtet, das geschlossen vor ihm auf dem Tisch lag.

»Sie führen Tagebuch?«

»Nein, ich nicht.« Max stellte eine Flasche vor Marvin ab und setzte sich ihm gegenüber in einen Sessel. »Das hat mir mein ehemaliger Dozent und späterer Freund Professor Bormann hinterlassen. Er war eine Koryphäe der operativen Fallanalyse. Das sind Aufzeichnungen über Gespräche, die er mit Schwerstkriminellen geführt hat. Er ist vor ein paar Tagen gestorben. Es war seine Beerdigung, bei der ich Dominique getroffen habe.«

Marvin nahm die Flasche und prostete Max zu. »Keine einfache Zeit für Sie im Moment.«

»Nein, tatsächlich nicht.«

»Möchten Sie erzählen?«

»Was?«

Marvin zuckte mit der Schulter. »Was im Einzelnen Sie bedrückt.«

»Ich befürchte, Jana ist entführt worden. Horst hat mich angerufen, weil er sich Sorgen um sie gemacht hat. Sie ist nicht zum Dienst erschienen und nicht erreichbar. Kurz nach unserem Gespräch ist Horst dann in Flingern-Nord gefunden worden. Das ist ein Düsseldorfer Stadtteil. Er ist wahrscheinlich mit einem Hammer niedergeschlagen worden und liegt mit einem Schädelbruch im künstlichen Koma.«

»Haben Sie eine Idee, was der Grund dafür sein könnte, Jana zu entführen?«

»Nein, es gibt keinerlei Anhaltspunkte, weder für Janas Verschwinden noch für den Mordversuch an Horst. Aber ich halte es für möglich, dass es mit mir zu tun hat.«

»Inwiefern?«

»Es könnte sein, dass jemand mich damit treffen wollte. Was ihm auch gelungen ist, denn beide liegen mir sehr am Herzen.«

»Müssten Sie dann nicht in irgendeiner Form eine Nachricht bekommen?«

Max war klar, worauf Marvin hinauswollte. »Damit ich weiß, dass es dabei um mich geht, und entsprechende Schuldgefühle habe? Ja, vielleicht. Aber wer ahnt schon, was in den Köpfen solcher Menschen vor sich geht?«

Marvin deutete auf das Notizbuch auf dem Tisch. »Vielleicht er. Hätten Sie etwas dagegen, wenn ich später ein wenig in diesen Notizen blättere? Für mich als Wissenschaftler ist das sicher eine sehr interessante Lektüre.«

»Tun Sie das ruhig.«

»Was ist mit Dominique?«

»Ich habe bisher außer bei Zwillingen noch nie eine solche Ähnlichkeit bei zwei Menschen gesehen wie zwischen Dominique und Jenny. Es ist nicht nur das Aussehen, da gibt es schon einige Unterschiede. Aber alles andere … die Art, sich zu kleiden, die Bewegungen, die Frisur … Wenn ich sie anschaue, ist es, als sei Jenny nach fünf Jahren zurückgekehrt und hätte sich einfach nur ein bisschen verändert.«

»Glauben Sie, dass die Begegnung Zufall war?«

»Ich weiß es nicht. Es wäre ein extremer Zufall, aber unmöglich ist es nicht. Da ist noch etwas. Sie wird von ihrem Freund misshandelt.«

»Hat sie Ihnen das gesagt?«

»Nein, ich habe es gesehen. Er hat sie schlimm zugerichtet.«

Max griff nach seiner Bierflasche. »Jenny ist damals auch misshandelt worden. So schrecklich, dass sie gestorben ist.«

Nachdem er einen Schluck getrunken hatte, stellte er die Flasche wieder ab. »Ein ganzer Berg von Merkwürdigkeiten und unbeantworteten Fragen.«

»Ja, man könnte sagen, wir stehen am Fuße von Mount Bullshit.«

Max stieß ein kurzes, humorloses Lachen aus, dann sagte Marvin: »Möchten Sie mir die ganze Geschichte von Jenny erzählen?«

Max horchte in sich hinein, um herauszufinden, was der Gedanke, mit Marvin Wagner über die Einzelheiten des Traumas seines Lebens zu sprechen, bei ihm auslöste. Die Erinnerung an Jenny – an die kurze, glückliche Zeit, die er mit ihr gehabt hatte, und an die letzten Momente mit ihr, an ihr Sterben – das war für ihn etwas so Intimes, dass er nicht einmal dem Psychologen alle Einzelheiten erzählt hatte, bei dem er nach dem Vorfall in Therapie gewesen war.

Marvin war auch Psychologe, aber zudem ein Mensch, dem er absolut vertraute. Und vielleicht war es einfach an der Zeit … »Ja, ich denke, das möchte ich.«

Nach einem erneuten, großen Schluck aus der Flasche lehnte Max sich im Sessel zurück, und dann erzählte er.

Von ihrem Kennenlernen, als er, gemeinsam mit Böhmer, im Rahmen von Ermittlungen in einem Mordfall an einer von Jennys Schauspielkolleginnen, dieser bildschönen Frau zum ersten Mal gegenübergestanden hatte. Von ihrem Lächeln, das ihn schon bei diesem ersten Treffen auf irritierende Weise berührte.

Und während er erzählte, sah er Jenny wieder vor sich. Sie hatte die dunklen Haare hochgesteckt und trug eine enge Jeans und ein weißes Shirt. »Bitte, kommen Sie doch herein«, hatte sie gesagt, und obwohl sie zuvor schon ein paar Worte mit Böhmer gewechselt hatte, war Max erst in diesem Moment aufgefallen, wie angenehm ihre Stimme klang. Als sie sich kurz darauf verabschiedeten, hatte sie gesagt: »Es ist so, dass ich mich gerade auf eine Rolle als Assistentin eines Kriminalkommissars vorbereite, die ich ab nächstem Monat für eine Krimiserie spielen soll. Wo ich jetzt schon mal einen echten Kommissar greifbar habe … Ich habe viele Fragen, deren Beantwortung mir helfen würde, die Rolle besser zu verstehen. Könnten Sie sich vorstellen, mir dabei behilflich zu sein? Wenn ich mir alle Fragen aufschreibe und wir uns vielleicht mal treffen könnten …«

Um kurz vor acht Uhr am Abend hatte er dann vor Jennifer Sommers Haustür gestanden, in der Hand eine Flasche italienischen Rotwein. Als sie die Tür geöffnet hatte und lächelnd vor ihm stand, hatte ihr Anblick ihm den Atem verschlagen.

Max erzählte Marvin von der viel zu kurzen Zeit, die er mit Jenny verbringen durfte, von dieser Aneinanderreihung von Momenten bedingungslosen Glücks und schließlich von ihren letzten Stunden und davon, wie sie in seinen Armen gestorben war.

Als er fertig war, blieb Marvins Blick noch eine gefühlte Ewigkeit auf ihn gerichtet, bevor er nickte und sagte: »Und jetzt begegnet Ihnen ein Abbild von Jenny, und auch dieser Frau wird Gewalt angetan. Mein Bauchgefühl sagt mir, dass das kein Zufall ist.«

Das sah mittlerweile auch Max so.

Sie redeten noch eine Weile über Jenny, Dominique und Jana, bis irgendwann das Thema auf Horst Böhmer kam.

Max erzählte von seiner Anfangszeit beim KK11 und wie sie sich in der ersten Zeit gegenseitig aufgezogen hatten. Böhmer hatte ihn wegen seines theoretischen Ansatzes der operativen Fallanalyse und seiner Vorliebe für das Joggen den *rennenden Herrn Professor* genannt, im Gegenzug hatte Max ihn als sturen alten Bullen bezeichnet, dessen Bauchansatz ein bisschen Sport guttun würde. Mit der Zeit hatten sie einander jedoch schätzen gelernt und verstanden, dass sie genau wegen ihrer unterschiedlichen Herangehensweise an einen Fall ein erfolgreiches Team waren.

»Er ist ein mürrischer, sturer Kerl, aber ein sehr guter Polizist«, erklärte Max. »Dass er offenbar nach Flingern-Nord gefahren ist, ohne irgendjemandem Bescheid zu sagen – auch mir nicht –, passt so gar nicht zu ihm.«

»Er ist ein guter Freund für Sie, nicht wahr?«, wollte Marvin wissen.

Max nickte. »Der beste.«

14

Sie hatten noch eine Weile zusammengesessen und sich dann gegen dreiundzwanzig Uhr schlafen gelegt, nachdem Max die Couch für Marvin hergerichtet hatte.

Als Max am nächsten Morgen um halb acht in die Küche kam, saß Marvin schon mit einer Tasse Kaffee am Tisch und sah von Professor Bormanns Notizbuch auf, in dem er gelesen hatte.

»Ich wünsche einen guten Morgen.«

»Guten Morgen. Wie haben Sie geschlafen?«

»Bestens, lieber Max. Ich habe noch eine ganze Weile in den Notizen des Herrn Professors geschmökert und kann Ihnen versichern, dass Sie mit diesen Aufzeichnungen einen wahren Schatz zum Thema psychologische Analyse im Allgemeinen und der Fallanalyse im Speziellen in Händen halten. Da Sie es nicht erwähnt haben, gehe ich davon aus, Sie haben speziell den letzten Eintrag noch nicht gelesen?«

»Nein, noch nicht. Ich habe das Notizbuch erst gestern bekommen.«

»Der letzte Eintrag ist nur ein paar Wochen alt. Ich denke, es geht darin um Sie.«

»Was? Um mich?«

»Ja. Sie sollten ihn lesen.«

Irritiert ging Max zum Tisch, drehte das Notizbuch zu sich und schlug es auf. Als er den letzten Eintrag gefunden hatte, setzte er sich und las.

Er war laut Datum tatsächlich erst knapp fünf Wochen zuvor in Bormanns schnörkelloser, exakter Handschrift verfasst worden.

Gespräch mit S. K.
K. scheint im Vergleich zum letzten Gespräch vor drei Monaten instabiler geworden zu sein.
Nicht zum ersten Mal habe ich darüber nachgedacht, ob es nicht leichtsinnig ist, Menschen wie K. in unser Haus zu lassen. Noch mehr bewegt mich jedoch die Frage, ob es tatsächlich Max B. ist, von dem er immer wieder spricht, und ob ich ihm nicht von meinem Verdacht erzählen muss, auch wenn ich damit gegen die Schweigepflicht verstoße. Was wiegt letztendlich schwerer? Die ethische und moralische Pflicht meinem Beruf gegenüber oder die Verpflichtung, jemanden darüber zu informieren, dass er womöglich in Gefahr ist. Allerdings wäre es fatal, wenn ich mich täusche und K. jemand anderen meint. Ein wirkliches Dilemma. Ich muss bald eine Entscheidung treffen. Ich hoffe, ich tue das Richtige. Falls Max wirklich etwas passieren würde, könnte ich mir das nicht verzeihen. Wenn ich aber meine Schweigepflicht unbegründet verletzen würde, so würde das alles ad absurdum führen, woran ich mein ganzes berufliches Leben lang geglaubt habe. Ich werde beim nächsten Gespräch mit K. versuchen, den Namen seines Hassobjektes zu erfahren.

Max sah auf. »Das ist ja seltsam. Aber ich schätze, Sie haben recht. Mit Max B. bin wohl ich gemeint. Haben Sie den Eintrag über das Gespräch drei Monate zuvor, das hier erwähnt wird, auch gelesen?«

»Das hätte ich gern, aber dieser Eintrag existiert leider nicht. Und soweit ich das beurteilen kann, gibt es auch sonst nichts über weitere Gespräche mit diesem S. K.«

»Das ist sehr seltsam. Ich wundere mich sowieso, dass Professor Bormann offensichtlich immer noch Patienten hatte. Davon wusste ich nichts. Er hat nie darüber gesprochen.«

»Vielleicht sollten wir uns mal diesbezüglich mit seiner Witwe unterhalten?«

»Ja, vielleicht. Aber ich weiß nicht, ob …«

Max' Telefon läutete, was nur schwach zu hören war, weil es noch auf dem Nachttisch im Schlafzimmer lag. Max ging hinüber und streckte die Hand gerade nach dem Telefon aus, als es verstummte. »Natürlich«, sagte er leise und tippte auf das Display. Eine unbekannte Nummer.

Er wählte sie und hielt sich das Gerät ans Ohr.

»Marien Hospital Düsseldorf, Wambach«, meldete sich eine Frau.

»Max Bischoff. Ich habe gerade einen Anruf von Ihnen erhalten.«

»Herr Bischoff, ja, einen Moment bitte, ich stelle Sie durch zu Frau Doktor Petersen.«

Es knackte in der Leitung, Sekunden später meldete sich die Ärztin.

»Herr Bischoff, ich rufe Sie an im Auftrag von Herrn Böhmer. Wir haben ihn heute Morgen geweckt, weil die Schwellung an seinem Kopf sich zurückgebildet hat. Er hat darauf bestanden, dass wir Sie informieren und Ihnen sagen, Sie möchten dringend zu ihm kommen.«

»Es geht ihm besser?«, stieß Max erleichtert aus. »Das ist eine gute Nachricht. Ich komme sofort. Danke für Ihren Anruf.«

Zurück in der Küche, sagte er zu Marvin: »Gute Neuigkeiten. Horst geht es etwas besser. Er ist bei Bewusstsein und möchte mich sprechen. Ich denke, jetzt wird ein wenig Licht ins Dunkel der letzten Tage gebracht. Kommen Sie mit?«

»Was ist das denn für eine Frage? Selbstverständlich komme ich mit.«

Max' Blick fiel auf Bormanns Notizbuch. Er hätte zwar gern gewusst, was es mit diesem letzten Eintrag auf sich hatte, aber das musste warten. Zuerst wollte er zu Böhmer, um hoffentlich von ihm zu erfahren, was am Vortag geschehen war.

Horst Böhmer lag noch auf der Intensivstation, die Max allerdings nur allein betreten durfte, wie ihnen der Pfleger am Eingang sagte. Als Max dem jungen Mann erklären wollte, dass es wichtig war, dass sie beide mit Böhmer sprachen, winkte Marvin ab. »Nein, schon gut, ich warte hier. Sie werden mir anschließend sicher alles erzählen.«

Als Max kurz darauf an das Bett herantrat, in dem Böhmer mit dick verbundenem Kopf lag und um das eine ganze Armada an Apparaturen aufgebaut war, deren Kabel und Schläuche irgendwo unter Böhmers Bettdecke, in seiner Armvene und hinter seinem Kopf verschwanden, erschrak er.

Das Gesicht seines Freundes war eingefallen, die Haut blass-grau, die Lippen schmal und spröde. Auch Böhmers Nase erschien Max spitzer als sonst.

Böhmer verzog den Mund zu dem Versuch eines Lächelns. »Hallo, Partner«, sagte er mit dünner Stimme.

Max legte ihm die Hand auf die Schulter. »Hallo, mein Freund. Soll ich fragen, wie es dir geht?«

»Nein.«

»Das dachte ich mir. Was ist passiert?«

»Sag du es mir.«

»Ich?«, wiederholte Max verwundert. »Warum ich?«

»Warum hast du mich angerufen? Was war los in Flingern-Nord?«

»Was? Ich verstehe nicht. Wann habe ich dich angerufen?«

Böhmer leckte sich über die rissigen Lippen. »Wenn man mich richtig informiert hat, war das gestern Morgen.«

Max schüttelte den Kopf. »Ich habe dich gestern Morgen zwar angerufen, aber da bist du nicht rangegangen.«

»Was redest du? Natürlich bin ich rangegangen. Und du hast gesagt, ich soll sofort nach Flingern-Nord kommen, zu diesem Bauwagen hinter der Eisenbahnbrücke in der Rosmarinstraße, und niemandem auf der Dienststelle etwas davon sagen, weil du befürchtest, dass jemand vom Präsidium mit drinhängt.«

»Was? Wo drinhängt? Horst, dieses Gespräch hat nicht stattgefunden. Ich verstehe kein Wort.«

»In der Entführung von Jana.«

Max brauchte ein paar Sekunden, um das zu verarbeiten, dann sagte er: »Ich habe dich nicht angerufen.«

»Aber es war deine Stimme.«

»Dann war es ein Fake. Jemand hat seine Stimme so manipuliert, dass sie sich anhörte wie meine. Hast du nicht auf die Nummer geachtet?«

»Doch. Es war nicht deine, das stimmt, aber du … nein, entschuldige, der *Anrufer* sagte, das würde er mir später erklären, ich solle mich sofort auf den Weg machen.«

»Und da bist du einfach losgefahren?«

»Max! *Du* hast mich angerufen. Natürlich fahre ich da sofort los.«

»Ja, okay, das verstehe ich. Das heißt aber im Klartext, wir müssen definitiv davon ausgehen, dass Jana entführt worden ist.«

»Das sehe ich auch so. Was ich aber nicht verstehe: Was wollte derjenige von mir? Warum hat er mich da rausgelockt und mich niedergeschlagen?«

»Das weiß ich nicht. Aber ich fürchte, er wollte dich umbringen. Dass du den Schlag überlebt hast, ist ein Riesenglück.«

»Aber warum?«

»Vielleicht, weil du mein Freund bist.«

Böhmer drehte den Kopf ein wenig zur Seite und verzog schmerzhaft das Gesicht. »Mann, diese scheiß Kopfschmerzen … Wenn ich rausbekomme, wer das war, dann kann der sich warm anziehen. Weil ich dein Freund bin? Du meinst, das geht gegen dich?«

»Ich halte es für möglich.«

»Ich hoffe, ich komme bald hier raus, dann werden wir diesen Dreckskerl zusammen jagen.«

»Du hast einen Schädelbruch, mein Freund. Das wird nichts mit schnell raus.«

»Große Scheiße.«

»War Keskin oder jemand vom Präsidium schon hier?«

»Nein, ich wollte zuerst mit dir sprechen.«

»Wenn Keskin hört, dass ich dich angeblich angerufen habe, wird sie das sofort aufgreifen und versuchen, mir einen Strick daraus zu drehen. Sie verweigert mir natürlich schon wieder jede Info.«

»Das dachte ich mir. Du musst trotzdem rausfinden, was mit Jana passiert ist.«

»Das werde ich. Ich habe zum Glück seit gestern Abend Hilfe. Marvin Wagner ist da.«

»Dieser Paradiesvogel. Aber offenbar hat er ja was auf dem Kasten.«

Als Böhmer erneut das Gesicht verzog und aufstöhnte, sagte Max: »Ich gehe jetzt, komme aber später wieder. Ruh dich ein wenig aus.«

»Okay.«

Erneut legte Max ihm die Hand auf die Schulter, dann wandte er sich ab und verließ den Raum.

Marvin saß in einem Wartebereich vor der Intensivstation und stand auf, als Max auf ihn zukam.

»Und?«

»Jemand hat Horst angerufen, sich für mich ausgegeben, klang genau wie ich und hat ihn zu einer Eisenbahnbrücke nach Flingern-Nord gelockt.«

»Oh! Deep Fake. KI.«

»Offenbar. Lassen Sie uns zurückfahren und noch mal die Unterlagen von Professor Bormann durchgehen. Vielleicht ist es Zufall, dass er diesen Eintrag vor ein paar Wochen gemacht hat, aber es kann auch sein, dass da einiges zusammenhängt.«

Als sie losgingen, sagte Marvin: »Ich verstehe nicht, dass der Entführer sich noch nicht bei Ihnen gemeldet hat. Das spricht dagegen, dass Janas Entführung etwas mit Ihnen zu tun hat.«

Max blieb stehen und zog sein Telefon aus der Tasche. »Mir fällt gerade ein, dass ich noch nachfragen wollte, wie es Dominique geht.«

Es dauerte eine Weile, bis sie das Gespräch annahm.

»Hier ist Max. Ist alles in Ordnung?«

»Schön, von dir zu hören. Ja, mir geht es gut, danke.«

Ansichtssache, wenn ich daran denke, wie du gestern ausgesehen hast, dachte Max.

»Ist er wieder da?«

»Nein, aber er hat angerufen. Es tut ihm schrecklich leid, was passiert ist, und er schämt sich. Er sagte, er braucht ein paar Tage, um zu sich selbst zu finden.«

»Hat er sich erkundigt, wie es dir geht?«

»Ja, wie gesagt, es tut ihm sehr leid.«

»Hat er mich noch mal erwähnt?«

»Nur, als wir uns gestritten haben. Er war sehr aufgebracht, weil er dachte, du hättest mich angemacht, obwohl du wusstest, dass ich in einer Beziehung bin.«

»Was denkst du, wie weit würde er gehen, wenn er vor Eifersucht außer sich ist?«

»Ich … ich weiß nicht, er kann schon sehr böse werden. Warum?«

»Es interessiert mich einfach. Wie ist übrigens sein Name?«

»Sebastian. Sebastian Kernbach, warum?«

»Für alle Fälle«, wich Max aus und wechselte das Thema. »Hast du noch starke Schmerzen?«

»Es geht.«

»Okay, ich melde mich wieder bei dir.«

»Gut. Ach, Max?«

»Ja?«

»Was ist mit deiner … Freundin? Hast du schon etwas von ihr gehört?«

»Nein, bisher noch nicht.«

»Das tut mir leid.«

»Ich melde mich«, sagte Max und legte auf.

»Der Kerl, der Dominique misshandelt hat, heißt Sebastian Kernbach«, sagte er, an Marvin gewandt.

Der hob eine Braue. »Das ist bemerkenswert. Sebastian Kernbach … S. K.«

»Ja, genau das habe ich auch gedacht. Versuchen wir also, etwas über Herrn Kernbach in Erfahrung zu bringen.«

»Haben Sie außer Horst Böhmer noch jemanden bei der Polizei, der Ihnen helfen kann?«

»Leider nicht. Keskin blockiert komplett.«

»Wir werden Mittel und Wege finden.«

»Ja«, entgegnete Max und dachte an Jana. Und an Dominique.

15

Sie zittert. Vor Kälte und vor Angst.

Den Oberkörper entblößt, sitzt sie da, schutzlos den Blicken und den Händen eines Fremden ausgeliefert. Die Augen verbunden, so dass sie nicht sieht, was er gerade tut, während er wahrscheinlich ihre nackten Brüste anstarrt.

Instinktiv spannt sie alle Muskeln an, als sie plötzlich wieder eine Berührung spürt, wie zuvor kaum wahrnehmbar, eine Fingerspitze vielleicht, dieses Mal an ihrem Hals. Langsam streicht sie nach links, über ihr Schlüsselbein, zur Schulter, über den Oberarm. Dann verschwindet sie, taucht wieder an ihrem Hals auf und bewegt sich in die andere Richtung.

Ihr Atem geht stoßweise, trotz der frostigen Temperaturen bilden sich feine Schweißperlen auf ihrer Stirn. Kalter Angstschweiß.

Der leichte Druck der Fingerspitze auf ihrer Haut lässt nach, aber zwei Sekunden später wird sie am Bauch über dem Nabel berührt. Dieses Mal mit der ganzen Hand. Unwillkürlich hält sie den Atem an. Was kommt jetzt?

Die Hand streicht ihr über den Bauch, nach links und rechts, dann ein Stück weit nach oben. Ganz langsam. Kurz unterhalb ihrer Brüste stoppt die Bewegung, die Hand verharrt jedoch auf der Stelle.

Dann ist dieser leichte, warme Lufthauch wieder da, allerdings nicht an ihrem Ohr, sondern an ihrem Hals, begleitet von einem kaum hörbaren Atmen. Als sauge die Person den Geruch ihrer Haut in sich auf.

Als die Hand erneut auf Wanderschaft geht und sich auf ihren Hosenbund zubewegt, erstarrt sie.

Dann ist es plötzlich vorbei. Die Hand verschwindet von ihrem Körper, und ein paar Atemzüge später hört sie knirschende Schritte. Sie entfernen sich, halten kurz inne, die Tür knarzt und fällt mit einem Knall ins Schloss.

Sie lauscht in die drückende Stille. Minutenlang. Erst dann entspannt sie sich ein wenig. Sie ist wieder allein. Und sie wird sich zusammenreißen und über ihre Situation nachdenken. Darüber, was sie tun kann, wenn ihr Entführer zurückkommt. Es muss ihr etwas einfallen, denn aufgeben ist keine Option. Sie ist schließlich Polizistin.

16

»Ich denke, es ist besser, wenn ich allein zu ihr reingehe«, erklärte Max, woraufhin Marvin nickte. »Was immer Sie möchten, lieber Max. Ich warte hier und harre der Dinge, die kommen.«

Max öffnete die Fahrertür und stieg aus. Er hatte das Auto etwa zwanzig Meter von dem Haus entfernt geparkt.

Dieses Mal öffnete Dominique die Haustür, ohne zu zögern, als sie hörte, dass Max davorstand. Als er das Haus betrat, wartete sie schon in der geöffneten Wohnungstür. Obwohl er wusste, wie sie aussah, erschrak er trotzdem, als er ihr Gesicht sah. Mittlerweile hatten die Hämatome einen Farbton zwischen blau und braun angenommen. Die Schwellung am Auge war allerdings ein wenig zurückgegangen, dafür war ihre Oberlippe deutlich dicker.

»Hallo«, begrüßte Dominique ihn und versuchte sich an einem Lächeln.

»Wie geht es dir?«

»Gut«, sagte sie und wandte sich ab.

Max folgte ihr ins Wohnzimmer, wo leise Musik lief. Es war einer von Max' absoluten Lieblingssongs, *I don't want to miss a thing* von Aerosmith.

»Hat sich Herr Kernbach mittlerweile wieder gemeldet?«

»Nein.« Sie deutete auf die Couch. »Möchtest du dich nicht setzen?«

Max nahm Platz und wandte sich Dominique zu, die sich neben ihm niedergelassen hatte.

»Ich möchte mich mal mit ihm unterhalten.«

Sie schüttelte energisch den Kopf. »Das ist eine schlechte Idee. Er ist nicht gut auf dich zu sprechen.«

»Trotzdem möchte ich mit ihm reden. Warum hast du ihm überhaupt von unserer Begegnung bei der Beerdigung erzählt, wenn du weißt, wie eifersüchtig er ist?«

»Weil … weil er mich gefragt hat, ob ich mit jemandem gesprochen habe. Ich konnte ihn nicht anlügen. Er merkt sofort, wenn ich nicht die Wahrheit sage, und dann wird er schrecklich wütend.«

»Ich würde dir gern ein paar Fragen zu ihm stellen.«

»Fragen? Warum? Was hast du vor?« Max konnte die Panik in ihren Augen sehen. »Du musst nichts tun. Ich habe dir doch gesagt, er ist kein schlechter Mensch.«

»Weißt du, ob er in einer Therapie ist oder sich in letzter Zeit mal mit einem Psychologen unterhalten hat?« Max überging ihre Einwände.

»Einem Psychologen? Ich verstehe nicht …« Sie rieb die Hände aneinander. Zu der Angst schien nun auch noch Nervosität zu kommen.

»Du hast gesagt, er ist eigentlich kein schlechter Kerl. Wenn ihm bewusst ist, dass er manchmal die Kontrolle über sich verliert und dir dann weh tut, könnte es doch sein, dass er sich professionelle Hilfe gesucht hat, damit solche Ausraster nicht mehr vorkommen.«

Dominique dachte eine Weile nach, dann schüttelte sie den Kopf. »Davon weiß ich nichts. Aber … ich verstehe immer noch nicht, wie du darauf kommst.«

Kurz war Max versucht, ihr von einem gewissen S. K. in Bormanns Notizen zu erzählen, doch einem spontanen Gefühl folgend ließ er es sein. Noch.

»Du weißt, dass du Jenny sehr ähnlich siehst. Vielleicht ist das der Grund, warum ich mich auf eine gewisse Art für dich verantwortlich fühle.« Das war zwar nicht der Hauptgrund für Max' Frage, entsprach aber dennoch der Wahrheit.

»Das … das finde ich sehr ehrenvoll. Aber du musst dir keine Sorgen machen. Sebastian hat eingesehen, dass er einen großen Fehler gemacht hat, und es tut ihm aufrichtig leid. Ich bin sicher, er wird so was nicht mehr tun.«

»Dann war es das erste Mal, dass er dich geschlagen hat?«, fragte Max und war sicher, dass er die Antwort schon kannte. Er musste an den blauen Fleck hinter Dominiques Ohr denken.

Es dauerte eine Weile, bis sie antwortete. »Nicht das erste, aber sicher das letzte Mal.«

»Und das hast du bisher noch nie gedacht?«

»Wie meinst du das?«

»Na, wenn er dich früher geschlagen hat, hat er da anschließend nicht beteuert, dass es ihm leidtut und dass so etwas nicht mehr vorkommt?«

Sie senkte den Blick.

»Dominique?«

»Doch«, sagte sie schließlich leise.

»Das dachte ich mir. Und warum glaubst du, dass es dieses Mal anders ist?«

»Weil er spürt, dass ich Verständnis für ihn habe, und weil es ihm wirklich leidtut. Ich weiß einfach, dass ich ihn dazu bringen kann, damit aufzuhören. Weil er mich liebt.«

»Hat er irgendwelche Freunde?«

»Freunde? Ja, ich denke schon.«

»Du denkst?«

»Ja, er geht ja öfter weg, dann trifft er sich bestimmt mit Freunden. Aber das sind eben *seine* Freunde, mit denen er Zeit verbringt, nicht meine. Ich kenne sie nicht, und ich frage auch nicht.«

»Das heißt, er trifft sich mit ihnen immer nur allein?«

»Ja, aber das ist doch normal.«

Max schüttelte den Kopf. »Das finde ich nicht, aber das geht mich nichts an. Weißt du, wo er mit seinen Freunden unterwegs ist?«

»Nein.«

Natürlich nicht.

»Weißt du denn überhaupt irgendwas über Sebastian Kernbach?«, stieß Max aus.

Als er sah, wie sie zusammenzuckte und gleich darauf ihre Augen glasig wurden, tat ihm sein forscher Ton leid.

»Ich … ich begreife nicht, warum du so wütend auf mich bist. Ich dachte, du magst mich.«

»Das tue ich auch, Dominique, aber … ich verstehe dich einfach nicht. Du bist mit einem Mann zusammen, der dich misshandelt und von dem du offensichtlich so gut wie nichts weißt. Was ist das denn für eine Beziehung? Wie kannst du nur so leben?«

Die Tränen liefen ihr über das geschwollene Gesicht. Als sie es bemerkte, senkte sie schnell den Kopf.

»Es stimmt, ich habe manchmal große Angst vor ihm. Aber noch viel größere Angst habe ich davor, allein zu sein.«

Max befürchtete, dass sie in Wahrheit noch viel größere Angst vor dem hatte, was Kernbach ihr antäte, wenn sie versuchte, ihn zu verlassen.

Dem plötzlichen Drang folgend, sie zu trösten, rückte er näher an sie heran und nahm sie in den Arm. »Schon gut«, sagte er sanft. »Es tut mir leid, ich wollte dich nicht auch noch quälen.«

Sie legte vorsichtig die Arme um ihn und fing an zu weinen.

Max schloss die Augen, spürte ihren zuckenden Körper und wurde überwältigt von Gefühlen. Er wollte ihr tröstend über die Haare streichen, als sie plötzlich den Kopf hob und ihm einen sanften Kuss auf die Wange hauchte.

In diesem Moment schob sich plötzlich das Bild von Jana in sein Bewusstsein. Gleichzeitig wurde ihm so klar wie bisher noch nie, wie tief die Gefühle waren, die er für sie empfand. Er musste alles dafür tun, um sie zu finden. Er *musste* sie finden. Was mit Jenny geschehen war, durfte sich nicht wiederholen.

Mit sanftem Druck schob er Dominique von sich, woraufhin sie ihn verstört ansah. »Warum schiebst du mich von dir weg?«

»Ich muss jetzt los«, erwiderte Max ausweichend und erhob sich. »Ich melde mich wieder bei dir. Falls dein Freund auftaucht, ruf mich bitte an. Ich muss mich unbedingt mit ihm unterhalten. Ach, und hast du vielleicht ein Foto von ihm?«

»Ein Foto?«

»Ja. Du hast doch bestimmt welche auf deinem Handy.«

»Ja, sicher.« Sie stand auf und ging zu einer Kommode, auf der ihr Smartphone lag. Noch während sie zurückkam, tippte sie darauf herum. Schließlich sah sie Max an, ließ das Telefon aber sinken. »Wozu brauchst du ein Foto von ihm?«

»Es kann sein, dass wir einen gemeinsamen Bekannten haben.«

»Ihr beide sollt einen gemeinsamen Bekannten haben? Das kann ich mir nicht vorstellen.«

Max deutete auf ihr Handy. »Schickst du mir bitte eins per WhatsApp?«

Doch Dominique machte keine Anstalten, seiner Bitte nachzukommen. »Versprich mir, dass er nicht erfährt, dass ich dir ein Foto von ihm gegeben habe. Und dass du es auch sonst niemandem sagst.«

Sie musste wirklich große Angst vor diesem Kerl haben.

»Ich verspreche es.«

Nachdem sie ihm noch eine Weile in die Augen geschaut hatte, als sei sie nicht sicher, ob sie ihm glauben konnte, schickte sie Max schließlich ein Bild.

Er warf einen kurzen Blick darauf. Es zeigte Kernbach auf einer Mauer sitzend, im Hintergrund ein Strand. Die

Aufnahme schien zwar etwas älter zu sein, aber Max erkannte ihn darauf sofort.

»Danke«, sagte er, wandte sich ab und verließ Dominiques Wohnung.

Als er kurz darauf zu Marvin ins Auto stieg, sah dieser ihn eindringlich an. »Liege ich richtig, wenn ich vermute, dass das Gespräch nicht so verlaufen ist, wie Sie es sich vorgestellt haben?«

»Ja«, antwortete Max einsilbig.

Marvin wartete eine Weile ab, und als Max keine Anstalten machte weiterzureden, sagte er: »Es ist beachtlich. Sie erzählen so plastisch, dass ich immer das Gefühl habe, dabei gewesen zu sein.«

Max musste kurz schmunzeln. »Schon gut, ich erzähle Ihnen gleich alles. Ich bin nur gerade etwas verwirrt.«

Damit gab Marvin sich zufrieden. »Gut, dann warte ich. Übrigens habe ich mir in der Zwischenzeit ein Hotelzimmer ganz in Ihrer Nähe gebucht.«

»Warum? Sie können gern ...«

»Ich weiß, danke. Aber in der letzten Nacht war es so, dass ich und mein Körper wirklich gern schlafen wollten, mein Kopf aber unbedingt über elementar wichtige Dinge nachdenken musste, wie zum Beispiel die Frage, ob es Drachen wohl traurig macht, dass sie keine Kerzen ausblasen können.«

Max sah ihn verständnislos an. »Was?«

»Ihre Couch, Max. Ich habe die halbe Nacht wach gelegen. Für die nächste Nacht brauche ich einfach ein bequemes Bett.«

»Ah, okay, ich verstehe. Wir können gern tauschen, wenn Sie möchten.«

»Auf keinen Fall werde ich Ihnen Ihr Bett wegnehmen, wenn es ein paar hundert Meter weiter ein Hotel gibt. Nein, das Zimmer ist schon gebucht. Ich habe zwei Nächte fix gemacht, mit der Option auf Verlängerung.«

Zwei Nächte. Wenn sie Jana in zwei Tagen noch nicht gefunden hatten …

»Also gut.« Max nickte Marvin zu und startete den Motor.

Sie waren ein paar Minuten unterwegs, als Max schließlich begann, von seinem Treffen mit Dominique zu erzählen. Er berichtete von ihrem Gespräch über Kernbach ebenso wie von den Gefühlen, die Dominiques Ähnlichkeit mit Jenny immer wieder in ihm auslöste. Seine Gedanken über Jana teilte er Marvin allerdings nicht mit.

»Sind Sie schon darauf gekommen, dass Dominique ihre Ähnlichkeit mit Jenny bewusst einsetzen könnte?«

Max warf ihm einen Blick zu. »Wozu sollte sie das tun?«

»Ich weiß es noch nicht«, gab Marvin zu. »Aber wir fangen ja gerade erst an.«

»Ich mache mir große Sorgen, weil sich noch niemand wegen Jana gemeldet hat. Was, wenn sie gar nicht entführt worden ist, sondern niedergeschlagen wurde, genau wie Böhmer? Was, wenn sie irgendwo liegt, schwer verletzt oder schlimmer?«

»Solange sie nicht gefunden wurde, sollten wir davon ausgehen, dass es ihr gut geht.«

»Ja, das …«

Max' Telefon läutete. Er nahm das Gespräch über die Freisprechanlage an, es war Hauptkommissar Karsten Bandel. »Ich komme gerade von Horst«, erklärte er.

»Wie geht es ihm?«

»Sie kennen ihn. Er ist scheißwütend auf den Typen, der ihn niedergeschlagen hat, aber er reißt auch schon wieder Witze.«

»Ja, das klingt tatsächlich nach Horst.«

»Er hat mir von der verschwundenen Kollegin und Ihrem etwas … schwierigen Verhältnis zu Kriminalrätin Keskin erzählt und mich gebeten, Ihnen zu helfen, soweit ich kann. Wenn es also etwas gibt …«

»Sie schickt der Himmel«, stieß Max angenehm überrascht aus. »Herzlichen Dank! Ich hätte da tatsächlich etwas, um das ich Sie bitten möchte. Es geht um einen gewissen Sebastian Kernbach. Könnten Sie nachsehen, ob er aktenkundig ist?«

»Haben Sie das Geburtsdatum oder das Alter?«

»Leider nicht. Das Alter kann ich aber sicher noch in Erfahrung bringen. Ich rufe Sie dann wieder an.«

»Okay. Ich schaue trotzdem schon mal in den Datenbanken nach.«

»Danke. Bis später.«

Max beendete das Gespräch und sah zu Marvin hinüber. »Das war Hauptkommissar Bandel, ein alter Freund von Horst. Er ist bereit, uns zu helfen, wenn wir Informationen brauchen.«

»Weiß er, dass er sich damit gegebenenfalls die Frau Kriminalrätin zur Erzfeindin macht?«

»Ich denke ja. Horst wird ihn entsprechend gebrieft haben.«

»Hach!« Marvin schlug sich auf die Schenkel. »Es gibt sie noch, die Helden der Gerechtigkeit.«

»Ich muss noch mal kurz mit Dominique sprechen«, erklärte Max und wählte ihre Nummer.

Nachdem er es unzählige Male hatte klingeln lassen, legte er wieder auf. Wahrscheinlich hatte sie ihr Telefon stumm gestellt. Vielleicht wollte sie sich ein wenig ausruhen.

Kurz dachte er daran, dass Kernbach womöglich zu ihr gekommen war, schob den Gedanken aber beiseite. Zumindest für den Moment.

17

Als Keskin anrief, waren Max und Marvin auf dem Weg zu Janas Wohnung, wo sie sich in der Nachbarschaft umhören wollten, ob vielleicht jemand am Vortag etwas Ungewöhnliches bemerkt hatte. Max hatte kurz zuvor darüber nachgedacht, ob er sie über den Eintrag in Professor Bormanns Notizen in Kenntnis setzen sollte und auch über seine Gedanken zu Sebastian Kernbach, hatte sich aber dagegen entschieden, weil seine Überlegungen noch zu vage waren und er ihr keinen Vorwand liefern wollte, ihr Gift gegen ihn zu verspritzen. Max nahm das Gespräch an und deutete Marvin an, sich still zu verhalten. Keskin brauchte nicht zu wissen, dass er mithörte.

»Keskin hier, es gibt Neuigkeiten zum Fall Jana Brosius, und obwohl sich alles in mir dagegen sträubt, gebe ich Ihnen die Infos weiter, weil Kommissarin Brosius das wahrscheinlich gewollt hätte. Wir konnten in der Nacht, in der sie vermutlich verschwunden ist, ihr Fahrzeug zwischen zwei Uhr elf und zwei Uhr vierundzwanzig an mehreren Punkten über die Verkehrsüberwachungskameras ausfindig machen. Die letzte Aufnahme stammt von einer Kreuzung in der Nähe des Rheinufers. Das deckt sich sowohl zeitlich als auch geographisch mit der letzten Funkzelle, in der ihr Smartphone eingewählt war. Wir können also mit großer Wahrscheinlichkeit davon ausgehen, dass Frau Brosius Düsseldorf nicht verlassen hat.«

»Und dass sie nicht freiwillig untergetaucht ist.«

»Was deutet für Sie darauf hin?«

»Was sollte Jana nachts um diese Uhrzeit irgendwo in der Nähe des Rheinufers wollen, noch dazu an einem Werktag?«

Daraufhin blieb es am anderen Ende der Leitung für einen Moment stumm, ehe Keskin fortfuhr, als hätte sie Max' Einwand nicht gehört: »Gibt es von Ihrer Seite schon irgendwelche Erkenntnisse, die Sie beisteuern können?«

»Nein«, entgegnete Max kurz angebunden. Wenn er je auch nur einen Moment daran gedacht hatte, Keskin etwas von Bormanns Aufzeichnungen und von S.K. zu erzählen, so hatte er den Gedanken umgehend wieder verworfen.

Nachdem sie zehn Minuten später das Haus erreicht hatten, in dem Janas Wohnung lag, teilten sie sich auf und klapperten die direkten sowie die etwas entfernteren Nachbarn ab. Doch nach einer Dreiviertelstunde war klar, dass sie auf diesem Weg nicht weiterkommen würden. Keiner der Befragten hatte etwas Auffälliges bemerkt, einige wussten noch nicht einmal, wer Jana Brosius war.

Zuletzt klingelte Max, von Marvin begleitet, bei Vicky. Sie hatten Glück, die junge Frau war zu Hause. »Hallo, Vicky«, sagte Max. »Das ist Dr. Marvin Wagner. Er ist Psychologe und hilft mir bei der Suche nach Jana. Könnte ich bitte noch mal in Janas Wohnung?«

Vicky zuckte mit den Schultern. »Sorry, ich habe den Schlüssel nicht mehr.«

»Wieso das? Wer hat ihn?«

»Die Polizei. Da waren zwei Frauen hier von der Kripo, die in die Wohnung gegangen sind und den Schlüssel dann mitgenommen haben.«

»Mist«, stieß Max aus, »hast du dir die Ausweise zeigen lassen?«

»Klar, ich hab doch eine Polizistin als Nachbarin.«

»Wie sahen die beiden aus?«

»Die eine war um die fünfzig, dunkle Haare, Brille, ziemlich unfreundlich. Die andere war gut fünfzehn Jahre jünger.«

»Da hat die Frau Keskin uns wohl ausgebremst«, stellte Marvin fest und sah Max bedauernd an. »So geht es im Leben. Manchmal ist man der Hund und manchmal die Laterne.«

Als er Vickys fragenden Blick sah, ergänzte er grinsend: »Im Moment ist unser Freund Max die Laterne, denn der Hund Keskin pinkelt ihm ein ums andere Mal ans Bein.«

Kaum waren Max und Marvin wieder losgefahren, da meldete sich Hauptkommissar Bandel.

»Ich habe was über einen Sebastian Kernbach. Er ist erkennungsdienstlich erfasst. Vor vier Jahren haben Kollegen ihn festgesetzt, nachdem er in einem Restaurant randaliert hat. Wissen Sie, wie er aussieht?«

»Ja.«

»Gut. Ich schicke Ihnen mal ein Foto per WhatsApp, dann sehen Sie, ob das Ihr Mann ist.«

»Danke.«

Eine Minute später betrachtete Max das Foto und wusste, dass Bandel den richtigen Sebastian Kernbach gefunden hatte.

Kurz danach schickte Bandel auch die Adresse in Gerresheim, unter der Kernbach gemeldet war. Er wohnte also zumindest offiziell nicht mit Dominique zusammen.

Bevor sie nach Gerresheim aufbrachen, machte Max einen Abstecher in den Stadtteil Volmerswerth zur Witwe von Professor Bormann.

Auch hier wartete Marvin im Auto. Max wusste nicht, wie Marianne Bormann auf Wagners nicht alltäglichen Anblick reagieren würde, und ihm war es wichtig, dass sie sich auf das konzentrierte, was er ihr zeigen wollte.

»Ich glaube, ich mache ein Schläfchen«, kommentierte Marvin Max' Bitte, im Auto auf ihn zu warten. »Sie glauben gar nicht, wie müde man wird, wenn man den ganzen Tag nichts tut.«

Als Marianne Bormann ihm die Tür öffnete, konnte Max ihr die Verwunderung darüber, dass er ihr schon wieder einen Besuch abstattete, vom Gesicht ablesen.

»Herr Bischoff? Ich bin überrascht, Sie so schnell wiederzusehen.«

»Entschuldigen Sie, dass ich Sie noch mal störe, aber ich habe eine wichtige Frage. Es geht um jemanden, der wohl noch bis vor kurzem bei Ihrem Mann in Therapie war.«

»Aber mein Mann hat schon lange keine Therapien mehr durchgeführt.«

»Vielleicht war er privat hier? Darf ich Ihnen ein Foto zeigen?«

Max sah ihr an, dass sie sich unwohl fühlte, und fügte hinzu: »In dem Päckchen, das Ihr Mann mir hinterlassen hat, lag ein Notizbuch, in das er eine Art Protokoll von seinen Gesprächen mit Patienten geschrieben hat. Der Mann, um den es geht, wird im letzten Eintrag erwähnt.«

»Also gut, lassen Sie mich einen Blick auf das Foto werfen.«

Max zog sein Smartphone hervor und zeigte ihr die Aufnahme von Kernbach, die Hauptkommissar Bandel ihm geschickt hatte.

Nach einem flüchtigen Blick darauf nickte sie. »Ja, dieser Mann war einige Male hier. Ich erinnere mich an die seltsame Frisur mit dem Dutt und dachte, er sei einer der verdeckten Ermittler, die sich in irgendein Milieu einschleusen und ihr Äußeres ihrer Umgebung anpassen müssen. Mein Mann hatte ja laufend mit Polizisten zu tun, die er beriet, wie Sie wissen.«

Max beglückwünschte sich im Stillen zu dem Entschluss, Marvin gebeten zu haben, im Auto zu warten. »Hat Ihr Mann etwas in dieser Richtung gesagt?«

Sie schüttelte den Kopf. »Nein, und ich habe auch nicht gefragt. Wenn mein Mann Besuch hatte und mir nicht von sich aus erzählte, wer seine Gäste waren, habe ich nie nachgefragt, weil es sich dann um etwas Berufliches handelte. Ich hatte angenommen, der Mann sei Polizist.«

»Wissen Sie seinen Namen?«

»Nein.«

»Wie lange ist es her, dass er zum letzten Mal hier war?«

Sie dachte einen Moment nach. »Ich bin nicht sicher. Vielleicht zwei Monate.«

»Und ist Ihnen irgendetwas an ihm aufgefallen?«

»Sie meinen außer dieser lächerlichen Frisur? Nein. Aber warum fragen Sie mich das?«

»Eine gute Freundin von mir, eine Polizistin, ist verschwunden. Und mein Expartner Horst Böhmer, den Sie ja kennen, wurde niedergeschlagen und schwer verletzt. Es könnte sein, dass dieser Mann vielleicht etwas darüber weiß.«

»Mein Gott, das ist ja schrecklich.«

»Ja, ich mache mir auch große Sorgen.«

»Es tut mir sehr leid, dass ich Ihnen nicht weiterhelfen konnte.«

»Aber das haben Sie doch. Es ist wichtig für mich zu wissen, dass derjenige, den der Professor in seinen Notizen erwähnt hat, der Mann auf dem Foto ist. Ich danke Ihnen für Ihre Hilfe.«

»Ich hoffe, Sie finden Ihre Freundin schnell wieder und dass es ihr gut geht.«

»Ja. Das hoffe ich auch. Danke nochmals.«

Max nickte Marianne Bormann zu und wandte sich ab.

»Ein erster Anhaltspunkt«, sagte Marvin, nachdem Max ihm von seinem Gespräch mit Professor Bormanns Witwe erzählt hatte.

»Ich bin sehr gespannt, ob wir Herrn Kernbach zu Hause antreffen werden. Und wie Sie agieren, wenn Sie ihm gegenüberstehen.«

Max wusste, worauf Marvin anspielte. »Ich werde mich nicht zu dem äußern, was er Dominique angetan hat, auch wenn es mir schwerfallen wird. Das habe ich ihr versprochen.«

Als kurz vor Gerresheim eine Straße abzweigte, an der ein Schild darauf hinwies, dass es nach Flingern-Nord noch zwei Kilometer waren, musste Max unwillkürlich an Böhmer denken und nahm sich vor, gleich im Anschluss an ihren Besuch in Gerresheim zu ihm ins Krankenhaus zu fahren.

Bei der angegebenen Adresse stand ein schlichtes, fünfstöckiges Mehrfamilienhaus, dessen Fassade ein neuer Anstrich gutgetan hätte. Die zwei Reihen mit den Klingeln zu den Wohnungen sahen schäbig aus, viele der Namensschilder waren überklebt und von Hand neu beschriftet worden. So auch das Schild im oberen Bereich, auf dem *Kernbach* stand.

Max drückte auf den Knopf und wartete, doch es erfolgte keine Reaktion. Gerade wollte er es ein zweites Mal versuchen, als eine Frau um die siebzig neben ihnen auftauchte und die Haustür aufschloss.

»Zu wem wolln Se denn?«, wandte sie sich an Max, musterte aber gleich darauf intensiv Marvin. Der grinste sie mit der ihm typischen verschmitzten Freundlichkeit an.

»Zu Herrn Kernbach«, sagte Max schnell, bevor Marvin etwas von sich geben konnte, das die Frau vielleicht noch mehr verwirrt hätte.

»Kernbach? Kenn ich nich«, erwiderte sie mürrisch, dann verschwand sie im Haus. Bevor die Tür ins Schloss fallen konnte, stoppte Marvin sie mit dem Fuß und wandte sich an Max.

»Bitte einzutreten.«

Das Treppenhaus passte zur Außenfassade. Die Wände waren in einem schmutzigen Beige gestrichen. Die kleinen grauen Kacheln, mit denen die Treppe gefliest war, hatten etliche Risse, hier und da fehlten einzelne.

Sie entdeckten Kernbachs Namen an einer Wohnungstür im dritten Stock. Max versuchte es zuerst mit Klingeln, dann mit Klopfen, doch in der Wohnung rührte sich nichts. Also klingelte er an der Nachbartür. Schritte waren zu hören, dann öffnete ein etwa zwanzigjähriger, deutlich übergewichtiger Mann, der aussah, als sei er gerade erst aus dem Bett gekrochen. Die längeren Haare standen in alle Richtungen ab, die graue Hose, die er trug, war mindestens eine Nummer zu klein und mit Flecken übersät.

Missmutig musterte er erst Max, dann Marvin. »Ja?«

»Guten Tag«, grüßte Max freundlich. »Wir suchen Herrn Kernbach. Er scheint nicht zu Hause zu sein.«

»Ähhh … Und?«

»Wir müssten ihn dringend sprechen. Wissen Sie, wann er normalerweise nach Hause kommt?«

»Ähhh … nee. Noch was?«

»Kennen Sie ihn näher?«

»Wen?«

»Na, Ihren Nachbarn, Sebastian Kernbach.«

»Der hat ja die Aufmerksamkeitsspanne einer Fruchtfliege«, flüsterte Marvin schräg hinter Max.

»Seid ihr Bullen oder was?«

»Nein«, antwortete Max unter Aufbietung aller Geduld. »Also, kennen Sie ihn?«

»Ähhh …«

»Ähhh ist der Schlachtruf des notorischen Verlierers, junger Mann«, schaltete Marvin sich sichtbar genervt ein und streckte dem verwirrt dreinblickenden Mann einen Fünfzig-Euro-Schein entgegen. »Also, was können Sie uns über Sebastian Kernbach sagen, Herr …«, Marvin warf einen Blick auf das Schild neben die Tür, »… Braunshausen.«

Mit einer überraschend schnellen Bewegung riss Braunshausen Marvin den Geldschein aus der Hand und ließ ihn in der engen Hose verschwinden. »Nichts. Ich weiß nichts über ihn. Keiner hier weiß was über den. Er ist ein Spinner. Redet mit keiner Sau, guckt niemanden an. Starrt nur vor sich hin, wenn man ihm begegnet. Als würde er einen nich sehn. Nur ein Mal, da hat er mich auf der Treppe angerempelt. Hab gesagt, er soll gefälligst aufpassen. Da hat der mich angesehen … Alter. Ich hab nix mehr gesagt und bin schnell in meiner Wohnung verschwunden und hab die Tür verriegelt.«

Max tauschte einen Blick mit Marvin, dann fragte er Braunshausen: »Halten Sie ihn für gefährlich?«

»Da könn Se einen drauf lassen. Die Stillen, Seltsamen, das sind doch immer die Gefährlichsten.«

»Fällt Ihnen sonst noch was ein?«

»Ähhh … nee.«

Max griff in die Innentasche seiner Jacke und reichte Braunshausen eine Visitenkarte. »Wenn Sie mich anrufen, sobald Kernbach auftaucht, bekommen Sie noch mal fünfzig Euro.«

Die Karte verschwand dorthin, wo auch der Geldschein steckte. »Geht klar.«

»Na dann …« Max wandte sich ab und ging, gefolgt von Marvin, zum anderen Ende des Flurs, wo sich zwei weitere Wohnungstüren befanden. Als er vor der ersten stehen blieb, rief Braunshausen ihm zu: »Da äähh … is niemand! Die eine Bude is leer, und in der anderen wohnt der alte Kriebel. Der liegt im Krankenhaus.«

18

Sie sitzt noch immer mit nacktem Oberkörper da und friert. Und sie hat so großen Durst, dass es schmerzt. Sie würde viel für einen Schluck Wasser geben.

Sie schätzt, dass vielleicht zwei Stunden vergangen sind, seit sie wieder allein ist. In dieser Zeit ist sie ruhiger geworden. Sie hat sich bewusst gemacht, dass ihr Angst und Panik nichts bringen, sondern dass sie konzentriert und pragmatisch über ihre Situation nachdenken muss.

Und sie hat viel nachgedacht.

Max, Böhmer und die ganze Düsseldorfer Polizei sind sicher auf der Suche nach ihr. Ihre Chancen stehen also gar nicht schlecht. Max hat bisher noch jeden Fall gelöst, der ihm übertragen worden ist. Und in diesem speziellen Fall geht es um sie. Sie weiß, dass er mehr als Freundschaft für sie empfindet, also wird er alles daran setzen, sie zu finden und zu befreien.

Aber sie weiß auch, dass er ihr gesagt hat, dass er Angst hat, weil die Frauen, die ihm nahestehen, offensichtlich immer in großer Gefahr sind.

Jetzt ist sie entführt worden, und er wird große Angst um sie haben. So wie damals bei seiner Schwester. Und bei Jenny.

Ihre Gedanken kehren zurück zu ihrem Entführer. Er hat ihre Haut berührt. Nicht grob, nicht brutal, eher vorsichtig, er-

kundend. Und dann sein Atem, an ihrem Ohr, an ihrem Hals. Hat er an ihr gerochen? Was will er von ihr? Sex? Gibt er ihr deshalb nichts zu trinken? Weil er möchte, dass sie ihm im Gegenzug für Wasser freiwillig ihren Körper überlässt? Weil er nicht auf Gewalt steht? Seine Berührungen sprechen dafür, dass es so sein könnte. Die Tatsache, dass er sie brutal niedergeschlagen und entführt hat, sprechen allerdings dagegen.

Er hat ihr die Augen und den Mund verbunden. Dass er dafür sorgt, dass sie ihn nicht sehen kann, ist ein gutes Zeichen. Hätte er vor, sie umzubringen, könnte es ihm egal sein, ob sie weiß, wie er aussieht.

Der Knebel deutet darauf hin, dass jemand sie hören könnte, wenn sie schreit. Das ist vielleicht auch eine wichtige Information.

Aber was wird er tun, wenn er zurückkommt? Wird er sie weiter ausziehen? Ihre Hose? Wo wird er sie dann berühren? Wird er wieder so vorsichtig sein? Sie schiebt die Gedanken beiseite.

Sie muss ihn dazu bringen, ihr zumindest den Knebel aus dem Mund zu nehmen, damit sie mit ihm reden kann. Vielleicht kann sie ihn überzeugen, sie gehen zu lassen, wenn sie sich verständnisvoll ihm gegenüber zeigt.

Während des Studiums hat sie solche Strategien gelernt. Wie war das noch mal für den Fall, dass sie selbst als Geisel genommen oder entführt wird? Da gibt es doch diese Leitzsätze …

GEWINNE SO VIEL KONTROLLE WIE MÖGLICH ZURÜCK, lautete der erste. Leicht gesagt, wenn man nicht mit verbundenen Augen und Mund bewegungsunfähig an einen Stuhl gefesselt ist.

Nummer zwei: BESCHÄFTIGE DEIN GEHIRN, UM PANIK ZU VERMEIDEN.

Gut, genau das tut sie im Moment.

Dann war da noch: TRAINIERE DEINEN KÖRPER.

Erübrigt sich, wenn man verschnürt ist wie ein Paket.

Viertens: ACHTE AUF DEINE PERSÖNLICHE HYGIENE.

Siehe Punkt drei.

Und schließlich: BAUE EINE PERSÖNLICHE BEZIEHUNG ZU DEINEM ENTFÜHRER AUF.

Und genau das ist es, was sie versuchen muss. Aber dafür muss sie den Knebel loswerden.

Sie muss sich etwas überlegen.

19

Böhmer war mittlerweile von der Intensivstation in ein normales Zimmer verlegt worden, so dass auch Marvin zu ihm durfte. Als Böhmer ihn sah, verzog er das Gesicht zu einem misslungenen Grinsen.

»Dr. Marvin Wagner! Wenn wir uns begegnen, ist in der Regel die Kacke am Dampfen, stimmt's?«

Marvin nickte lächelnd. »Nicht wahr? Erschwerend kommt noch hinzu, dass ich Krankenhäuser hasse.«

»Und trotzdem kommen Sie mich besuchen?«

»Ja.« Marvin sah sich in dem Raum um, einem Doppelzimmer, das man für Böhmer zum Einzelzimmer umfunktioniert hatte.

»Ich gestehe, ich rechne jeden Moment mit Schwester Erika und ihrem Lockruf der Medikamentenausgabe.«

Böhmer stieß erst ein Lachen, dann ein schmerzhaftes Stöhnen aus und wandte sich an Max. »Was Neues von Jana?«

Max schüttelte den Kopf. »Nein, noch nichts. Aber es gibt da jemanden, der vielleicht in der Sache drinhängt. Dominiques Freund. Ich habe dir von ihr erzählt.«

»Die Jenny-Kopie mit dem prügelnden Kerl.«

»Keine schöne Beschreibung, aber ja.«

Max erzählte Böhmer von Professor Bormanns Notizen über sein Gespräch mit S.K. und dass Marianne Bormann Sebastian Kernbach als denjenigen erkannt hatte, der bei ihnen zu Hause war.

»Hm …«, brummte Böhmer nachdenklich. »Das ist zumindest mal ein erster Ansatz.« Es klang fast so, als säße er in seinem Büro und läge nicht mit einem Loch im Schädel im Krankenhaus. »Möglich ist alles.«

»Ja. Hauptkommissar Bandel hat seine Adresse für mich herausgefunden. Danke übrigens, dass du ihn gebeten hast, mich zu unterstützen. Dadurch habe ich wenigstens eine Informationsquelle bei der Polizei, wenn auch nicht direkt im Kriminalkommissariat.«

Böhmers Stirn legte sich in Falten. »Was habe ich?«

»Bandel. Du hast ihn doch gebeten, mir zu helfen. Das hat er mir jedenfalls erzählt. Vielleicht warst du noch benommen von der …«

»Hab ich nicht und war ich nicht.«

Max sah Marvin an, der die Mundwinkel nach unten zog und sagte: »Vielleicht hat der Herr Hauptkommissar ein Helfersyndrom?«

»Das ist ja seltsam.«

»Finde ich auch«, bestätigte Böhmer. »Wir haben uns kurz über dein spezielles Verhältnis zu Keskin unterhalten, und ich habe erwähnt, dass ich dir hier und da Informationen durchsteche, aber ich habe ihn nicht gebeten, dir zu helfen. Dass er es trotzdem getan hat, ist prima. Du kannst ihn ja mal darauf ansprechen. Er ist ein netter Kerl.«

»Das werde ich tun. War Keskin schon hier?«

»Nein, sie hat Kollegen hergeschickt und mir ausrichten lassen, sie hätte leider zu viel zu tun, wünsche mir aber gute Besserung.«

»Das ist typisch.« Max schüttelte den Kopf. »Was ist diese Frau nur für ein Mensch?«

»Zumindest ein sehr seltsamer«, bemerkte Böhmer. »Und jetzt solltet ihr beiden aus meinem Zimmer verschwinden und herausfinden, wo meine Kollegin Jana steckt. Oder muss ich mich selbst darum kümmern?«

»Du siehst zu, dass du dich ausruhst und wieder gesund wirst. Alles andere erledigen wir. Ich melde mich.«

»Und immer schön den Kopf hochhalten«, sagte Marvin. »Nicht, dass Ihr eminentes kriminalistisches Wissen aus dem Loch in Ihrer Schädeldecke tropft und im Nichts versickert.«

Böhmer winkte ab und drehte sich auf die Seite.

Zurück im Auto, schlug Max den Weg zu seiner Wohnung ein, machte unterwegs aber auf Marvins Anregung hin an einer Pizzeria halt, die durchgehend geöffnet hatte. Sie gönnten sich je eine Portion Pasta und ein Bier und redeten während des Essens die meiste Zeit über Jana. Obwohl die Sorge um sie Max von Stunde zu Stunde mehr zusetzte, schaffte es Marvin tatsächlich mit seinen lockeren Sprüchen, ihn kurzzeitig abzulenken. Dennoch kehrten seine Gedanken immer wieder zu Jana zurück. Er klammerte sich an die Hoffnung, dass es ihr gut ging, wo auch immer sie gerade war.

Wieder in Max' Wohnung angekommen, packte Marvin sein eigenes Notebook aus, damit sie parallel versuchen konnten, im Internet Informationen zu Sebastian Kernbach und Dominique Klauber zu finden. Dabei wollte Marvin sich auf die Social-Media-Plattformen konzentrieren, während Max sein Glück mit Google versuchte.

Nach einer halben Stunde, in der sie nichts gefunden hatten, gaben sie schließlich auf.

»Es ist fast, als jage man Phantome«, bemerkte Marvin und ging zur Couch, wo er damit begann, seine Tasche zu packen. »Ich dachte, heutzutage würde man über jeden etwas im Netz finden. Zumindest aus unserer Generation und jünger.«

»Das ist wirklich seltsam«, stimmte Max ihm zu, wobei seine Verwunderung, was Dominique betraf, nicht allzu groß war. Sie gehörte eindeutig nicht zu den Menschen, die sich im Internet auf irgendwelchen Plattformen präsentierten.

Als Marvin die Tasche auf dem Tisch abstellte und sein Notebook darin verstaute, sagte er: »Ich werde jetzt mal mein Hotelzimmer beziehen und mich dann aufs Bett legen und ein wenig in mich gehen. Dabei fallen mir manchmal Dinge ein, an die ich zuvor nicht gedacht habe.«

Max verstand gut, was Marvin meinte. Ihm ging es oft genauso.

»Und vielleicht nutze ich die Gelegenheit auch zu einem kleinen Schläfchen.«

Sie verabredeten, sich gegen achtzehn Uhr wieder an gleicher Stelle zu treffen, dann verließ Marvin die Wohnung.

Max setzte sich an den Tisch und klappte erneut sein

Notebook auf. Einen Versuch wollte er noch starten, diesmal nur mit den Nachnamen. Vielleicht fand er ja Familienangehörige, über die er dann zu Dominique oder ihrem Freund kam.

Eine Weile klickte Max sich durch die Ergebnisliste seiner Suche nach Leuten, die mit Nachnamen Klauber und Kernbach hießen, doch keine dieser Personen schien in irgendeiner Beziehung zu Dominique oder ihrem Freund zu stehen.

Max hatte sich gerade entschlossen aufzugeben, als Dominique ihn anrief.

»Könntest du bitte zu mir kommen?«, begann sie ohne Begrüßung. Ihre Stimme klang ängstlich.

»Ist etwas passiert?«

»Nein, es ist nur, weil … Ich fühle mich gerade so allein. Ich habe Angst, aber ich möchte keine Angst mehr haben. Ich muss etwas unternehmen, und ich vertraue dir und würde gern mit dir reden.«

»Dominique, Jana ist immer noch nicht wieder aufgetaucht, und ich mache mir große Sorgen um sie.«

»Ja, das verstehe ich. Und dann belästige ich dich auch noch. Es ist nur so, dass es mir gerade gar nicht gut geht, und ich weiß, dass ich mich von Sebastian trennen muss. Aber ich weiß nicht, wie ich das machen soll und an wen ich mich wenden kann. Ich habe keine Freunde mehr. Sebastian sieht es nicht gern, wenn ich mich mit anderen Leuten treffe.«

»Ich war eben vor seiner Wohnung.«

»Was?«, stieß Dominique panisch aus. »Hast du mit

ihm gesprochen? Weiß er, dass wir uns gesehen haben? Mein Gott, er wird mich umbringen.«

»Nein, er war nicht zu Hause. Aber ich hätte ihm sowieso nicht gesagt, dass wir uns unterhalten haben. Das habe ich dir doch versprochen.«

»Aber warum bist du dann zu ihm gefahren? Er glaubt immer noch, du willst etwas von mir …«

Max wusste, er würde nicht umhinkommen, Dominique von Kernbachs Besuchen bei Professor Bormann zu erzählen. Aber das wollte er nicht am Telefon tun. Er warf einen Blick auf die Uhr. Um achtzehn Uhr war er mit Marvin verabredet. Das waren noch fast zwei Stunden.

»Ich komme zu dir«, sagte er, woraufhin er ein erleichtertes Aufatmen hörte.

»Danke! Auch wenn es nur kurz ist, aber … danke.«

Während der Fahrt nach Eller zu Dominique überlegte er, ob er Marvin anrufen sollte, verzichtete aber darauf. Wahrscheinlich hielt er gerade ein Schläfchen.

In seinem Kopf tanzten die Erinnerungen an Jenny neben den Sorgen um Jana. Und dann war da noch Dominique. Es war nicht vorherzusehen, wie Kernbach reagieren würde, wenn Dominique sich von ihm trennte. Verrückterweise fühlte Max sich auch ihr gegenüber in der Verantwortung, obwohl sie sich erst kurz kannten.

Zum ersten Mal seit langer Zeit erlebte er eine der seltenen Situationen, in denen er sich überfordert fühlte. Er durfte gar nicht daran denken, was wäre, wenn Jana etwas passieren würde.

Max parkte den Wagen wieder fünfzig Meter weit vom

Haus entfernt, damit Kernbach, falls er doch überraschend auftauchen würde, nicht gleich erkennen konnte, dass jemand bei Dominique war.

Er klingelte und legte in Erwartung des Summens des Türöffners die Hand auf den Türgriff, doch es geschah nichts. Also versuchte er es erneut, erfolglos.

Das war seltsam. Dominique wusste, dass er auf dem Weg zu ihr war, warum sollte sie nicht öffnen?

Er machte ein paar Schritte zurück, warf einen Blick in den Teil des Gartens, den er einsehen konnte, und setzte sich in Bewegung.

Als er die Ecke erreicht hatte, blieb er stehen und betrachtete den Garten. Eine kleine Terrasse, darüber ein Balkon, der wohl zur oberen Wohnung gehörte und von dem aus man die an die Terrasse angrenzende Wiese über eine seitlich angebrachte, verzinkte Stahltreppe erreichen konnte.

Es war kein Mensch zu sehen.

Max ging zu dem großen Terrassenfenster und warf einen Blick in Dominiques Wohnzimmer. Es war leer, nichts Auffälliges.

Mit steigender Nervosität lief er den gleichen Weg am Haus entlang zurück, den er gekommen war, trat vor die Haustür und zog gerade sein Handy heraus, um auf dem Präsidium anzurufen, als ein Kleinwagen neben dem Haus geparkt wurde. Ein schlanker blonder Mann Anfang fünfzig stieg aus und sah Max misstrauisch an.

»Ja?«, sagte er, während er auf ihn zukam.

»Sind Sie der Mieter der oberen Wohnung?«

»Ja, warum?«

»Ich bin ein Freund von Dominique Klauber und mit ihr verabredet. Wir haben vor nicht einmal einer halben Stunde telefoniert, und sie wusste, dass ich komme. Sie öffnet aber die Tür nicht.«

Der Mann zuckte mit den Schultern. »Und was soll ich da tun?«

»Ich würde es gern direkt an ihrer Wohnungstür mit Klopfen versuchen, wenn Sie mich ins Haus lassen.«

»Ganz sicher nicht. Ich kenne Sie nicht.«

»Hören Sie, mein Name ist Max Bischoff, ich bin ehemaliger Kriminalbeamter und mache mir Sorgen um Dominique. Sie können ja dabeibleiben. Ich möchte doch nur zu ihrer Wohnungstür.«

Nachdem der Mann Max eine Weile gemustert hatte, zog er schließlich einen Schlüsselbund hervor und nestelte einen der Schlüssel ins Schloss. »Also gut, aber wenn sie nicht öffnet, verlassen Sie sofort wieder das Haus.«

»Ja«, versicherte Max und sah ihm ungeduldig dabei zu, wie er die Tür öffnete.

Max hatte an der Wohnungstür ebenso wenig Glück wie draußen an der Haustür. Nachdem er schließlich mit den geballten Fäusten gegen das Türblatt gehämmert hatte, schüttelte der Mann den Kopf. »Jetzt reicht's aber. Sie sehen doch, dass niemand da ist.«

Max wandte sich frustriert ab und verließ das Haus. War gerade die nächste Frau verschwunden?

20

Mittlerweile war es dunkel geworden, und die Straßenlaternen warfen ihre Lichtinseln auf Bürgersteig und Straße. Während Max auf sein Auto zuging, das in einem dunkleren Bereich zwischen zwei Laternen stand, rief er widerstrebend Keskin an, aber es nutzte ja nichts.

»Bischoff hier«, meldete er sich. »Gibt es schon etwas Neues zu Jana?«

»Nein, noch nicht. Wir suchen verstärkt nach ihr, aber weder Bekannte noch jemand aus der Familie hat eine Vorstellung, wo sie sein könnte. Ich mache mir Sorgen.«

»Das tue ich auch, und mittlerweile nicht mehr nur wegen Jana. Ich brauche Ihre Hilfe«, gestand er und wappnete sich gegen eine schnippische Antwort, die aber ausblieb.

»Sie brauchen meine Hilfe? Wobei?«

»Dazu muss ich ein wenig ausholen, aber wenn Sie mir ein paar Minuten geben, erkläre ich es Ihnen.«

Mittlerweile war er an seinem Wagen angekommen und lehnte sich dagegen. In knappen Worten erzählte er Keskin von seiner Begegnung mit Dominique und ihrem Freund Sebastian Kernbach und von Bormanns Aufzeichnungen, in denen er Kernbach erwähnte. Dann schilderte er ihr die Situation, in der er sich gerade befand, und endete, indem er beschwörend sagte: »Wir müssen in Frau Klaubers Wohnung nachsehen, ob sie nicht vielleicht verletzt ist und keine Möglichkeit hat, die Tür zu öffnen.«

»Wir?«

»Bitte, jetzt keine Wortklaubereien.«

»Also gut, dann direkt und ohne Schnörkel. Sie sagten, Sie haben mit Frau Klauber vor einer halben Stunde telefoniert. Hat sie Ihnen gegenüber erwähnt, dass sie glaubt, in akuter Gefahr zu sein?«

Max wusste augenblicklich, worauf das hinauslief, und ballte die freie Hand zur Faust. »Nein, nicht direkt, aber sie sagte, dass sie Angst habe.«

»Gibt es sonst irgendwelche Hinweise, dass sie in Gefahr ist? Hat jemand in der Nachbarschaft Geräusche gehört oder Schreie? Gibt es Spuren von einem Kampf? Irgendetwas außer Ihrem Gefühl?«

»Hören Sie, es ist ...«

»Nein, hören *Sie*, Herr Bischoff. Ich setze im Moment so ziemlich alle personellen Ressourcen ein, die ich zur Verfügung habe, um eine Kollegin zu finden, die seit zwei Tagen vermisst wird. Eine Kollegin, die wir alle als zuverlässig kennen und bei der wir mit an Sicherheit grenzender Wahrscheinlichkeit davon ausgehen können, dass sie nicht aus einer Laune heraus verschwunden ist. Und die zudem – warum auch immer – sehr viel Zeit mit Ihnen verbringt. Und jetzt möchten ausgerechnet *Sie*, dass ich einen Teil dieser Ressourcen abziehe und die Wohnung einer Frau öffnen lasse, die Sie gerade erst kennengelernt haben und die Ihnen vor einer halben Stunde gesagt hat, sie habe Angst, jedoch ohne einer konkreten Gefahr ausgesetzt zu sein?«

»Wenn man davon absieht, dass ihr Freund sie massiv misshandelt hat, ja. Zudem dauert das Öffnen der Wohnung durch einen Schlüsseldienst keine halbe Stunde.«

»Herr Bischoff, ich denke, wir sind fertig.«

Max wusste, dass Keskin letztendlich sogar im Recht war, was ihn aber nur noch wütender machte. »Wenn sich herausstellen sollte, dass Frau Klauber verletzt in ihrer Wohnung liegt, dann ist das unterlassene Hilfeleistung«, schoss er deshalb eine Nebelkerze ab.

»Nein, ist es nicht, und das wissen Sie auch«, entgegnete Keskin kalt und legte auf.

Mit einem deftigen Fluch ließ Max das Telefon sinken. Das Verhältnis zwischen Keskin und ihm war von Anfang an schwierig gewesen, weil sie ihm die Schuld für das gab, was mit Kriminalhauptkommissar Menkhoff geschehen war, einem Kriminalbeamten, den sie sehr bewundert hatte.

Aber darüber konnte er sich ein anderes Mal Gedanken machen. Sein Gefühl sagte ihm, dass Dominique in akuter Gefahr war. Er *musste* etwas unternehmen.

Grimmig wandte er sich um und ging zum Haus zurück, wo er auf den Klingelknopf für die obere Wohnung drückte, die laut Namensschild M. Feldmann bewohnte. Es dauerte nicht lange, bis Feldmann sich meldete.

»Ich bin's noch mal, Max Bischoff«, sagte Max in die Sprechanlage.

»Was wollen Sie denn schon wieder?«

»Ich brauche Ihre Hilfe. Ich habe guten Grund zur Annahme, dass mit Frau Klauber etwas nicht in Ordnung ist. Vielleicht ist sie verletzt und kann nicht öffnen. Sehen Sie irgendeine Möglichkeit, in ihre Wohnung zu gelangen?«

»Ich habe Ihnen doch schon gesagt, dass …«

»Sie wissen, dass das unterlassene Hilfeleistung ist und Sie rechtlich belangt werden, wenn sich herausstellt, dass sie wirklich verletzt ist und Sie sich geweigert haben zu helfen, oder?« Max versuchte noch mal, was bei Keskin nicht funktioniert hatte. Bei Feldmann schien er mehr Erfolg zu haben.

»Wie, unterlassene Hilfeleistung?«

»Ich informiere Sie darüber, dass Frau Klauber wahrscheinlich Hilfe benötigt, und Sie verweigern sie. Wie würden Sie das nennen?«

»Also gut«, murmelte Feldmann verunsichert und betätigte den Türöffner. Als Max den Flur betrat, flammte die Beleuchtung auf, gleich darauf waren Schritte zu hören, und Feldmann kam die Treppe herunter. In der Hand hielt er ein rotes Schlüsselband, an dem ein einzelner Schlüssel baumelte.

»Sie hat mir vor kurzem erst einen Schlüssel für ihre Wohnungstür gegeben. Für alle Fälle, meinte sie, weil sie sich schon zweimal ausgesperrt hat.«

»Danke«, sagte Max ungeduldig und hoffte, dass sein Gefühl ihn täuschte. Als Feldmann aufgeschlossen hatte, drückte Max die Tür auf und schob sich an ihm vorbei in die Wohnung, wo er nach dem Lichtschalter tastete und gleichzeitig Dominiques Namen rief. Als er den Schalter gefunden, aber noch keine Antwort erhalten hatte, ging er zum Schlafzimmer und öffnete die Tür. Das Licht aus der Diele fiel auf ein gemachtes Bett und einen geschlossenen Schrank.

Als Nächstes warf Max einen Blick ins Badezimmer, dann ging er in die Küche und schließlich ins Wohnzimmer.

Zweifelsfrei war Dominique nicht in ihrer Wohnung.

Sein Blick fiel auf die Terrassentür, bevor er sich umwandte und sagte: »Sie ist definitiv nicht da.«

»Dann war's das jetzt hoffentlich. Kommen Sie.« Feldmann wartete, bis Max an ihm vorbei in der Diele war, und schaltete das Licht aus. »Ich werde Frau Klauber sagen, dass Sie mich mit der angeblich unterlassenen Hilfeleistung genötigt haben, die Tür aufzuschließen.«

»Tun Sie das«, sagte Max, während sein Blick an einer kleinen, hölzernen Schale hängenblieb, die vor der Kommode auf dem Boden lag, daneben ein kleiner Schlüssel, vielleicht vom Briefkasten. Außerdem lugte ein längliches Portemonnaie ein kleines Stück unter der Kommode hervor. Das sah nicht so aus, als sei die Schale samt Inhalt zufällig heruntergefallen.

»Moment noch«, sagte Max, wandte sich um und ging zurück ins Wohnzimmer, ohne dort das Licht einzuschalten.

An der Terrassentür angekommen, packte er den Griff und rüttelte daran. Da er mit dem Rücken zu Feldmann stand, konnte dieser nicht sehen, dass Max den Griff drehte. »Okay, die ist auch zu«, kommentierte Max und ging zurück. »Ein Einbruch scheint also ausgeschlossen.«

»Jetzt zufrieden?« Feldmann schnaubte.

Max nickte. »Ich danke Ihnen für Ihre Hilfe«, sagte er. »Ich bin sicher, Frau Klauber wird verstehen, dass wir uns Sorgen gemacht und nachgesehen haben.«

»Jaja«, sagte Feldmann und winkte ab. »Gehen Sie jetzt.«

»Wenn ich mal etwas für Sie tun kann …«

»Ich wüsste nicht, was das sein sollte«, entgegnete Feldmann. »Und jetzt gehen Sie endlich, ich habe zu tun.«

Max öffnete die Wohnungstür und deutete nach draußen. »Bitte, nach Ihnen.« Er wollte sicher sein, dass Feldmann nicht mehr zurückging und doch noch bemerkte, dass die Terrassentür entriegelt war.

Nachdem der Mann an ihm vorbei in den Flur getreten war, folgte er ihm und zog die Tür hinter sich zu. Als Max das Haus verließ, hörte er an den Schritten hinter sich, dass Feldmann wieder auf dem Weg nach oben war.

Max wandte sich nach links und lief auf sein Auto zu. Als er es fast erreicht hatte, öffnete er es per Funk und stockte kurz, bevor er den Kopf schüttelte, sich wieder umdrehte und zurückeilte. Sollte ihn jemand beobachten, musste es so aussehen, als hätte er etwas vergessen.

Ohne zu zögern, schlich er vorsichtig an der Seite am Haus entlang in den Garten, um im schwachen Licht des sichelförmigen Mondes nicht zu stolpern.

Von Feldmanns Balkontür drang ein schwacher Lichtschein nach draußen, reichte jedoch nicht aus, um die

Wiese oder gar die darunterliegende Terrasse auszuleuchten.

Max erreichte die Terrassentür und drückte sie vorsichtig und fast geräuschlos auf. Er schlüpfte ins Wohnzimmer, schloss die Tür hinter sich und verriegelte sie wieder.

Er schaltete die Taschenlampenfunktion seines Smartphones ein und ging zur Diele, hob das Portemonnaie auf, öffnete es und warf einen Blick hinein.

Kleingeld, in einem Seitenfach Zettel und eine Bankkarte, in einem anderen mehrere Geldscheine und Dominiques Ausweis.

Max legte das Portemonnaie auf der Kommode ab und lief ins Wohnzimmer zurück, wo er eine Weile stehen blieb und sich im Schein der Handylampe umsah. Auf den ersten Blick sah alles normal aus. Es gab weder Kampfspuren, noch einen anderen Hinweis darauf, dass Dominique etwas zugestoßen war.

Langsam schritt Max an dem hellen Schrank vorbei, neben dem ein Flachbildfernseher auf einem niedrigen Sideboard mit zwei breiten Schubladen stand. Vor dem Fernsehgerät lag auf einem DVD-Player eine offene, leere DVD-Hülle. Für einen kurzen Moment wunderte er sich, dass Dominique noch DVDs schaute und nicht wie die meisten, die er kannte, mittlerweile nur noch Filme und Serien streamte. Doch nachdem er die DVD-Hülle zugeklappt hatte und die Vorderseite zu Gesicht bekam, stockte ihm der Atem.

Max starrte auf die Buchstaben.

Jennifer Sommer – 8.

»Was zum Teufel …«, stieß er aus und war nicht in der Lage, den Blick von der Hülle abzuwenden. Wie kam Jennys Name auf eine DVD in Dominiques Wohnung? Und was war auf dieser DVD zu sehen?

Max ließ die Hülle sinken und blickte sich um. Auf dem Couchtisch lagen drei Fernbedienungen. Er setzte sich in einen der beiden Sessel und schaltete mit zittrigen Fingern erst den Fernseher und dann den DVD-Player ein. Ein paarmal musste er auf der Fernbedienung herumdrücken, bis er den richtigen Kanal gefunden hatte, wo er die Meldung des Players las, dass ein *Fehler beim Lesen des Mediums* vorlag.

Aufgeregt stand er wieder auf, ging zu dem Gerät und ließ die DVD auswerfen. Den vorliegenden Fehler sah er erst auf den zweiten Blick, da die DVD selbst kein Etikett hatte und er im Licht des Smartphones genau hinsehen musste, um zu erkennen, dass sie falsch herum eingelegt worden war.

Max legte sie mit der richtigen Seite nach oben auf den Schlitten, ging zurück zum Sessel und versuchte es aufs Neue. Dieses Mal funktionierte es, und Max starrte fassungslos auf die Bilder, die vor seinen Augen abliefen und das Wohnzimmer in einen stetig wechselnden Lichtschein tauchten.

Es handelte sich um Ausschnitte aus Fernsehshows, in denen Jenny zu Gast gewesen war.

Max' Blick klebte an ihrem lachenden Mund mit den wundervoll geschwungenen Lippen, an ihren Augen, an jeder ihrer Bewegungen. In diesem Moment wurden ihm zwei Dinge bewusst: wie sehr Dominique ihr tatsächlich ähnelte und dass sie ihn angelogen hatte, als sie behauptete, Jenny nicht zu kennen.

Max stand auf, ging zu dem Sideboard, auf dem der Fernseher stand, und zog die obere der beiden Schubladen auf. Darin befanden sich mehrere Feuerzeuge, zwei Packungen Teelichter sowie Kerzen in verschiedenen Formen und Größen.

Max schob die Schublade wieder zu und öffnete die untere. In ihr lagen sauber aufgereiht etwa zehn weiße DVD-Hüllen, die alle von Hand beschriftet waren. Und auf allen stand – bis auf unterschiedliche Zahlen – das Gleiche: *Jennifer Sommer*.

Max war fassungslos. Er nahm eine der DVDs heraus, tauschte sie gegen die im Player aus und ging dann zwei Schritte zurück, nachdem er die Wiedergabe gestartet hatte.

Auf dieser DVD befand sich eine Tatort-Folge, in der Jenny eine der Hauptrollen gespielt hatte. Max starrte eine Weile entgeistert auf den Fernseher, dann stoppte er die Wiedergabe an einer Stelle, an der Jenny in Großaufnahme zu sehen war, und ließ sich in den Sessel fallen. Er hatte das Gefühl, keine Kraft mehr in den Beinen zu haben. Sein Innerstes fühlte sich taub an. Hatte Dominique ihn belogen? War ihre Begegnung kein Zufall, sondern reines Kalkül gewesen? Aber warum? Was hatte sie sich davon versprochen?

Wie passte Sebastian Kernbach in dieses Bild, und wo war Dominique? Wenn sie ihn die ganze Zeit über belogen hatte, warum hatte sie ihn jetzt regelrecht angefleht, zu ihr zu kommen, obwohl sie wusste, dass diese DVDs in ihrer Wohnung lagen? Aber wenn sie zu Hause gewesen wäre, hätte er diese DVDs mit Sicherheit nicht entdeckt.

Also hatte sie das Haus entweder nicht freiwillig verlassen oder nicht damit gerechnet, dass er so hartnäckig war und sich Zutritt zu ihrer Wohnung verschaffen würde, obwohl sie nicht da war.

Das ergab alles keinen Sinn. Warum sollte sie ihn bitten, zu ihr zu kommen, wenn sie nicht vorhatte, in ihrer Wohnung auf ihn zu warten?

Eine Bewegung, die Max aus den Augenwinkeln wahrnahm, ließ ihn zusammenfahren.

Vor dem Fenster auf der Terrasse stand eine Gestalt und starrte ihn, beleuchtet vom Schein des Fernsehers, durch die Scheibe an. Obwohl das Gesicht durch das Spiel von Licht und Schatten verzerrt war, erkannte Max den Mieter der oberen Wohnung, Feldmann.

Als Max sich erhob, wandte Feldmann sich abrupt ab und ging mit schnellen Schritten zur Außentreppe, über die er nach oben verschwand.

Max' Verstand begann, fieberhaft zu arbeiten. Feldmann würde die Polizei rufen, und praktischerweise kannte er sogar Max' Namen, konnte den Beamten also sagen, wer hier gerade einen Einbruch verübte. Ein gefundenes Fressen für Keskin, da er kurz zuvor noch versucht hatte, sie zu überreden, Dominiques Wohnung von einem Schlüsseldienst öffnen zu lassen. Verdammt!

Max sprang auf, steckte die DVD, die er zuvor aus dem

Player genommen hatte, wieder zurück und verstaute die Tatort-DVD in der Schublade, aus der er sie herausgenommen hatte. Dann schaltete er den Fernseher aus, wandte sich um und verließ das Wohnzimmer und die Wohnung.

Im Flur überlegte er kurz, ob er zu Feldmann nach oben gehen und versuchen sollte, mit ihm zu reden, ließ es dann aber bleiben. Es war schon zu viel Zeit vergangen. Feldmann hatte bestimmt bereits die Polizei verständigt, es war also besser, schleunigst zu verschwinden.

Zudem musste er dringend darüber nachdenken, was er gerade erlebt hatte, und zumindest versuchen, die Zusammenhänge zu verstehen. Er würde mit Marvin darüber reden. Marvin hatte einen scharfen Verstand und in dieser Situation sicher einen klareren Kopf als Max.

Aber zuerst wollte er hören, was Böhmer dazu sagte. Auf dem Weg zum Auto wählte er die Handynummer seines Expartners und hoffte, dass es ihm halbwegs gut ging, doch Böhmer nahm das Gespräch nicht an. Als sich schließlich die Mailbox anschaltete, steckte Max das Telefon nach einem Blick auf die Uhrzeit wieder ein. Es war halb sechs. Er würde es also rechtzeitig nach Hause schaffen, bevor Marvin wieder zu ihm kam.

Er stieg ein, warf den Schlüssel in die Mittelkonsole und beugte sich gerade nach vorn, um den Motor zu starten, als er einen heißen Stich am Hals spürte. Er kam nicht einmal mehr dazu, sich umzudrehen. Die Dunkelheit, die nach ihm griff, war schneller.

MARVIN

21

Die Unterkunft, die Marvin sich ausgesucht hatte, war ein kleines, mit viel Liebe hergerichtetes Stadthotel in einem Haus, das aus der Gründerzeit stammte.

Die Inhaberin, eine attraktive Frau Ende fünfzig, musterte ihn mit kritischem Blick von Kopf bis Fuß, als er den kleinen Empfangsbereich betrat. Marvin kannte das zur Genüge und hatte eine spezielle Art, damit umzugehen.

Andere nach ihrem Äußeren zu beurteilen, das war – zumindest bei den meisten Menschen – tief in den Genen verankert.

»Einen wunderschönen guten Tag«, begrüßte er die verblüfft dreinschauende Frau überschwänglich. »Mein Name ist Dr. Marvin Wagner, ich habe ein abgeschlossenes Studium der Psychologie und eine Fachausbildung zum Psychotherapeuten. Meine Dissertation habe ich mit summa cum laude abgeschlossen, ich bin Rechtspsychologe bei Gericht, forensischer Psychologe und forensischer Schriftgutachter. Ich wohne in Duisburg, also nur rund vierzig Kilometer entfernt, und helfe hier einem befreundeten Ermittler bei der Aufklärung einer schweren Straftat.«

»Was? Warum erzählen Sie mir das alles?«, stammelte die Dame völlig überrascht.

»Nun, überlegen Sie bitte kurz, was Ihre ersten Gedanken waren, als Sie mich gerade gesehen haben. Ich war lediglich bestrebt, diese Fehleinschätzung zu korrigieren, damit wir uns nicht unter falschen Vorzeichen kennenlernen. Sie würden nämlich etwas verpassen, wenn Sie mich in eine Ecke stellen, in der ich für die Dauer meines Aufenthaltes von Ihnen mit Nichtachtung bestraft werden würde. Ich kann ein vorzüglicher Unterhalter sein und freue mich schon, mit Ihnen bei unseren hoffentlich täglichen kleinen Begegnungen eloquente Schwätzchen zu halten.«

Eine Weile sah die Frau ihn sprachlos an und schien dabei zu überlegen, ob sie den Notdienst der Psychiatrie anrufen soll, doch dann zeigte sie ihm ein sympathisches Lächeln.

»Dann herzlich willkommen, lieber Dr. Wagner, ich freue mich, einen solch … außergewöhnlichen Mann beherbergen zu dürfen.«

Nachdem die Formalitäten erledigt waren, zeigte sie ihm sein Zimmer und wünschte ihm einen angenehmen Aufenthalt.

Marvin stellte seine Tasche ab, zog die Schuhe aus und legte sich aufs Bett. Er hatte in der letzten Nacht auf Max' Couch tatsächlich kaum geschlafen und war todmüde. In weiser Voraussicht aktivierte er die Weckfunktion seines Smartphones, legte das Gerät neben sich und schloss die Augen. Es dauerte nur wenige Minuten, bis er wegdämmerte.

Um Viertel nach fünf wurde er von den ersten Takten

von *Hungry Heart* geweckt. Als er die Augen aufschlug, begann Bruce Springsteen zu singen.

Gerade dieser Anfang des Songs spiegelte einen einschneidenden Moment in Marvins Leben wider. Und wie immer, wenn er diese Zeilen hörte, stellte er sich die Frage, ob er damals vor rund sechs Jahren die richtige Entscheidung getroffen hatte, als er für sein Lebensglück das seines Jungen aufs Spiel gesetzt und verloren hatte.

Sieben Jahre war er mit Hannah verheiratet gewesen. Sieben Jahre, in denen sie sich von einem liebenswerten Menschen in einen Eisblock verwandelt hatte. Mit der Geburt von Joshua hatte es angefangen. Plötzlich durfte Marvin sie nicht mehr berühren, es gab fast kein normales Gespräch mehr zwischen ihnen, weil sie stets nach wenigen Minuten etwas fand, das er falsch gesagt oder getan hatte und wofür sie ihn mit immer schärferen Worten kritisierte. Babyblues, hatte er am Anfang noch gedacht, und dass er Geduld haben musste, doch es wurde nicht besser. Im Gegenteil, sie hatten etwa ein halbes Jahr nach Joshuas Geburt einen Punkt erreicht, an dem Marvin Hannah am Morgen schon ansah, dass ein Streit unausweichlich sein würde. Dabei war es völlig egal gewesen, wie sehr er darauf achtete, was er sagte. Hannah fand etwas, das sie zum Anlass für wüste Schimpftiraden nehmen konnte, und wenn es nur die Art war, wie er ihr einen *guten Morgen* wünschte. Immer wieder hatte er versucht, mit ihr zu reden, doch auch das endete stets in einem heftigen Streit. Nächtelang hatte er wach gelegen und sich gesagt, dass Hannahs Verhalten nicht aus dem Nichts kommen konnte, dass ihn sicher eine Mitschuld traf, auch wenn er nicht wusste, was er hätte ändern sollen.

Schließlich hatte er die Segel gestrichen. Nach drei weiteren Jahren, die immer unerträglicher wurden, hatte er ihre Ehe aufgegeben, und damit auch seinen Sohn.

Als er Hannah mitteilte, dass er sie verlassen würde, hatte sie ihm erst heftige Vorwürfe gemacht, weil er – aus ihrer Sicht völlig leichtfertig – ihre kleine Familie zerstörte. Dann hatte sie ihm versprochen, dass sie ihm das Leben zur Hölle machen und dafür sorgen würde, dass er keinen Kontakt mehr zu seinem Sohn haben würde.

Beide Versprechen hatte sie gehalten.

Nachdem ihr Versuch gescheitert war, Marvin per richterlicher Verfügung das Besuchsrecht für Joshua zu entziehen, hatte sie damit begonnen, ihren Sohn zu bearbeiten. Marvin hatte mit jedem Mal, wenn Joshua übers Wochenende bei ihm war, mehr gespürt, wie der Junge sich von ihm distanzierte. Joshua wurde immer verschlossener, bis er irgendwann das ganze gemeinsame Wochenende entweder heulte oder still vor sich hinbrütete.

Das war der Moment gewesen, an dem Marvin wusste, dass er verloren hatte. Er hatte seinem fünfjährigen Jungen erklärt, dass er ihn nicht mehr zwingen würde, die Wochenenden mit ihm zu verbringen, und dass er nur noch zu ihm kommen solle, wenn er das auch wirklich wollte.

Das war das letzte Mal gewesen, dass er seinen Sohn allein gesehen hatte. Die wenigen Male danach an Joshuas Geburtstagen oder bei seiner Einschulung war immer Hannah dabei gewesen, wenn er Joshua kurz besuchte.

Das war auch der Tag gewesen, an dem Marvin sich sein erstes Piercing hatte machen lassen. Das erste Tattoo war nur wenige Wochen später gefolgt.

Marvin riss sich von diesen Gedanken los und stand auf.

Während er sich im Bad ein wenig frisch machte, dachte er über Max Bischoff nach. Marvin mochte diesen sympathischen Mann mit dem analytischen Verstand. Er hatte ihn vom ersten Aufeinandertreffen an geschätzt. Ein Umstand, der ihn verwunderte, denn er hatte sich im Laufe seines Lebens angewöhnt, Menschen, die er kennenlernte, erst eine Weile zu beobachten und ihnen gut zuzuhören, bevor er sich ein Urteil über sie erlaubte. Ein emotionaler Schnellschuss wie bei der Begegnung mit Max hatte Seltenheitswert, weswegen Marvin dem auch besondere Bedeutung beimaß.

Ihr erstes Telefonat fiel ihm ein, als Max ihn mitten in der Nacht angerufen hatte, weil er einen Schriftexperten brauchte. Wer hätte es für möglich gehalten, dass sich daraus eine Zusammenarbeit für weitere Fälle entwickeln würde. Es gab nur wenige Menschen, die Marvin als Freunde bezeichnete, aber Max Bischoff war auf einem guten Weg, bald dazuzuzählen.

Um Viertel vor sechs machte Marvin sich zu Fuß auf den Weg zu Max' Wohnung. Er war froh, einen der wenigen Parkplätze des Hotels ergattert zu haben, und würde den nicht freiwillig wieder aufgeben.

Nach zehn Minuten erreichte er das Haus.

Als Max auch nach dem zweiten Klingeln nicht öffnete, zog Marvin sein Smartphone hervor und rief ihn an, doch statt des erwarteten Klingeltons sprang sofort die Mailbox an, ein Zeichen dafür, dass das Handy ausgeschaltet oder auf Flugmodus gestellt war. Das war seltsam und vollkommen untypisch für Max.

»Ja, Marvin hier«, sprach er auf die Box. »Sie erinnern sich an mich, lieber Max? Ich bin der Wissenschaftler mit den Tattoos. Sie hören es womöglich an meiner Stimme, ich bin etwas verwirrt angesichts der Tatsache, dass ich wie abgemacht vor Ihrer Tür stehe, Sie aber weder in persona noch via Telefon erreichen kann. Da ich nicht darauf vorbereitet war, heute Abend allein zu spielen, seien Sie doch bitte so nett und melden sich bei mir.«

Nachdem er es ein letztes Mal mit Klingeln versucht hatte, ging er durch die Einfahrt neben dem Haus zum Parkplatz für die Mieter, doch Max' Wagen stand nicht dort.

Ein wenig beunruhigt machte Marvin sich auf den Weg zurück zum Hotel, wo er den Autoschlüssel aus seinem Zimmer holte und dann doch seinen Parkplatz aufgab.

22

Der Erste, der ihm einfiel, an den er sich wenden konnte, war Horst Böhmer. Marvin schalt sich einen Narren, dass er es bisher verpasst hatte, dessen Nummer zu speichern.

Er fand einen Parkplatz in der Nähe des Haupteingangs der Klinik und ging kurz darauf durch den Flur der dritten Etage auf das Zimmer zu, in dem Böhmer lag. Er hatte es gerade erreicht, als die Tür geöffnet wurde und ein älterer Herr im tadellos gebügelten dunkelroten Jogginganzug herauskam. Die weißen Haare waren sorgfältig frisiert und komplettierten den sehr gepflegten Eindruck.

Als der Mann sich plötzlich Marvin gegenübersah, riss er so erschrocken die Augen auf, als wäre er dem leibhaftig Bösen begegnet, dann drückte er sich seitlich an ihm vorbei, wobei er darauf achtete, ihn nicht zu berühren. Als er es schließlich geschafft hatte, eilte er über den Gang davon, ohne sich noch einmal umzudrehen.

Marvin sah ihm kurz nach und betrat dann grinsend Böhmers Zimmer, wo er mit einem »Sie schon wieder?« begrüßt wurde.

Als er an das Bett herantrat, fügte Böhmer hinzu: »Sie sehen aus, als hätten Sie gerade einen witzigen Geist gesehen. Warum grinsen Sie denn so?«

»Wegen des Herrn, der eben Ihr Zimmer verlassen hat und der trotz seines Trainingsanzugs aussieht wie ein verzärtelter Lord aus einem Hanni-&-Nanni-Buch.«

Böhmer stieß ein bellendes Lachen aus, das ihm aber offenbar schon im nächsten Moment leidtat, da er das Gesicht verzog. »Das ist ein Polizeirat a. D., der vom Kollegen Bandel gehört hat, dass ich hier bin. Er ist mittlerweile ein bisschen verwirrt, wollte mir aber als ehemaliger Polizeibeamter einen kurzen Besuch abstatten. Aber sagen Sie …« Böhmer richtete den Blick an Marvin vorbei zur Tür. »Was ist mit Max? Hängt er draußen am Kaffeeautomat?«

»Nein, und das ist auch der Grund meines Besuches, lieber Herr Kriminalhauptkommissar. Ich kann Max nicht erreichen. Wir waren verabredet, aber er ist nicht zu Hause, und sein Telefon ist ausgeschaltet. Da ich, ohne unnötige Panik verbreiten zu wollen, nicht umhinkomme, gewisse Parallelen zum Verbleib von Jana Brosius zu sehen, dachte ich, es kann nicht schaden, wenn ich zuerst zu Ihnen komme.«

»Scheiße. Das klingt gar nicht gut.«

»Meine Rede – ohne Fäkalsprache. Das bedeutet aber, dass Sie auch keine Idee haben, wo Max sich aufhalten könnte?«

»Keinen Schimmer. Aber da fällt mir ein, ich fand vorhin etwas seltsam. Max hat mich angerufen, während ich … na ja, während ich im Nebenraum war. Ich habe das erst eine halbe Stunde später bemerkt. Als ich ihn zurückgerufen habe, hatte ich seine Mailbox dran. Das muss so vor etwa vierzig Minuten gewesen sein. Ich hab's bisher erst ein

Mal erlebt, dass Max ohne Vorwarnung verschwunden ist und man ihn nicht erreichen konnte. Damals hat man ihn unter Drogen gesetzt. Haben Sie es auch schon bei Max' Schwester versucht? Kennen Sie sie überhaupt?«

»Kennen ist zu viel gesagt. Max hat von ihr erzählt, aber gesehen habe ich sie noch nicht.«

Ohne weitere Worte nahm Böhmer sein Handy vom Nachttisch und tippte darauf herum, bevor er es sich ans Ohr hielt.

»Ja, Horst hier«, sagte er nach einer Weile. »Sag, ist Max bei dir, oder hast du etwas von ihm gehört? … Okay, ich dachte nur … nein, er ist gerade nicht erreichbar, kein Grund, sich gleich Sorgen zu machen. Wir wundern uns nur … Dr. Wagner und ich … nein, nein, wirklich … das wird sich aufklären … ja, natürlich informiere ich dich. Und falls er bei dir auftaucht, gib bitte Bescheid … ja, versprochen.«

Böhmer legte das Telefon zur Seite. »Na toll, jetzt macht Kirsten sich natürlich Sorgen. Sie hat keine Ahnung, wo Max sein könnte.«

»Sollten wir Frau Keskin informieren?«

Böhmer stieß ein zischendes Geräusch aus. »Das können Sie vergessen. Die Kriminalrätin wird Ihnen wahrscheinlich sagen, dass Max als volljährige Person grundsätzlich gehen kann, wohin er möchte.«

»Das sehe ich ein, allerdings erscheint das doch angesichts des Verschwindens von Jana Brosius in einem anderen Licht. Das wird auch Frau Keskin einsehen. Ich denke, ich sollte sie informieren.«

»Wenn Sie sich unbedingt eine blutige Nase holen möchten – bitte.«

»Gut, dann werde ich Sie jetzt wieder verlassen und wünsche schnelle Genesung.«

»Nein, rufen Sie sie bitte von hier aus an. Ich habe so wenig Unterhaltung, dass ich mir dieses Telefonat nicht entgehen lassen möchte.«

»Nichts leichter als das, lieber Herr Kriminalhauptkommissar. Wenn es Ihrer Unterhaltung dient, wird es auch Ihrer Genesung zuträglich sein. Also bitte.«

Marvin nahm sein Handy und wählte Keskins Nummer. Dann schaltete er den Lautsprecher ein, damit Böhmer mithören konnte.

»Keskin«, meldete sich die Leiterin des Düsseldorfer Kriminalkommissariats knapp.

»Hier spricht Dr. Marvin Wagner, Sie erinnern sich an mich? Wir hatten in Klotten miteinander zu tun.«

»Ja, sicher. Wer könnte Sie vergessen? Was kann ich für Sie tun?«

»Max Bischoff ist verschwunden. Wir waren in seiner Wohnung verabredet, aber dort habe ich ihn nicht angetroffen, und auch telefonisch ist er nicht zu erreichen.«

»Wann war das?«

»Vor etwa einer Stunde.«

»Herr Wagner, es tut mir leid, dass er Sie versetzt hat, aber warum rufen Sie *mich* an? Ich dachte, Sie wissen, dass Herrn Bischoff und mich nicht gerade eine enge Freundschaft verbindet. Die Wahrscheinlichkeit, dass ich wissen könnte, wo er sich aufhält, ist also gering.«

Marvin warf Böhmer einen Blick zu. Der hob die Hände, was wohl bedeuten sollte: *Habe ich es nicht gesagt?*

»Ungeachtet dessen sind Sie Polizeibeamtin, Frau Keskin, und angesichts der Tatsache, dass Ihre Kollegin Jana Brosius verschwunden ist, sollte doch Ihr kriminalistischer Instinkt Ihnen sagen, dass die Wahrscheinlichkeit hoch ist, dass es einen Zusammenhang gibt und Herr Bischoff unsere Verabredung nicht aus freien Stücken verpasst hat.«

»Mir sagt mein Instinkt, dass Sie vor einer Stunde verabredet waren und Herr Bischoff wahrscheinlich einfach etwas Besseres vorhatte. Finden Sie sich damit ab, der Zuverlässigste ist er eben nicht.«

Erneut sah Marvin Böhmer an. Er konnte einfach nicht glauben, was er da gerade gehört hatte.

»Das kann doch …«

»Hören Sie, Herr Dr. Wagner, ich appelliere an Ihre Intelligenz, die Ihnen sagen sollte, dass ich weder Zeit noch Lust habe, Kindermädchen für Herrn Bischoff zu spielen. Wenn Sie mich also jetzt entschuldigen wollen, ich habe mich um einen deutlich wahrscheinlicheren Vermisstenfall zu kümmern.«

Marvin spürte, wie ihn Keskins Ignoranz wütend machte.

»Na, dann danke ich doch für nichts. Ich wünsche noch einen weiterhin unbedarften Abend.«

»Hab ich es Ihnen nicht gesagt?«, polterte Böhmer los, nachdem Marvin aufgelegt hatte, und fasste sich im nächsten Moment an den Kopf. »Mist, verdammter! Aber jetzt können Sie sich vielleicht vorstellen, was es bedeutet, Tag für Tag mit dieser Frau arbeiten zu müssen.«

»Nein, das stelle ich mir lieber nicht vor, denn das würde wahrscheinlich recht schnell zu einer Zeitungsnachricht führen, die mit dem Satz endet: Dann richtete er die Waffe gegen sich selbst. Mir scheint, die gute Frau Keskin betrachtet die Welt lediglich in den simplen Primärfarben, die ihr recht begrenztes Vorstellungsvermögen zulässt.«

Böhmer grinste kurz, wurde dann aber gleich wieder ernst, als Marvin sagte: »Ich denke, ich werde dieser Dominique mal einen Besuch abstatten. Vielleicht ist ja ihr Freund Kernbach bei ihr, dann kann ich ihm auf den Zahn fühlen.«

»Ich glaube nicht, dass das eine gute Idee ist. Wenn Max sich nicht täuscht, ist mit dem Kerl nicht gut Kirschen essen. Lassen Sie mich mal ein paar Telefonate führen. Es gibt noch genügend Kollegen im Präsidium, die Max in guter Erinnerung haben und sicher bereit sind, noch mal mit Frau Keskin zu reden. Sie wird einsehen müssen, dass Max sich nicht einfach so aus dem Staub macht.«

Die Telefonate konnte Böhmer sich sparen, denn in diesem Moment läutete Marvins Handy. Es war Eslem Keskin.

»Ich bin's noch mal, Herr Dr. Wagner. Ich wollte Ihnen mitteilen, dass ich zwar noch immer nicht der Meinung bin, dass Sie in Bezug auf Herrn Bischoff recht haben, dass ich aber dennoch nach ihm suchen lasse.«

»Danke. Aber das verstehe ich nicht.«

Keskin gab ein zischendes Geräusch von sich. »Was gibt es da nicht zu verstehen? Ich lasse nach Herrn Bischoff suchen, das ist doch das, was Sie wollten.«

»Ich verstehe nicht, warum Sie es sich anders überlegt haben.«

»Weil ich mir nicht nachsagen lassen möchte, ich hätte etwas versäumt – ausgerechnet bei ihm. Ich werde Sie informieren, wenn ich etwas erfahre.«

»Danke«, entgegnete Marvin und legte auf.

»Das war wieder Ihre Chefin. Sie hat es sich anders überlegt und lässt nun doch nach Max suchen. Obwohl sie nicht glaubt, dass ihm etwas passiert sein könnte.«

»Na, immerhin. Manchmal bringt es ja etwas, wenn man kurz nachdenkt, bevor man Entscheidungen trifft. Bei Eslem Keskin passiert das öfter erst im zweiten Anlauf.«

»Hauptsache, sie unternimmt etwas«, sagte Marvin. »Würden Sie mir bitte noch Ihre Telefonnummer geben?«

Böhmer nickte. »Aber nur, wenn ich mich darauf verlassen kann, dass Sie mich über alles informieren, was Sie in Erfahrung bringen.«

»Wenn Sie das wünschen, gerne. Aber fänden Sie es nicht besser, wenn Sie sich ein wenig erholen, damit Sie schnell wieder fit sind?«

»Nein«, brummte Böhmer, »mir geht es schon deutlich besser. Außerdem muss der Hammer noch erfunden werden, der meinem Schädel ernsthaft was antun kann. Also los jetzt, ich gebe Ihnen meine Nummer.«

Nachdem Marvin die Nummer in seinem Handy gespeichert hatte, verabschiedete er sich von Böhmer.

Wenige Minuten später, er hatte das Krankenhaus gerade verlassen, rief Hauptkommissar Bandel ihn an.

23

Als Max zu sich kommt, versucht er, die Augen zu öffnen, doch es gelingt ihm nicht, weil etwas fest auf seine Lider drückt. Verwirrt registriert er, dass sein Kopf heftig pocht und erheblich schmerzt.

Und nicht nur die Augen sind verbunden, wie er gleich darauf feststellt, als er versucht, sich zu bewegen. Seine Hände sind hinter dem Rücken und die Beine an etwas Hartes gefesselt, vielleicht an einen Stuhl. Außerdem steckt in seinem Mund ein Knebel.

Max versucht, gegen den Widerstand anzuschreien, doch mehr als ein dumpfes »Mmm-mmm« will ihm nicht gelingen.

Er überlegt fieberhaft, wie er hierhergekommen ist, wo immer dies auch sein mag. Es dauert nicht lange, da setzt die Erinnerung ein. Dominiques Wohnung, die DVDs mit Filmen und Ausschnitten von Jenny, danach in seinem Auto plötzlich ein brennender Stich und gleich darauf Dunkelheit. Erneut versucht er, die Augen zu öffnen und unter dem Stoff hindurch etwas zu erkennen, muss es aber wieder aufgeben.

Ein undefinierbares Geräusch von der Seite lässt ihn aufhorchen.

Sein Atem geht schneller. Er versucht, seine Gedanken zu sortieren. Steht derjenige, der ihn entführt hat, neben ihm? Ist er jetzt dort gelandet, wo vielleicht auch Jana gefangen gehalten wird? Ist sie sogar im gleichen Raum? Sitzt sie ebenfalls auf einem Stuhl, mit verbundenen Augen und einem Knebel im Mund?

Erneut schreit er gegen den Stoff an und lauscht dann mit angehaltenem Atem. Und dieses Mal gibt es tatsächlich zu seiner Linken eine deutlichere Reaktion. Töne, ebenfalls gedämpft und eher wimmernd. Max zerrt verzweifelt an den Fesseln, mit denen ihm die Hände hinter dem Rücken an den Stuhl gebunden sind. Ist das Jana?

So fest er kann, drückt Max die Zunge gegen den Knebel und versucht, ihn zu bewegen, doch es sind nur Millimeter, um die er sich verschiebt. Viel zu wenig, als dass es etwas ändern würde. Zudem muss er seine Anstrengungen gleich wieder aufgeben, weil Blitze durch seinen Kopf rasen, so schmerzhaft, dass ihm schwindlig wird und er fast die Besinnung verliert.

Neben sich hört er Stöhnen und ruckartige, klopfende Geräusche. Wer immer dort neben ihm sitzt, versucht ebenfalls verzweifelt, sich zu befreien.

»Jana?«, will er gegen den Knebel anschreien, doch es kommen nur unverständliche Töne heraus.

Er konzentriert sich und zwingt sich zur Ruhe. Sein Mund schmerzt von dem Knebel, der Hals ist schrecklich trocken. Er versucht zu schlucken, muss aber husten, was mit dem Knebel im Mund fast unmöglich ist, so dass er für einen Moment das Gefühl hat zu ersticken.

Diese wahnsinnigen Kopfschmerzen! Er fragt sich, was für ein Gift man ihm injiziert hat.

Aber spielt es eine Rolle, womit man ihn außer Gefecht gesetzt hat? Irgendwann wird jemand auftauchen. Und ihm vielleicht die Antworten geben, nach denen er in diesem Chaos verzweifelt sucht. Aber das Wichtigste für den Moment ist die Frage, wer das dort neben ihm ist.

Erneut hört er Geräusche, doch dieses Mal erscheinen sie ihm hektischer und der Versuch zu schreien noch intensiver und schriller als zuvor.

Plötzlich hört er ein Klatschen, das er nicht einordnen kann, gefolgt von einem Stöhnen, dann hören die hektischen Geräusche abrupt auf. Die eintretende Stille ist bedrückender als alles zuvor. Max nimmt seinen eigenen Herzschlag überlaut wahr, aber da ist noch etwas anderes. Eine Stimme. Sie klingt zischend leise wie bei mühsam unterdrückter Wut.

Und sie ist zweifelsfrei männlich.

Als Max den Atem anhält und angestrengt lauscht, versteht er die Worte: »… dir schon einmal gesagt, dass du heute Nacht verrecken wirst.«

Kurz darauf sind Schritte zu hören, dann ein Knall, als ob eine Tür ins Schloss fällt, und dann wieder Stille.

»Mmm-mmmm«, ruft Max, und als er keine Reaktion bekommt, versucht er es noch einmal. Nichts.

Ist er jetzt allein? Hat derjenige, zu dem die Stimme gehört, die andere Person mitgenommen? Jana?

War sie es, der diese Worte galten?

Dass du heute Nacht verrecken wirst.

Max bäumt sich auf, spannt alle Muskeln an, während er gleichzeitig mit aller Kraft gegen den Knebel anbrüllt. Er zerrt an den Fesseln und wirft den Oberkörper hin und her, soweit es geht. Sein Kopf will zerspringen vor Schmerzen, es ist ihm egal.

»Jana!«, brüllt er wieder und wieder. »Mmm-mmm«, ertönt es durch den Knebel.

Dann verlässt ihn plötzlich die Kraft, und er sinkt fast ohnmächtig in sich zusammen.

Jana!

24

»Hallo, Herr Wagner, mein Name ist Karsten Bandel, ich bin ein Kollege von Horst Böhmer. Ich habe gerade von einem Kollegen beim KK11 erfahren, dass nach Max Bischoff gesucht wird, und sofort Horst angerufen, der mir Ihre Nummer gegeben hat. Ich möchte Ihnen meine Hilfe anbieten.«

»Das ist sehr nett von Ihnen, aber bevor wir dazu kommen, habe ich noch eine Frage: Sie erzählten Max, dass Kriminalhauptkommissar Böhmer Sie gebeten hätte, ihm zu helfen.«

»Ja, ich weiß, das hat Horst nicht explizit getan, aber ich halte große Stücke auf Max Bischoff. Als Horst mir erzählt hat, dass die Polizeirätin, mit der ich auch schon des Öfteren meine Meinungsverschiedenheiten hatte, permanent gegen Herrn Bischoff arbeitet, habe ich beschlossen, ihm zu helfen. Und jetzt, wo er plötzlich verschwunden ist, ist es für mich selbstverständlich, Sie dabei zu unterstützen, ihn schnellstmöglich zu finden.«

Marvin fragte sich, ob er dem Polizisten wirklich trauen konnte. Seine Erklärung klang zwar recht plausibel, hatte ihn aber noch nicht hundertprozentig überzeugt. Etwas in Marvin riet ihm zur Vorsicht.

Andererseits kannte Horst Böhmer Bandel schon länger und schien ihn für einen vertrauenswürdigen Kollegen zu halten. Immerhin hatte er mit ihm über Max gesprochen. Und wenn Marvin ehrlich war, war Bandel im Moment seine einzige Chance, um an polizeiinterne Informationen zu gelangen. Er beschloss, Bandels Angebot anzunehmen, ihn aber dennoch genau im Auge zu behalten.

»Ich gehe davon aus, das ist inoffiziell?«, vermutete Marvin.

»Worauf Sie sich verlassen können.«

»Gut, ich versuche als Erstes herauszufinden, warum Max weggefahren ist, ohne mir eine Nachricht zu hinterlassen. Kriminalhauptkommissar Böhmer sagte, Max habe ihn angerufen. Können Sie herausfinden, von wo dieser Anruf kam?«

»Hm … ich kann es versuchen, aber das wird ein bisschen dauern.«

»Dann bitte.«

»Gut, ich melde mich. Auch, wenn ich sonst etwas über Max Bischoffs Verbleib erfahre. Der Kollege vom KK11 hält mich auf dem Laufenden.«

Marvin legte auf und speicherte die Nummer aus der Anrufliste, bevor er losfuhr.

Er war ein großer Fan von Wahrscheinlichkeitsrechnungen, und es gab da eine Adresse, bei der die Wahrscheinlichkeit, dass sie Max' Ziel gewesen war, recht hoch war.

Er brauchte etwas mehr als zwanzig Minuten, dann parkte er vor dem Haus, in dem sich Dominique Klaubers Wohnung befand.

Sie schien nicht zu Hause zu sein, und Marvin wollte sich schon wieder abwenden, als sein Blick auf die zweite Klingel fiel, die mit M. Feldmann beschriftet war.

Ohne sich allzu viel davon zu erhoffen, betätigte er sie und hörte gleich darauf jemand brummen. »Ja?«

»Guten Tag, mein Name ist Dr. Marvin Wagner. Ich würde gern Frau Klauber sprechen, aber sie scheint nicht zu Hause zu sein. Ich weiß, die Frage ist vielleicht etwas ungewöhnlich, wenn man sie an einen Nachbarn richtet, aber haben Sie zufälligerweise eine Idee, wo sie sich gerade aufhalten könnte?«

»Das gibt's ja wohl nicht. Was ist denn heute los?«

»Schon wieder? War Max Bischoff hier?«

»Sie kennen ihn also. Stecken Sie mit ihm etwa unter einer Decke? Dann verschwinden Sie gefälligst, sonst rufe ich doch noch die Polizei.«

»Die Polizei? Doch noch? Entschuldigen Sie, ich verstehe nicht …«

»Das ist mir egal, verschwinden Sie.«

Marvin dachte an Braunshausen, den Nachbarn von Sebastian Kernbach. »Ich habe lediglich ein paar Fragen an Sie, für deren Beantwortung ich ein lukratives Tauschgeschäft mit Ihnen eingehen würde.«

»Wie, Tauschgeschäft?«

»Sie beantworten mir ein paar simple Fragen, ich gebe Ihnen im Tausch dafür fünfzig Euro.«

»Fünfzig Euro, tatsächlich?«, entgegnete Feldmann überheblich. »Wissen Sie, was Sie mit Ihren fünfzig Euro tun können?«

Marvin ahnte, dass er auch mit einer Verdoppelung des Betrages bei Feldmann nichts erreichen würde, und versuchte es auf einem anderen Weg.

»Wissen Sie überhaupt, wer Max Bischoff ist?«

»Ein Exbulle, der in die Wohnung meiner Nachbarin eingebrochen ist und mich verarscht hat. Und jetzt verschwinden Sie.«

»Also gut, ich werde nun Folgendes tun: Ich werde die Leiterin des Düsseldorfer Kriminalkommissariats anrufen und ihr sagen, dass ich vermute, dass Sie, Herr Feldmann, etwas mit dem Verschwinden von Max Bischoff zu tun haben oder zumindest jegliche Auskunft verweigern, die zur schnellen Aufklärung beitragen könnte. Und dann hoffe ich für Sie, dass Herrn Bischoff nichts geschehen ist, denn falls doch, möchte ich nicht in Ihrer Haut stecken. Wissen Sie, was Polizisten von Leuten halten, die einen ihrer Kollegen in Gefahr bringen oder gar eine Mitschuld daran haben, wenn diesem Kollegen etwas zustößt?«

Fast konnte Marvin hören, wie es im Denkapparat von Feldmann knisterte, aber die Geräusche waren wohl eher auf die Sprechanlage zurückzuführen.

»Also gut, warten Sie.«

Ein Klicken war zu hören, es verging eine halbe Minute, dann öffnete Feldmann die Tür und riss die Augen auf, als er Marvin vor sich sah. »Heiliger Bimbam. Was sind Sie denn für einer? Ein Doktor, sagten Sie?« Er stieß ein heiseres Lachen aus. »So sieht doch kein Doktor aus.«

Marvin zog die gepiercte Augenbraue hoch, wodurch sich der Stift darin ein wenig drehte. »Was vermissen Sie?

Den weißen Kittel? Kann ich Ihnen jetzt die Fragen stellen?«

»Ja, schon gut, also?«

»Zuerst einmal: Was meinten Sie damit, Max hätte Sie … verarscht?«

»Ich habe ihm Frau Klaubers Wohnung aufgeschlossen, weil er unbedingt nachsehen wollte, ob es ihr gut geht.«

»Sie haben einen Schlüssel? Wie gut kennen Sie sich?«

»Kaum. Aber sie hat sich schon zweimal ausgesperrt, deshalb hat sie mir einen Schlüssel gegeben. Ich bin schließlich ihr Nachbar.«

»Gut, weiter.«

»Sie war natürlich nicht da, und wir haben die Wohnung wieder verlassen. Aber er hat irgendwie getrickst und ist anschließend dort eingebrochen. Ich hab ihn von draußen gesehen, wie er im Wohnzimmer gesessen und sich irgendwas im Fernsehen angeschaut hat.«

Erneut wanderte Marvins Augenbrauenpiercing nach oben. »Er ist eingebrochen, um sich das Fernsehprogramm anzuschauen?«

Feldmann zuckte mit den Schultern. »Wie ich schon sagte, ich hab ihn von der Terrasse aus beobachtet.«

»Okay, was haben Sie gemacht, als Sie ihn beim Fernsehen in einer fremden Wohnung erwischt haben?«

»Ich bin nach oben in meine Wohnung gegangen und hab aus dem Fenster geschaut. Er ist gleich darauf abgehauen. Wenn er noch geblieben wäre, hätte ich die Polizei gerufen. Ich hatte ja seinen Namen und wusste, dass er früher Polizist war. Das hat er mir selbst gesagt.«

Das auch noch, dachte Marvin und fragte sich, was er von der Sache halten sollte. »Okay, habe ich das richtig verstanden? Sie haben Max Bischoff von der Terrasse aus beobachtet, sind nach oben in Ihre Wohnung gegangen und haben dort nicht die Polizei gerufen, weil Sie befürchteten, selbst Schwierigkeiten zu bekommen. Schließlich haben Sie ihn unerlaubt in eine fremde Wohnung gelassen und damit den späteren Einbruch wahrscheinlich erst möglich gemacht.«

»Ähm ... woher wissen Sie das?«

»Ich drücke es mal so aus: Ich denke, einer von uns beiden ist intelligenter als Sie.«

Als Marvin sah, wie es im Gesicht des Mannes arbeitete, schob er gleich die nächste Frage nach.

»Warum waren Sie überhaupt auf der Terrasse von Frau Klaubers Wohnung?«

»Was?«

»Sie sagten, Sie hätten Max Bischoff von der Terrasse aus gesehen. Ich möchte wissen, warum Sie dort unten waren?«

»Nun, ich ... ähm, ich habe etwas gehört und wollte nachsehen, ob Frau Klauber wieder zu Hause ist.«

»Warum haben Sie nicht an ihrer Wohnungstür geklingelt?«

»Weil ... weil ich dachte, es könnte auch ein Einbrecher sein. Was ja auch gestimmt hat.«

Ja, dachte Marvin, *oder weil du ein kleiner Spanner bist und sie heimlich beobachten wolltest. Was du vielleicht schon öfter gemacht hast.*

»Was genau hat Herr Bischoff Ihnen gesagt?«

Feldmann schien einen Moment zu überlegen. »Dass er mit Frau Klauber verabredet ist und sich Sorgen macht, weil sie nicht öffnet.«

»Er sagte, er ist mit ihr verabredet?«

»Ja. Er sagte, er habe eine halbe Stunde zuvor mit ihr telefoniert und sich verabredet.«

»Wann ist Herr Bischoff wieder gegangen?«

»Er ist nicht *gegangen*. Er ist abgehauen, weil er gemerkt hat, dass ich ihn beim Einbrechen erwischt habe. Das war um halb sechs.«

»Und sind Sie nach dem *Einbruch* noch mal in die Wohnung gegangen?«

Feldmanns Blick senkte sich kurz, dann sah er Marvin schuldbewusst an. »Wie kommen Sie denn darauf?«

»Eine Intuition! Also?«

»Nein.«

»Ganz sicher?«

»Ja. Also, nein, ich war danach nicht in der Wohnung.«

»Okay, vielen Dank.«

»War's das?«

»Ja, ich denke, das war's zunächst. Ach, eines noch: Wenn Frau Klauber auftauchen sollte, möchte sie mich bitte dringend anrufen. Sagen Sie ihr, es geht um Max Bischoff.« Er reichte dem Mann eine Visitenkarte. Feldmann betrachtete sie und nickte. »Psychologe! Das passt.«

Marvin wandte sich kommentarlos ab und ging zu seinem Wagen zurück. Wenn es stimmte, was der Mann gesagt hatte – und Marvin zweifelte nicht daran –, musste

Max in der Wohnung von Dominique Klauber etwas entdeckt haben. Weshalb sonst sollte er den Fernseher angeschaltet haben. Sicher nur, um sich darauf etwas Wichtiges anzusehen, das nicht warten konnte. Und das vielleicht sogar etwas mit dem Verschwinden von Jana Brosius zu tun hatte.

Erneut wählte er die Mobilfunknummer von Eslem Keskin, war dieses Mal allerdings darauf vorbereitet, mit ihr verbal die Klingen zu kreuzen.

Nachdem sie das Gespräch angenommen hatte, erzählte er ihr – ungeachtet der Tatsache, was sie später aus Max' *Einbruch* machen würde – in einer Kurzversion, was er gerade erfahren hatte, und endete mit der Frage: »Was sagen Sie dazu?«

»Ich sage dazu, dass Herr Bischoff offenbar nicht einmal mehr davor zurückschreckt, eine Straftat zu begehen. Dafür wird er zur Verantwortung gezogen werden, wenn er wieder auftaucht. Was sicherlich in ein paar Stunden der Fall sein wird.«

Marvin schüttelte energisch den Kopf. Es war zum Verzweifeln. Er sah ein, dass er so mit Keskin nicht weiterkommen würde.

»Frau Kriminalrätin, ich gehe davon aus, dass Max in dieser Wohnung etwas Wichtiges entdeckt hat, das mit Jana Brosius' Verschwinden zu tun haben könnte. Zudem ist auch Frau Klauber bislang nicht wieder aufgetaucht. Das hängt doch offensichtlich alles zusammen, und ich finde Ihre Weigerung, das zumindest in Betracht zu ziehen …«

»Wir drehen uns im Kreis«, fiel Keskin ihm harsch ins Wort. »Deshalb werde ich das Gespräch jetzt beenden.«

»Gut, Sie lassen mir keine andere Wahl: Ich werde mich an die Medien wenden. Es geht hier um das Schicksal von mindestens zwei, vielleicht sogar drei Menschen, und was mich betrifft, ist sowohl meine Geduld als auch meine Bereitschaft, ihre Sturheit weiter hinzunehmen, an ihrem Ende angelangt.«

Die folgende Pause war so lang, dass Marvin schon in Betracht zog, dass Keskin – von ihm unbemerkt – aufgelegt hatte. Doch dann sagte sie mit eisiger Stimme: »Der Nachbar von oben hat also einen Schlüssel?«

»Ja.«

»Da ich sowieso noch im Präsidium bin, werde ich gemeinsam mit einem Kollegen dorthin fahren und mir die Wohnung anschauen, falls der Nachbar uns reinlässt. Geben Sie mir die Adresse.«

Marvin nannte sie ihr.

»Damit das klar ist: Das ist alles, was ich tun kann. Und das, was Sie gerade gesagt haben, werde ich nicht vergessen.«

»Das wäre wünschenswert«, entgegnete Marvin und legte auf.

25

Seit er diese unheimliche, zischende Stimme und die Schritte gehört hat, ist es still neben Max.

Zwei-, dreimal hat er noch versucht, eine Reaktion zu provozieren, indem er »Mmm-mmm« ausgestoßen hat, dann hat er es aufgegeben.

Seine Gedanken kreisen immer wieder um die Worte des Entführers und die Vorstellung, dass es Jana war, der sie gegolten haben. Er zittert vor Hilflosigkeit. Und vor Wut.

Er muss versuchen, sich abzulenken und etwas mehr über die Situation zu erfahren, in der er sich befindet.

Er konzentriert sich auf sein Temperaturgefühl. Wenn er es richtig einschätzt, hat er noch seine Jacke an. Dennoch empfindet er seine Umgebung als kühl. Die Luft riecht zudem leicht modrig, wie in einem Keller.

Max vermutet, dass sein Entführer, nachdem er ihn betäubt hatte, ihn mit seinem Auto an diesen Ort brachte.

Wenn er sich tatsächlich in einem Keller befindet, muss der Kerl ihn irgendwie dorthin geschafft haben, wozu einiges an Kraft nötig war. Er erinnert sich an die einzige Begegnung, die er mit Sebastian Kernbach hatte. An seine Statur. Er wäre sicher dazu in der Lage.

Sobald er Kontakt zu dem Entführer hat, muss er es schaffen, dass dieser ihm den Knebel aus dem Mund nimmt. Er muss es schaffen, mit ihm zu sprechen, etwas in Erfahrung zu bringen, ihn im besten Fall vielleicht sogar an der Stimme zu erkennen.

Vor allem aber muss er herausfinden, was mit Jana ist.

Max bewegt die Zunge im Mund. Der Durst wird langsam zu einem Problem. Der Drang zu schlucken wird immer mächtiger, er muss sich darauf konzentrieren, ihm nicht nachzugeben. Er denkt an den Hustenanfall und dass er, wenn er sich dabei verschluckt hätte, vielleicht tatsächlich erstickt wäre.

Ein Stöhnen neben ihm lässt ihn zusammenfahren. Es klingt anders als zuvor. Deutlicher. Lauter.

»Mmm-mmm-mmm«, stößt er aufgeregt aus, lauscht angestrengt, konzentriert sich, um jeden Ton aufzunehmen.

Da, wieder ein Geräusch, anders, schwer einzuordnen. Als würde jemand ausspucken. Es folgt eine kurze Stille, dann sagt eine verzweifelt klingende Frau: »Hallo? Wer ist da?«

26

Marvin rief Böhmer an und erzählte ihm sowohl von seiner Unterhaltung mit Feldmann als auch von seinem anschließenden Telefonat mit Eslem Keskin.

»Wow!«, stieß Böhmer mit hörbarer Bewunderung aus. »Sie haben sie bezwungen. Respekt. Würde mich ja mal interessieren, was Max in der Wohnung wollte, obwohl klar war, dass Frau Klauber nicht da ist. Wenn er den Fernseher angemacht hat, muss es dafür einen Grund geben.«

»Das sehe ich ebenso. Ich stehe noch vor Frau Klaubers Wohnung und denke, ich werde warten, bis Ihre Chefin hier ankommt, und zusehen, dass ich mit ihr in die Wohnung gelange. Wenn ich auch keine große Hoffnung habe, dass sie das gestattet.«

»Nun hören Sie aber auf mit diesem Mimimi. Sie quatschen in zehn Minuten eine Kuh besinnungslos, da schaffen Sie es auch, die Frau Kriminalrätin zu überreden, Sie in die Wohnung mitzunehmen. Und dann sollten Sie versuchen, rauszukriegen, wo dieser Kernbach steckt. Der scheint ja ein Problem mit Max zu haben – warum auch immer. Dann wird vielleicht auch klarer, was mit Frau Klauber ist. Und wie das eigentlich alles zusammenhängt. Mein Gefühl sagt mir, dass jede Minute zählt.«

»Gut, ich werde …«

Marvin hörte, dass jemand in der Leitung anklopfte, nahm das Telefon vom Ohr und warf einen Blick auf das Display, bevor er weitersprach: »Ich melde mich wieder, gerade ruft Hauptkommissar Bandel an.«

Ohne eine Antwort abzuwarten, wechselte er zu Bandels Anruf.

»Hallo, Herr Hauptkommissar, ich denke, ich weiß jetzt, woher Max Herrn Böhmer angerufen hat.«

»Das ist gut, denn ich weiß es noch nicht. Ich rufe Sie an, weil ich wissen wollte, was Sie weiter vorhaben.«

Erneut überlegte Marvin, wie weit er Bandel trauen konnte. Warum war der Hauptkommissar wirklich so sehr daran interessiert zu erfahren, was er als Nächstes unternehmen wollte? Ja, er kannte Horst Böhmer schon länger und bewunderte Max vielleicht tatsächlich, aber reichte das aus, sich so sehr in diese Sache reinzuhängen?

Er nahm sich vor, Bandel vorerst nur unverfängliche Dinge zu erzählen, und fasste in knappen Sätzen zusammen, wo er war und was er bisher erlebt hatte.

»Und nun warte ich vor der Wohnung von Frau Klauber auf Kriminalrätin Keskin, um mich gemeinsam mit ihr in der Wohnung umzusehen und hoffentlich herauszufinden, was Max dort wollte und was er vielleicht entdeckt hat.«

Den vorausgegangenen Disput mit Keskin erwähnte er bewusst nicht.

»Und dann?«

»Das hängt davon ab, was wir in Frau Klaubers Wohnung vorfinden.«

»Ich bin zu Hause. Rufen Sie mich bitte an, wenn Sie dort fertig sind? Dann können wir uns treffen und gemeinsam sehen, was wir unternehmen.«

»Das mache ich«, versprach Marvin und dachte dabei hauptsächlich daran, einen Polizeibeamten dabeizuhaben, falls er noch mal zu Sebastian Kernbachs Wohnung fahren musste.

Wenige Minuten nachdem Marvin aufgelegt hatte, traf Eslem Keskin in einem schwarzen Audi ein. Marvin stieg aus und wartete, bis der Wagen vor seinem Fahrzeug geparkt war.

Gefahren wurde er von einem dunkelhaarigen, schlanken Mann von höchstens Mitte dreißig, wie Marvin im Licht der Straßenlaterne erkannte, als die beiden ausstiegen.

»Herr Wagner«, sagte Keskin überrascht. »Warum sind Sie noch hier?«

»Weil ich mir mit Ihnen die Wohnung ansehen möchte.«

Keskin überraschte ihn, indem sie lediglich nickte und dann auf das Haus zuging, während sie sagte: »Das ist Kriminaloberkommissar Werner. Er kommt mit und wird Sie im Auge behalten.«

Feldmann stieß ein hysterisch klingendes Lachen aus, als Keskin ihm an der Sprechanlage sagte, wer sie war und was sie wollte.

»Jetzt also auch noch die Kripo. Was zum Teufel wollen Sie alle in Frau Klaubers Wohnung?« Und in guter Fernsehkrimizuschauermanier fügte er schnell hinzu: »Haben Sie überhaupt einen Durchsuchungsbefehl?«

»Nun kommen Sie mal runter und öffnen die Tür, damit ich sehen kann, mit wem ich spreche.«

Tatsächlich wurde die Haustür kurz darauf geöffnet, und Feldmann schaute zuerst Keskin und Werner an, bevor sein Blick auf Marvin fiel, der hinter der Polizistin stand.

Er schüttelte den Kopf. »Der Psycho-Doktor auch schon wieder.«

Keskin hob die Hand und drückte auf den Klingelknopf neben Dominique Klaubers Wohnung. Als sich nichts tat, wandte sie sich wieder an Feldmann. »Würden Sie uns jetzt bitte Frau Klaubers Wohnung öffnen?«

»Haben Sie einen Durchsuchungsbefehl?«, wiederholte Feldmann stoisch.

Keskin schüttelte den Kopf, zauberte ihren Dienstausweis aus ihrem Mantel hervor und hielt ihn Feldmann vor die Nase. »Wir haben keinen Durchsuchungs*beschluss*, weil ich davon ausgegangen bin, dass wir den nicht brauchen. Nachdem Sie einem wildfremden Zivilisten Zutritt zu Frau Klaubers Wohnung gewährt haben, werde ich als Leiterin des Düsseldorfer Kriminalkommissariats eventuell großzügig über diese strafrelevante Tatsache hinwegsehen. Vorausgesetzt, Sie schließen uns als Polizeibeamte ebenfalls auf, damit wir uns versichern können, dass alles in Ordnung ist.«

Marvin kam nicht umhin anzuerkennen, dass Keskin durchaus gewisse rhetorische Fähigkeiten hatte, obwohl sie seinen eigenen deutlich unterlegen waren.

Mit bedröppelter Miene wandte Feldmann sich ab. »Na gut, ich hole den Schlüssel.«

Nachdem Feldmann die Tür geöffnet hatte, wollte er vorangehen, doch Keskin hielt ihn zurück.

»Sie können in Ihrer Wohnung warten, wir geben Ihnen Bescheid, sobald wir fertig sind.«

»Ich habe die Verantwortung und bin der Meinung, dass ich dabei sein muss.«

Marvin legte ihm die Hand auf die Schulter. »Wir sind der Meinung, dass Ihre Meinung keine Rolle spielt.«

Er nickte Feldmann aufmunternd zu und betrat die Wohnung hinter Keskin. Werner folgte ihm und schien ernst zu nehmen, was seine Chefin gesagt hatte. Mit versteinerter Miene beobachtete er jeden Schritt, den Marvin machte.

Wenige Minuten später standen alle vor dem Fernseher und sahen sich gebannt den Fernsehauftritt einer bildschönen Frau an. Obwohl Marvin nie ein Foto von ihr gesehen hatte, war er sicher, dass es sich um die Frau handelte, die Max Bischoff geliebt hatte und die fünf Jahre zuvor grausam ermordet worden war.

»Ich denke, das ist Jennifer Sommer«, erklärte er, Sekunden bevor am unteren Bildschirmrand ihr Name eingeblendet wurde.

»Ich habe von ihr gehört«, sagte Keskin, ohne den Blick vom Fernseher abzuwenden. »Die Frage, die sich stellt, ist: Was macht Dominique Klauber mit diesen Aufnahmen?«

»Und die naheliegende Antwort ist: Sie hat sich angeschaut, wie Jennifer Sommer ausgesehen und wie sie sich bewegt hat.«

Als Keskin ihn daraufhin fragend ansah, fügte er hinzu: »Sie hat sie studiert.«

27

Diese Stimme … Max kennt sie, aber sie gehört nicht Jana. Die Frau, die jetzt sagt: »Bitte, ich weiß, dass Sie da sind, ich habe Sie gehört«, ist … Dominique.

»Ich kann Sie nicht sehen, ich habe die Augen verbunden und bin gefesselt. Sind Sie auch gefesselt?«

»Mmmm-mmmmm, mmmm«, schreit Max gegen den Widerstand in seinem Mund an. Ich bin's, Max!

»Ich hatte auch den Mund verbunden«, sagt sie schnell, als befürchte sie, dass der Entführer jeden Moment zurückkommt. »Er hat mir ins Gesicht geschlagen, dabei hat sich der Knebel gelockert.«

»Mmmmmm-mmmmmm.« Max überlegt verzweifelt, wie er Dominique klarmachen kann, dass er es ist, der da neben ihr sitzt. Es dauert eine Weile, bis er registriert, dass es neben ihm still geworden ist.

»Mmmm?«

Noch immer hört er keinen Ton, nicht mal ein Geräusch von Dominique, bis sie auf einmal leise und voller Entsetzen sagt: »Er wird mich umbringen.«

Max zerrt wieder an seinen Fesseln, doch sie lockern sich nicht. Hat der Entführer Dominique nur gedroht? Aber was, wenn nicht? Und was bedeutet das in Bezug auf Jana?, schießt es ihm durch den Kopf. Wenn der Entführer Dominique tatsächlich töten will, hat er das dann mit Jana etwa bereits getan? Lebt sie schon nicht mehr?

Max hat das Gefühl, jeden Moment durchzudrehen. Plötzlich prasseln die Erinnerungen nur so auf ihn ein und zerren an seinem Verstand. Jenny, Jana, Dominique – und auch Kirsten. Geschundene, misshandelte Körper, geschwollene, zerschlagene Gesichter, aufgeplatzte Lippen.

Max hört sich selbst aufstöhnen. Er braucht ein Ventil … Er schreit so laut und so lange er kann. Dabei schüttelt er immer wieder den Kopf. Als ihm die Luft ausgeht, sind seine Gedanken schon etwas klarer.

Nein! Das darf *nicht passieren. Wenn er jetzt durchdreht, ist das wahrscheinlich nicht nur für ihn das Ende, sondern auch für Dominique. Und für Jana. Weil sie noch lebt, daran will er glauben. Dass sie darauf hofft, dass er sie rettet. Er darf nicht zu spät kommen. Diesmal nicht.*

Max schafft es, sich ein wenig zu beruhigen, sein Verstand beginnt, wieder geordneter zu arbeiten. Neben ihm sitzt Dominique, die ihm vielleicht Informationen geben könnte, die wichtig sind, aber dafür müsste sie wissen, wer er ist.

Aber wie soll er ihr das deutlich machen, wenn er nichts anderes herausbringt als dumpfes Gesumme?

Gesumme. Und plötzlich weiß er, was er tun kann.

Er konzentriert sich einen Moment, dann beginnt er zu summen. Und es ist nicht »Mmmm-mmmm-mmmm« wie bisher, sondern der Refrain eines Songs. Es ist I don't want to miss a thing *von Aerosmith, das Stück, das lief, als er Dominique in ihrer Wohnung besucht hat.*

Er verstummt und lauscht. Es vergehen ein paar Sekunden der absoluten Stille, dann sagt Dominique fassungslos: »Nein! Bitte nicht. Aber du bist es, nicht wahr? Max? Er … er hat es tatsächlich getan.«

28

Keskin starrt auf den Bildschirm, wo Jennifer Sommer in einer Talkshow zu sehen war.

»Warum sollte sie das tun?«

»Das weiß ich nicht«, gestand Marvin. »Aber Max Bischoff berichtete, dass er Frau Klauber auf der Beerdigung seines Mentors und ehemaligen Professors zum ersten Mal gesehen und ihre Ähnlichkeit mit Jennifer Sommer ihn geradezu paralysiert hat. Dabei erwähnte er explizit nicht nur ihr Aussehen, sondern auch die Art, wie sie spricht und sich bewegt.« Er deutete auf den Fernseher. »Hier haben wir wahrscheinlich die Erklärung dafür.«

»Was noch immer nicht die Frage nach dem Warum erklärt«, beharrte Keskin.

»Ich befürchte, es hat etwas mit dem Verschwinden von Jana Brosius und jetzt auch dem von Max zu tun. Vielleicht hat Frau Klauber noch eine Rechnung mit Jana oder Max offen. Was ich allerdings nicht verstehe, ist, welche Rolle ihr Lebensgefährte Sebastian Kernbach dabei spielt. Er scheint ein recht brutaler Zeitgenosse zu sein«, erwiderte Marvin.

»Ja, wer weiß.«

Marvin hatte eine feine Antenne für Menschen und

spürte plötzlich eine gewisse Unsicherheit bei Eslem Keskin. »Vielleicht ist er es ja, der Herrn Bischoff hasst. Ich kann mir vorstellen, dass die Liste derer, die Max Bischoff nicht mögen, recht lang ist.«

»Stehen Sie auch auf dieser Liste, Frau Kriminalrätin?«

»Ich? Ich glaube nicht, dass meine Person im Moment das Thema ist.«

»Ich dachte nur, weil Sie ganz selbstverständlich davon ausgehen, dass es um Max Bischoff geht.«

»Das, lieber Herr Wagner, sind Dinge, die ich mit meinen Kolleginnen und Kollegen besprechen werde.«

Das Klingeln von Marvins Telefon unterbrach sie. Marvin warf einen Blick auf das Display. Böhmer. Er vermutete, dass Max' Expartner Schwierigkeiten bekommen würde, wenn Eslem Keskin erfuhr, dass er aus dem Krankenhaus heraus versuchte, Marvin zu helfen.

Er drückte das Gespräch weg und deutete zur Wohnungstür. »Ich werde jetzt gehen. Danke, dass ich mitkommen konnte.«

Keskin deutete auf das Smartphone, das Marvin noch in der Hand hielt. »Ein wichtiger Anruf?«

Marvin lächelte sein freundlichstes Lächeln. »Das, liebe Frau Kriminalrätin, werde ich mit *meinen* Kollegen besprechen. Bis bald.«

Unter den wachsamen Augen von Oberkommissar Werner, der hinter ihm herging, verließ er die Wohnung. Vor der Tür blieb er stehen und grinste Werner an.

»Wie weit werden Sie mir nachlaufen?«

Werner sah ihn mit unbewegtem Gesicht an, machte aber keine Anstalten, etwas zu erwidern.

»Apropos laufen … Haben Sie schon mal darüber nachgedacht, dass, wenn man lange genug Richtung Norden läuft, man irgendwann automatisch Richtung Süden unterwegs ist? Wenn man hingegen immer Richtung Osten läuft, wird man sich niemals Richtung Westen bewegen.«

Zum ersten Mal kam Bewegung in Werners Gesicht, und es war ein Ausdruck von Unverständnis zu erkennen. Zufrieden wandte Marvin sich ab und verließ gleich darauf das Haus, wo er noch auf dem Weg zu seinem Auto Böhmer zurückrief.

»Wagner hier, entschuldigen Sie, Frau Keskin stand gerade neben mir in der Wohnung von Frau Klauber. Ich dachte, es sei keine gute Idee, in der Situation mit Ihnen zu telefonieren.«

»Das ist mir mittlerweile egal. Also, schießen Sie los.«

Marvin berichtete, dass Keskin ihn in die Wohnung hineingelassen hatte, und schon unterbrach Böhmer ihn.

»Sie hat Sie einfach so in die Wohnung mitgenommen?«

»Ja, ohne auch nur den Versuch zu unternehmen, mich abzuwimmeln. Aber sie hatte einen Wachhund dabei, der mich keine Sekunde aus den Augen ließ.«

»Hieß der zufälligerweise Werner?«

»Ja, genau. Kriminaloberkommissar Werner.«

Böhmer stieß einen zischenden Laut aus. »Wachhund ist nicht der richtige Ausdruck. Schoßhündchen wäre wohl eher zutreffend. Seit Jana sich sehr zum Verdruss der Chefin Max zugewendet hat, ist er ihr neuer Protegé.«

»Und er nimmt die Sache sehr ernst.«

»Ja, ich weiß. Aber bitte, berichten Sie weiter.«

Als Böhmer von den DVDs hörte, stieß er einen Fluch aus. »Sie hat zehn DVDs mit Aufnahmen von Jennifer Sommer?«

»Zumindest stand das auf allen zehn DVDs drauf. Wir haben nur in eine reingeschaut.«

»Und als Max sie trifft, sieht sie genauso aus wie Jenny, redet so, bewegt sich so … Was zum Teufel läuft denn da für eine Scheiße?«

»Ich stelle mir gerade die Frage, was mit den DVDs geschieht. Wird Frau Keskin sie mitnehmen?«

»Hm … Dieser Feldhamster, oder wie er heißt, hat den Schlüssel von Dominique Klauber bekommen. Damit hat sie ihm quasi das Hausrecht über ihre Wohnung gegeben, zumindest, sofern sie ihm nicht ausdrücklich verboten hat, die Wohnung zu betreten. Das kann man drehen, also ist es kein Hausfriedensbruch, und ein Einbruch schon gar nicht.

Wenn die Frau Kriminalrätin es nun so darstellt, dass sie zudem Gefahr im Verzug gesehen hat, weil nach Jana auch Max und Frau Klauber verschwunden sind, und zwar nachdem er diese und ihren gestörten Freund kennengelernt hat, kommt sie damit wahrscheinlich durch und kann die DVDs sogar als Beweismaterial sichern. Ich denke, sie wird jetzt eine Fahndung nach Dominique herausgeben, weil einiges darauf hindeutet, dass sie Max getäuscht und in eine Falle gelockt hat. Was ist mit diesem Feldmann? Welchen Eindruck haben Sie von ihm?«

»Er hatte die Möglichkeit, noch mal in die Wohnung zu gehen, nachdem Max weg war, und ich möchte wetten, dass er das auch getan hat. Es wäre ein Leichtes für ihn gewesen, die DVDs verschwinden zu lassen, bevor vielleicht die Polizei dort auftaucht. Das hat er aber nicht getan. Ich denke, er ist nicht ganz astrein, aber sein Interesse gilt wohl eher Frau Klauber.«

»Was haben Sie jetzt vor?«

»Ich werde mich auf Frau Klauber und Herrn Kernbach konzentrieren. Sie ist entweder selbst Opfer und hält sich damit wahrscheinlich gerade genau dort auf, wo hoffentlich auch Max und Jana sind, oder sie ist Mittäterin, dann wird sie in Kernbachs Nähe zu finden sein und den Aufenthaltsort von Jana und Max kennen. So oder so sind die beiden die Schlüsselfiguren.«

»Ich frage mich, wie Jana in diesen ganzen Wahnsinn hineinpasst«, sagte Böhmer frustriert.

»Das werden wir herausfinden.«

»Ich hoffe nur, die Keskin wird Ihnen nicht ebensolche Steine in den Weg legen, wie sie das bei Max tut. Von wegen Dienstvorschriften und Zivilist. Aber nach der Aktion vorhin habe ich Hoffnung.«

Marvin grinste. »Ach, ich bin durchaus schon in den Genuss ihres dienstlichen Sprechdurchfalls gelangt. Ich denke, ich komme klar. Aber ich habe noch eine Frage.«

Nun, wo Böhmer es nochmals angesprochen hatte, erinnerte sich Marvin an eine bestimmte Situation mit ihr. »Halten Sie es für möglich, dass Frau Keskin diesen Sebastian Kernbach von irgendwoher kennt?«

»Wie kommen Sie denn auf diese Idee?«

»Als ich ihn eben in der Wohnung erwähnt habe, hat sie sich seltsam verhalten. Ich kann es noch nicht näher beschreiben, aber da war etwas. Als dieser Name gefallen ist, schien sie plötzlich nervös zu werden.«

»Vielleicht ist er mal straffällig geworden, und sie hatte mit ihm zu tun?«

»Laut Hauptkommissar Bandel gab es aus polizeilicher Sicht nur einen Vorfall in einem Restaurant, in dem Herr Kernbach ein wenig auffällig geworden ist.«

»Dann weiß ich es nicht. Vielleicht haben Sie sich ja getäuscht.«

»Ja, vielleicht«, sagte Marvin, obwohl er es bezweifelte.

»Also gut. Ich werde mich jetzt mit Hauptkommissar Bandel treffen und versuchen, zusammen mit ihm Herrn Kernbach auf die Spur zu kommen. Die Tatsache, dass dieser Mensch nur ein einziges Mal in Erscheinung getreten ist, als er Max Bischoff getroffen hat, und das unmittelbar bevor Jana verschwand und Sie niedergeschlagen wurden, macht mir ein wenig Sorge.«

»Sie reden schon fast wie ein Ermittler. Und irgendwie erinnern Sie mich ein kleines bisschen an Max.«

»Das trifft sich gut. Ich mag Max, und ich mag es zu ermitteln.«

Als eine längere Pause entstand, war Marvin schon versucht, Böhmer zu fragen, ob er eingeschlafen sei, da sagte der Hauptkommissar: »Ich werde jetzt Max' Schwester anrufen und versuchen, sie zu überreden, vielleicht zu einer Freundin zu gehen, bis die Situation geklärt ist. Kann sein, dass die Personen, die unmittelbar mit Max zu tun haben, im Moment in Gefahr sind.«

»Denken Sie, sie wird auf Sie hören?«

»Schwer zu sagen. Sie ist Max' Schwester und genauso ein Dickkopf wie er. Ich werd's versuchen. Halten Sie mich auf dem Laufenden.«

»Das mache ich«, versprach Marvin und legte auf.

Im Anschluss rief er Karsten Bandel an und schlug vor, ihn zu Hause abzuholen, doch der Hauptkommissar erklärte, dass er sowieso gerade auf dem Weg war, um noch etwas zu besorgen, und Marvin an dessen Hotel abholen wollte.

Marvin wurde stutzig. War Bandel wirklich gerade rein zufällig unterwegs, oder gab es einen anderen Grund dafür, dass er nicht wollte, dass Marvin ihn zu Hause abholte? Er würde sich bald entscheiden müssen, ob er Bandel vertraute oder nicht. Im Moment konzentrierte er sich aber auf das Jetzt und stimmte Bandels Vorschlag zu.

Eine halbe Stunde später stieg Marvin in dessen Volvo ein und nickte ihm zur Begrüßung zu. »Danke, dass Sie Ihre Freizeit opfern, um mir zu helfen.«

»Wie gesagt, ich bin kein Fan von Frau Keskin und kann mir vorstellen, dass Sie von ihr nicht viel zu erwarten haben. Also, auf geht's nach Gerresheim.«

Bandel fuhr los und fädelte sich in den Verkehr ein.

»Aber nun erzählen Sie mir bitte von dieser Frau Klauber und von Max Bischoffs ehemaliger Freundin. So ganz habe ich das noch nicht verstanden.«

Marvin zögerte kurz, berichtete dann aber doch von

den fünf Jahre zurückliegenden Ereignissen, soweit er sie kannte. Letztendlich verriet er damit kein großes Geheimnis.

»Ich denke, man kann ohne Übertreibung sagen, dass Jennifer Sommer – zumindest bisher – Max' große Liebe gewesen ist. Es hat lange Zeit und einige Therapien gebraucht, bis er mit der Situation klargekommen ist, dass er ausgerechnet die Frau nicht retten konnte, die er geliebt hat. Und als er dann wieder in den Alltag gefunden hat, ist seine Schwester entführt und fast umgebracht worden. All das hat er hinter sich gelassen, so gut es eben geht, da taucht plötzlich eine Frau auf, die ein Abbild von Jennifer Sommer ist und offenbar von ihrem gewalttätigen Freund schwer misshandelt wird.«

»Max Bischoff wird getriggert und setzt alles daran, ihr zu helfen.«

Marvin nickte. »So sehe ich das.«

»Könnte eine Falle gewesen sein.«

»Ja, aber ich finde noch keine logische Motivation. Aber wo wir gerade von der Vergangenheit sprechen, vielleicht sollte ich dort mal ansetzen. Im damaligen Umfeld von Jennifer Sommer.«

»Wir.«

»Bitte?«

Bandel warf ihm einen ernsten Blick zu. »*Wir* sollten das tun, nicht Sie allein.«

Marvin wandte sich Bandel zu und betrachtete ihn. »Warum tun Sie das?«

»Das sagte ich Ihnen doch schon. Ich bin ein alter

Freund von Horst Böhmer, und da er es selbst nicht tun kann, würde ich gerne bei der Suche nach dem Exkollegen Bischoff helfen.«

Das klang für Marvin weiterhin recht dünn, dennoch nickte er und richtete den Blick wieder nach vorn. »Wohlan denn.«

29

»Mmm«, bestätigt Max erleichtert, woraufhin Dominique leise zu schluchzen beginnt. Max wartet eine Weile, dann stößt er wieder einen Ton aus. Er hofft, dass Dominique etwas weiß, das ihm weiterhelfen kann, obwohl er im Moment unfähig ist, irgendetwas zu tun.

»Es tut mir so leid.« Dominiques Stimme klingt dünn und leise. »Es tut mir so unendlich leid. Ich bin schuld an allem.«

Max denkt an die DVDs in Dominiques Wohnung. »Mm?«, summt er, muss aber wieder auf eine Antwort warten.

»Keine Ahnung, was passieren wird. Wahrscheinlich wird er mich töten.« Ihre Stimme bricht, doch sie fängt sich schnell wieder. »Ich weiß nicht, wann er zurückkommt. Also muss ich mich beeilen. Sebastian hat mich gezwungen, mich in Jennifer zu verwandeln.«

Max stöhnt auf.

»Als wir uns kennengelernt haben, war er super aufmerksam und lieb.« Sie schluchzt, dann redet sie weiter. »Mittlerweile weiß ich, dass Sebastian mich nur ausgesucht hat, weil ich Jennifer Sommer gleiche. Irgendwann hat er mir Fotos von ihr gezeigt und mir erzählt, dass sie seine große Liebe gewesen ist. Und dass jemand sie ermordet hat und er sie nicht vergessen kann. Ich habe auf den Fotos gesehen, dass wir uns wirklich ein

bisschen ähneln. Sebastian hat immer wieder in meinen Armen geweint und mir geschworen, dass er mich auch liebt. Dann hat er mich angefleht, ihm den Gefallen zu tun, mich ein bisschen zu verändern, damit ich ihr noch mehr gleiche.

Erst wollte er nur, dass ich mir die Haare färbe und Kontaktlinsen trage und mich anders schminke als bisher. Ich habe es ihm zuliebe getan, obwohl es mir anfangs weh getan hat. Als er mich dann gesehen hat, wurde er noch zärtlicher und verliebter. Es war einfach schön. Dann wollte er, dass ich abnehme, um die gleiche Figur zu bekommen wie sie. Erst dachte ich, dass er mich eigentlich so lieben sollte, wie ich bin, aber es war ihm sehr wichtig. Je mehr ich Jennifer Sommer glich, umso aufmerksamer und zärtlicher wurde er. Also habe ich es getan.«

Erneut schluchzt Dominique.

»Dann kam er eines Tages an und brachte Aufnahmen von ihr mit. Eine ganze Kiste voll DVDs. Und er wollte, dass ich mir anschaue, wie Jennifer geht und sich bewegt. Und wie sie redet. Ich … ich habe ihm gesagt, dass ich das nicht tue, weil ich nicht Jennifer sein wollte, sondern ich.

Da ist er plötzlich schrecklich wütend geworden und hat mich zum ersten Mal geschlagen. Ich habe ihn nicht mehr wiedererkannt. Und dann hat er gedroht, mich umzubringen, wenn ich nicht tue, was er sagt, oder versuche, ihn zu verlassen.«

Dominique redet jetzt immer schneller.

»Er sagte, ich muss ihm bei einer Sache helfen, und wenn die erledigt ist, lässt er mich gehen. Er wolle sich rächen. An dir. Er sagte, er war mit Jennifer Sommer zusammen und dass du sie ihm weggenommen hast. Und dass du schuld daran bist, dass sie ermordet wurde.«

Erneut stöhnt Max auf. Er kann nicht glauben, was er hört. Er ist sicher, dass Jennifer nicht mit jemandem zusammen war, als sie sich kennenlernten. Zumindest hatte sie ihm das gesagt. Er hat ihr damals geglaubt und tut es noch immer. Aber warum erzählt dieser Kernbach dann diese Geschichte? Und warum betreibt er einen solchen Aufwand?

»Ich musste zu der Beerdigung von diesem Professor gehen, weil Sebastian wusste, dass du auch da sein würdest. Er hat mir genau gesagt, was ich tun und sagen sollte. Er war die ganze Zeit in der Nähe und hat uns beobachtet. Er sagte, er bringt uns beide um, wenn ich Mist baue. Aber als ich dich dann kennengelernt habe, da habe ich Sebastian gesagt, dass ich das nicht mehr kann und will. Da hat er mich so lange verprügelt, bis ich zugesagt habe weiterzumachen. Ich … ich hatte solche Angst. Und jetzt bin ich schuld, dass du hier bist. Ich schäme mich so, und ich würde …«

Sie stockte, und Max hörte, warum. Irgendwo war eine Tür geöffnet worden.

30

Nachdem sie mehrfach vergeblich bei Sebastian Kernbach in Gerresheim geklingelt hatten, versuchten sie es bei Braunshausen, seinem Nachbarn. Der war, wie Marvin schon vermutet hatte, zu Hause.

»Ja?«, ertönte es krächzend durch die Sprechanlage.

»Marvin Wagner noch mal«, sagte er. »Ich war heute schon mit einem Kollegen an Ihrer Wohnungstür.«

»Äh … Ich hab keine Zeit.«

»Öffnen Sie bitte trotzdem, ich würde Ihnen gern noch ein paar Fragen stellen.«

»Wie viel?«

»Bitte?«

»Na, Knete. Wie viel?«

Marvin verdrehte die Augen. »Sagen wir, noch mal fünfzig Euro.«

Tatsächlich wurde das Schloss mit einem Summen entriegelt.

»Was ist das denn für ein Vogel?«, wollte Bandel wissen und sah sich in dem heruntergekommenen Treppenhaus um, das im Licht mehrerer kaltweißer LED-Lampen ziemlich trostlos wirkte.

Marvin zuckte mit den Schultern. »Man hat tatsächlich

das Gefühl, die Intelligenz läuft ihm nach, aber er ist einfach immer ein bisschen schneller.«

Als sie in der dritten Etage ankamen, stand Braunshausen, an den Rahmen gelehnt, in der offenen Tür. Soweit Marvin das beurteilen konnte, trug er die gleiche Kleidung wie bei ihrem ersten Besuch. Vielleicht waren auf der Hose noch ein, zwei Flecke dazugekommen.

Als Bandel ihn sah, sagte er leise hinter Marvin: »Oje …«

»Guten Abend«, begrüßte Marvin den jungen Mann, der daraufhin wortlos die Arme vor der Brust verschränkte.

Als Marvin seine Geldbörse zückte, hielt Bandel ihn am Arm zurück und streckte Braunshausen mit der anderen Hand seinen Dienstausweis entgegen.

»Hauptkommissar Bandel. Wir haben ein paar Fragen an Sie, möchten Sie die hier oder auf dem Präsidium beantworten?«

»Ey«, empörte sich Braunshausen, »was soll'n der Scheiß? Wir haben abgemacht …«

»Okay, ziehen Sie sich bitte eine Jacke an, wir nehmen Sie mit.«

Bandel klang nicht so, als könne man mit ihm verhandeln. Ein paar Atemzüge schien Braunshausen zu überlegen, dann hob er beide Hände. »Ist ja schon gut. Was wollen Sie wissen?«

»Haben Sie Herrn Kernbach heute gesehen, nachdem wir weg waren?« Marvin kam ohne Umschweife zur Sache.

»Nein, aber gehört.«

»Bitte? Er war hier?«

»Ja, ist noch nicht lange her.«

»Hatten wir nicht abgemacht, dass Sie anrufen, wenn er auftaucht?«

»Hab ich ja auch, aber da is niemand rangegangen. Kann ich ja nix für.«

Marvin musste zugeben, dass Braunshausen leider recht hatte, denn Max hatte ihm seine Visitenkarte mit seiner Telefonnummer gegeben.

»Dafür sollte ich auch fünfzig Euro kriegen. Was is'n damit?«

»Wann war das?« Marvin ignorierte die Frage.

»Weiß nich. War schon 'ne ganze Weile dunkel. Vor zwei Stunden oder so.«

»Sie sagten, Sie haben ihn gehört, aber nicht gesehen?«, hakte Bandel nach.

»Die Wände hier sind saudünn. Er hat drüben irgendwas gekramt, dann ist er gleich wieder verschwunden. Waren nur zehn Minuten oder so.«

»Aber Sie haben nicht nachgesehen, ob er es tatsächlich war?«

Braunshausen legte die Stirn übertrieben in Falten. »Wer soll'n das sonst gewesen sein?«

»Seine Freundin vielleicht?«

Braunshausen zuckte mit den Schultern. »Die hat keinen Schlüssel. Die klingelt immer, wenn sie mal hier ist.«

»Moment.« Marvin griff nach seinem Smartphone, öffnete den Browser und suchte nach einem Foto von Jennifer Sommer. Das zeigte er Braunshausen. »Ist sie das?«

»Ja, genau.«

»Okay. Und es gibt niemanden, der einen Zweitschlüssel zu der Wohnung hat?«

»Ich jedenfalls nich. Und der alte Kriebel auch nich.«

»Gibt es hier einen Hausmeister?«

»Der Müller von unten, der macht das nebenbei mit. Warum?«

»Vielleicht hat der einen Zweitschlüssel«, erklärte Marvin geduldig.

»Und dann?«

Bandel und Marvin wechselten einen langen Blick, dann lächelte Marvin den jungen Mann an. »Ich danke Ihnen. Das war's schon.«

Auf dem Weg nach unten sagte Bandel: »Mein Gott, das ist ja vielleicht eine Granate.«

»Würde ich an Gott glauben, würde ich sagen, er hat eine Wette verloren, als es um Braunshausen ging. Da ich das aber nicht tue, gehe ich davon aus, der junge Mann ist einfach ein Querschläger der Evolution.«

Sie entdeckten die Wohnung mit dem Namensschild P. Müller und dem handgeschriebenen Zusatz *Hausmeister* gleich neben der Eingangstür.

Müller war ein großer, schlanker Mann mit dunklen Haaren Anfang fünfzig, der auf Anhieb einen sympathischen Eindruck machte und sehr freundlich war, was Marvin in diesem Haus angenehm überraschte. Das änderte sich auch nicht, als Bandel ihm seinen Dienstausweis zeigte. »Wir müssten in die Wohnung von Herrn Kernbach im dritten Stock.« Bandel übernahm das Gespräch, um dem Ganzen einen offiziellen Anstrich zu geben.

»Herr Kernbach«, wiederholte Müller. »Hat er Schwierigkeiten?«

»Dazu darf ich mich nicht äußern«, erklärte Bandel. »Wir müssten nur etwas überprüfen.«

Man sah Müller an, dass ihm die Situation unangenehm war. »Ich muss Sie leider nach einem offiziellen Dokument fragen. Vor etwa einem Jahr habe ich schon mal zwei Polizisten ohne Beschluss in eine Wohnung hier im Haus gelassen. Das hat mir eine Menge Ärger eingebracht. Der Mieter hat mich anschließend verklagt.«

»Einen Durchsuchungsbeschluss haben wir nicht«, gab Bandel zu. »Aber es kann sein, dass Herr Kernbach in ein Verbrechen verwickelt ist.«

Müller zuckte bedauernd mit den Schultern. »Tut mir leid, aber das kann ich nicht machen. Wenn Sie einen Beschluss haben, sehr gern.«

»Was können Sie uns über Herrn Kernbach sagen?« Marvin versuchte, doch noch etwas zu erfahren.

»Ich möchte nichts Negatives über Mieter sagen, zumal wenn ich sie nicht persönlich kenne. Ich begegne Herrn Kernbach nur selten. Er macht einen sehr in sich gekehrten Eindruck. Mir kommt es so vor, als möchte er zu niemandem Kontakt haben.«

»Ja, das trifft sich in etwa mit der Beschreibung, die wir auch von anderen bekommen haben.«

»Darf ich fragen, in welches Verbrechen Herr Kernbach verwickelt ist?«

»Eigentlich nicht«, entgegnete Bandel. »Aber … Eine junge Kollegin und ein verdienter Exkollege sind verschwunden. Wir vermuten, dass sie entführt wurden, und fürchten um ihr Leben. Wir haben gehofft, in Herrn Kernbachs Wohnung …«

»Warten Sie.« Müller wandte sich zur Seite und öffnete ein Türchen. Schlüssel klapperten, dann nickte der Mann ihnen zu. »Also gut, kommen Sie.«

Die Wohnung war nicht sehr groß, Marvin schätzte sie auf etwa vierzig Quadratmeter. Was ihnen bereits beim Betreten auffiel, war die spartanische Einrichtung.

Durch eine winzige Diele mit einem Holzbrett, an dem vier Garderobenhaken angebracht waren, ging Marvin ins Wohnzimmer und schaltete das Licht ein. Mit einer älteren Couch, einem kleinen Schrank und einem Sideboard, auf dem ein Fernseher stand, war es schon vollgestellt. Bandel betrat derweil das Schlafzimmer. Hausmeister Müller begnügte sich damit, am Eingang zu warten und sie zu bitten, alles so zu belassen, wie es war.

Die Wohnung wirkte nicht verwahrlost, aber hier und da lagen einige Dinge an Stellen herum, an die sie eigentlich nicht gehörten. Ein Paar Socken vor der Couch schien schon etwas länger dort zu liegen, wie die feine Staubschicht darauf vermuten ließ. Auf dem ausgetretenen Holzboden daneben entdeckte Marvin einige Wollmäuse.

Er ging in die Miniküche, die – bis auf eine Schüssel mit undefinierbarem, verkrustetem Inhalt in der Spüle – recht aufgeräumt aussah. Gerade wollte er einen Blick in den einzigen Hängeschrank werfen, als Bandel nach ihm rief.

Als Marvin das Schlafzimmer betrat, stand Bandel neben

dem Bett mit einem aufgeschlagenen Buch in der Hand und hob den Kopf. »Das sollten Sie sich mal ansehen.«

Gleich nach dem ersten Blick auf die Doppelseite wusste Marvin, dass sie eine wichtige Entdeckung gemacht hatten.

Es handelte sich um ein DIN-A5-Notizbuch mit unlinierten Seiten. Die aufgeschlagene Doppelseite war mit einem schwarzen und einem roten Kugelschreiber vollgekritzelt.

Einige Male war dort in fetten, mehrmals nachgezogenen Buchstaben in Rot der Name *MAX BISCHOFF* zu lesen. Teilweise war er wild durchgestrichen worden, an manchen Stellen glotzten dem Betrachter dunkle Totenköpfe entgegen, einer davon hatte ein Messer in der Augenhöhle stecken. Kreuz und quer dazwischen standen Wörter wie: *VERRECKE*, *DRECKSAU* oder einfach *TOD*.

»Hoppla«, entfuhr es Marvin, »da ist aber jemand richtig wütend auf den armen Max.«

»Allerdings. Aber jetzt schauen Sie mal hier.«

Bandel blätterte eine Seite weiter, wo sich ein ähnliches Szenario mit Totenköpfen, Messern und Beschimpfungen zeigte. Hier allerdings mit anderen Namen – *JANA BROSIUS*, *HORST BÖHMER* und … *KIRSTEN BISCHOFF*.

31

Marvin verließ die Wohnung und rief Horst Böhmer an, der das Gespräch zum Glück gleich annahm.

»Sie müssen Max Bischoffs Schwester warnen. Wir sind in Kernbachs Wohnung und haben ein Notizbuch gefunden, in dem er offenbar die Namen derer aufgelistet hat, denen er schaden möchte. Das sind Max, Jana, Sie und Max' Schwester Kirsten. Sie muss sich in Sicherheit bringen. Vielleicht können Sie ja Kollegen zu ihr schicken und …«

»Ich melde mich wieder«, unterbrach Böhmer ihn und legte auf.

Zurück in Kernbachs Wohnung, sah Hausmeister Müller ihn fragend an, doch Marvin ging wortlos an ihm vorbei ins Schlafzimmer. Dort war Bandel noch immer mit dem Notizbuch beschäftigt.

Als Marvin den Raum betrat, hielt der Hauptkommissar ein paar ausgedruckte Fotos in die Höhe.

»Vorsicht, das ist starker Tobak«, erklärte er, bevor Marvin einen Blick darauf werfen konnte. Und er hatte recht. Marvin zog scharf die Luft ein, als er die erste Aufnahme betrachtete. Sie zeigte eine Frau, die aussah wie Jennifer Sommer auf den Bildern, die Marvin im Internet gefunden hatte. Aber es war wohl Dominique Klauber.

Sie war nackt, die Hände waren an Rohre über ihrem Kopf gefesselt, vielleicht Wasserleitungen. Sie sah fürchterlich aus. Ihr Körper war übersät mit Blutergüssen, besonders im Bereich der Brüste. Die Beine waren eingeknickt, so dass sie nur noch von den gefesselten Händen gehalten wurde. Ihr Kopf hing nach vorn, die dunklen Haare verdeckten das Gesicht. Sie schien nicht bei Bewusstsein zu sein.

»Unsäglich«, entfuhr es Marvin. »Max hat mir von Misshandlungen erzählt, aber diese degoutanten Ausmaße sind sicher auch ihm nicht bewusst. Was ist das nur für ein Unmensch?«

Wortlos steckte Bandel das Foto hinter die anderen, so dass Marvin das nächste sehen konnte, das dem ersten stark ähnelte. Der Unterschied war, dass Dominique auf dieser Aufnahme den Kopf gehoben und die Augen geöffnet hatte. Zumindest, soweit es ihr möglich war. Das Gesicht war teilweise dunkel verfärbt, die Wangen tränennass und die Lippen aufgeplatzt.

»Fast nicht zu ertragen, oder?«, sagte Bandel leise.

Marvin nickte. »Ich bin Pazifist, gestehe aber, in diesem Fall ein veritables Bedürfnis nach Handgreiflichkeiten gegenüber diesem Verbrecher zu verspüren. Wo haben Sie diese Abartigkeiten eigentlich gefunden?«

Bandel deutete auf die Schublade des kleinen Nachtschränkchens. »Der Klassiker. Diese Typen bewahren solche Dinge meist neben dem Bett auf, damit sie jederzeit Zugriff darauf haben, wenn sie gewisse Lüste verspüren.«

»Danke, *das* Bild bekomme ich jetzt nicht mehr aus dem

Kopf«, antwortete Marvin, als von nebenan Hausmeister Müller rief: »Entschuldigung, können Sie bitte mal herkommen?«

Im Wohnzimmer wartete Müller vor einem kleinen Beistelltisch, der vom Eingang aus gesehen am hinteren Ende der Couch stand und Marvin beim ersten flüchtigen Blick in den Raum nicht aufgefallen war. Auf diesem Tischchen lag eine offene Pizzaschachtel, auf die Müller deutete.

»Ich weiß ja nicht, ob das etwas zu bedeuten hat …«

Marvin stand als Erster neben Müller und warf einen Blick in die Pappschachtel. Auch darin befanden sich einige Fotos, die auf den ersten Blick alle das Gleiche zeigten: Eine Frau, die mit nacktem Oberkörper und offensichtlich hinter der Lehne gefesselten Händen auf einem Stuhl saß. Obwohl die Augen und der Mund verbunden waren, erkannte Marvin gleich, wer auf den Fotos zu sehen war. Es war Jana Brosius.

»Das ist ja der reinste Albtraum«, stieß er aus. In diesem Moment rief Böhmer zurück.

»Und?«, fragte Marvin, während er wieder nach draußen ging.

»Kirsten geht es gut. Ich habe sie zu Hause erreicht. Ein Kollege ist auf dem Weg zu ihr. Er wird ihr helfen, ein paar Sachen zusammenzupacken, und bringt sie dann zu einer Freundin.«

»Weiß Frau Keskin schon davon?«

»Die werde ich jetzt gleich informieren. Mal sehen, ob sie offiziell etwas zu Kirstens Schutz unternimmt. Immerhin geht es um die Schwester von Max Bischoff.«

»Ich denke, Keskin wird handeln. Wir haben hier nämlich noch andere Dinge entdeckt, von denen sie wissen sollte.« Marvin erzählte Böhmer von den Fotos von Dominique und von Jana.

»Verfluchte Scheiße, was ist das denn für ein verdammtes Arschloch?«, schrie Böhmer ins Telefon. »Wenn er Jana oder Max auch nur ein Haar krümmt, werde ich ihn finden, und dann drehe ich ihm höchstpersönlich seinen verfluchten Hals um.«

»Zumindest ist es beruhigend zu wissen, dass es Max' Schwester gut geht. Denken Sie denn, bei ihrer Freundin ist es sicher für sie?«

»Ich glaube schon. Kirsten meinte, dass es sich um eine Freundin von früher handelt, die jetzt in Willich wohnt und von der kaum jemand weiß. Kirsten hat sie bereits angerufen.«

»Gut. Dann schlage ich vor, Sie informieren jetzt Frau Keskin, während wir hier das Notizbuch und die Fotos sicherstellen. Ich denke, angesichts der Tatsache, dass mit Hauptkommissar Bandel ein Polizeibeamter vor Ort ist, sollte das kein Problem sein, oder?«

»Egal. Bringen Sie das Zeug mit, das kriegen wir hin.«

Marvin steckte das Telefon weg und atmete einmal tief durch, bevor er erneut die Wohnung betrat. Bandel kam gerade wieder aus dem Schlafzimmer, in der Hand hielt er das Notizbuch, das mit einem Gummiband zusammengehalten wurde.

Marvin deutete darauf. »Das und die Fotos müssen zu Frau Keskin.«

»Das ist mir klar«, brummte Bandel auf dem Weg ins Wohnzimmer, wo die Fotos von Jana aufeinandergestapelt auf der geschlossenen Pizzaschachtel lagen.

Marvin versicherte sich, dass Müller wieder nach draußen gegangen war, und sagte leise: »Ein wenig muss das noch warten. Ich möchte die Seiten des Notizbuches abfotografieren, um sie später in Ruhe studieren zu können.«

»Das können wir aber woanders machen. Der Hausmeister sollte das nicht sehen. Es reicht schon, dass er mitbekommen hat, was wir hier gefunden haben.«

»Da bin ich ganz Ihrer Meinung.«

Sie verließen die Wohnung und bedankten sich bei Hausmeister Müller. Dabei musste Bandel ihm versichern, dass es in Ordnung war, dass er die Wohnung aufgeschlossen hatte und dass er keinen Ärger bekommen würde.

Sie waren noch keine fünf Minuten unterwegs, als Eslem Keskin anrief. Allerdings nicht bei Marvin, sondern bei Bandel. Da der hinter dem Steuer saß, nahm er den Anruf über Bluetooth an, wodurch Marvin mithören konnte.

»Herr Hauptkommissar, hier spricht Kriminalrätin Keskin. Sie wissen, wer ich bin?«

»Ja«, antwortete Bandel und warf Marvin einen vielsagenden Blick zu.

»Ich habe gerade einen Anruf von Herrn Böhmer erhalten.«

»Ich weiß«, antwortete Bandel knapp.

»Stimmt es, dass Sie in dieser Wohnung Beweismaterial zum Fall Jana Brosius gefunden haben?«

»Wir haben Fotos von ihr gefunden, die eindeutig nach

ihrer Entführung aufgenommen worden sind. Ich bringe sie zusammen mit einem Notizbuch zum Präsidium, das unzweifelhaft Drohungen gegen die Kollegen Böhmer und Brosius sowie Max Bischoff und dessen Schwester enthält.«

»Auch davon hat Böhmer mir berichtet. Ich brauche Ihnen nicht zu sagen, dass die Verwendung dieser Beweismittel nicht einfach sein wird, weil sie unter nicht rechtskonformen Umständen in unseren Besitz gelangt sind.«

»Vielleicht kann der Staatsanwalt ja einen Durchsuchungsbeschluss ausstellen, und wir finden die Sachen offiziell erst später«, schlug Bandel vor, der – anders als Marvin – offensichtlich über den Verlauf des Telefonats verwundert war.

»Das können Sie vergessen. Das könnte ihn und uns den Job kosten. Aber jetzt bringen Sie die Sachen erst mal zum Präsidium. Ich fahre auch gleich los. Wir treffen uns dort.«

»Wow!«, sagte Bandel, als er das Telefonat beendet hatte. »Die hat sich ja fast benommen wie eine normale Polizeibeamtin.«

Marvin grinste. »Was bleibt ihr übrig? Sie selbst ist doch auch ohne rechtliche Handhabe in eine Privatwohnung eingedrungen.«

»Das ist ein Argument.«

Marvin deutete auf die beiden beweglichen, runden Lampen am oberen Rand der Windschutzscheibe. »Stört es Sie, wenn ich die Beleuchtung auf meiner Seite einschalte?«

Als Bandel den Kopf schüttelte, knipste Marvin die

Lampe an. Anschließend nahm er sein Smartphone, schlug das Notizbuch auf und begann damit, die Seiten zu fotografieren.

Das Buch war eine Ansammlung von Abscheulichkeiten, wie sie nur einem kranken Geist entsprungen sein konnten. Hässliche Fratzen mit weit aufgerissenen Mäulern reihten sich an abgetrennte Köpfe und Gliedmaßen. Da waren Messer, die in Augen steckten, oder Grabhügel, aus denen zu Krallen geformte Hände herausragten … Das meiste davon wirkte, als sei es wieder und wieder nachgekritzelt worden, so dass sich die Konturen durch die Seiten drückten.

Dazwischen gab es unsinnige Textfragmente, die aber alle den gleichen Grundton hatten. Wörter wie *Schreie bluten* oder *Herz zerfressen rausgerissen*, und immer wieder der gleiche Name: *Bischoff!*

Als Marvin erneut umblätterte, stutzte er: Diese Seite enthielt keine der üblichen Kritzeleien, sondern einen eingeklebten, handschriftlichen Brief. Als ausgewiesener Schriftexperte identifizierte Marvin die Schrift sogleich als die einer Frau.

Mein Liebster,
deine Augen, diese wundervollen Fenster zu deiner Seele, fangen das Licht der Leidenschaft ein und spiegeln die tiefsten Tiefen meiner Gefühle wider. Jeder Blick, den du mir schenkst, ist ein kostbares Juwel, das in der Galerie unserer gemeinsamen Erinnerungen auf ewig funkeln wird.
Deine Berührung lässt mich erbeben vor Verlangen. Jeder Kon-

takt deiner Haut auf meiner ist wie ein leidenschaftlicher Tanz, der uns in die Höhen der Ekstase und in die Tiefen der Zweisamkeit führt.
Deine Stimme erfüllt meine Ohren mit einem süßen Lied der Liebe. Jedes Wort ist ein Versprechen, das meine Seele zum Schwingen bringt und mich in einen Rausch versetzt.
Mein Liebster, du bist der lebendige Beweis dafür, dass das Universum aus Liebe gemacht ist, und unsere Liebe ist das leuchtende Zentrum dieses Universums. Jeder Moment, den ich in deiner Nähe verbringe, ist ein kostbares Geschenk, das ich in meiner Seele trage.
Ich schwöre dir meine Treue, meine Hingabe und meine unendliche Liebe, bis die Sterne selbst erlöschen und die Welt in Dunkelheit versinkt.
In Liebe und Leidenschaft,
deine J.

»Oje«, entfuhr es Marvin, nachdem er den letzten Satz gelesen hatte.

»Was ist?«, erkundigte sich Bandel. »Haben Sie noch etwas entdeckt?«

»Allerdings. Einen Liebesbrief. Unterzeichnet mit *J.*«

»Und was steht drin?«

»Er ist so mannigfaltig schwülstig, dass ich befürchte, bei der Verfasserin ist das gesamte Blut vom Kopf ins Herz gerutscht. Offensichtlich mit der Folge, dass das Hirn zu einer Geisterstadt wurde.«

Bandel stieß ein kurzes Lachen aus. »Lesen Sie vor. Bitte.«

Marvin tat ihm den Gefallen, und als er fertig war, schüttelte Bandel den Kopf. »Das kann doch nicht ernst gemeint sein.«

»Ich befürchte, das weiß nur die Verfasserin.«

»Was denken Sie, was J. bedeutet?«

»Sie sehen mich ahnungslos.« Marvin warf einen Blick aus dem Fenster. »Wir sind bald da. Ich muss mich beeilen.«

Ohne einen längeren Blick darauf zu werfen, schlug er weiter Seite für Seite um und machte Fotos. Etwa in der Mitte des Notizbuches hörten die Kritzeleien auf, es folgten nur noch leere Seiten.

Marvin grübelte darüber nach, was wohl mit Jana Brosius geschehen war. Er hatte schon mit Typen wie diesem Kernbach zu tun gehabt und wusste, dass es ab einem gewissen Punkt kein Zurück mehr für sie und ihre Opfer gab. Aber das wollte er einfach nicht wahrhaben. Er hatte die junge Kommissarin in Klotten kennen- und schätzen gelernt und wehrte sich gegen die Vorstellung, dass ihr noch Schlimmeres passiert war, als das, was man auf den Fotos sehen konnte. »Was glauben Sie, ist die Rolle von Dominique Klauber in der ganzen Sache?«, fragte Bandel und riss ihn aus dieser Gedankenspirale.

»Eine schwierige Frage, auf die ich noch keine Antwort habe«, gab Marvin zu. »Sie hängt auf jeden Fall in der Sache mit drin, wie die DVDs belegen, die wir in ihrer Wohnung gefunden haben.«

»Die aber theoretisch auch jemand anderes dort deponiert haben könnte.«

»Theoretisch, ja, aber wer und warum? Wer konnte ahnen, dass sie Max anruft und eine halbe Stunde später verschwunden ist? Und dass Max sich Zutritt zu der Wohnung verschafft und die DVDs findet?«

Bandel dachte einen Moment nach, bis er sagte: »Vielleicht jemand, der nicht mit Max, sondern mit der Polizei gerechnet hat, die irgendwann später die Wohnung öffnet.«

»Später? Was meinen Sie mit später?«

Bandel sah zu Marvin hinüber. »Zum Beispiel, wenn ihre Leiche gefunden wird.«

32

Jemand hat den Raum betreten und kommt näher, wie am Knirschen der Schritte zu hören ist.

Nach einem kurzen Moment der Stille erfolgt ein klatschendes Geräusch, dieses Mal direkt gefolgt von einem Aufschrei Dominiques.

Impulsiv zerrt Max an den Fesseln, doch es bringt nichts außer schmerzhaften Einschnitten an den Handgelenken und den Unterschenkeln.

»Miststück«, zischt die heisere Stimme.

»Sebastian, nein!«, schreit Dominique panisch, es folgt ein Poltern und kurz darauf das dumpfe Geräusch von gegen einen Knebel ausgestoßenen Worten. Der Kerl hat ihr also wieder den Mund verbunden.

Dann plötzlich ist er bei Max, so nahe, dass Max ihn atmen hört. Er spürt, wie an den Fesseln seiner Hände gezerrt wird, um zu prüfen, ob sie noch fest genug sitzen. Dabei streift ihn ein warmer Hauch, erst am Nacken, Sekunden später im Gesicht. Max riecht die Alkoholfahne. Noch einmal wird an seinen Handgelenken gezerrt, doch Max bleibt gefesselt.

Auch die Stricke an den Unterschenkeln werden kontrolliert.

Dann ist für einen kurzen Moment Ruhe, bevor Geräusche wie von einem Gerangel zu hören sind. Max lauscht angespannt und versucht zu analysieren, was geschieht. Offenbar wurden Dominiques Fesseln tatsächlich gelöst, denn kurz darauf deutet ein polterndes Geräusch darauf hin, dass ein Stuhl umgefallen ist.

Schritte entfernen sich, während Dominique erneut stöhnt. Wieder entsteht Gerangel, ein Fluch ist zu hören und schnell näher kommende Schritte. Es poltert dumpf direkt hinter Max, als sei etwas Schweres gefallen.

»Du Schlampe, ich bring dich um!«, zischt der Mann. Max nimmt wahr, dass sich neben ihm auf dem Boden ein Körper windet.

Max hört Dominiques Schreie unter dem Knebel. Sie scheint auf dem Boden liegend nach Kernbach zu treten. Er schlägt sie auf nackte Haut, vielleicht ins Gesicht.

Er brüllt: »Steh auf!«

Es folgt wieder ein klatschender Schlag, dann zerrt er sie auf die Beine und weg von Max.

Er hört noch, dass der Kerl zischt: »Jetzt wirst du verrecken«, dann fällt eine Tür laut ins Schloss, und es folgt bedrückende Stille.

»Mmmm-mm-mm?«, ruft Max, doch er bekommt keine Antwort. Wie es scheint, ist er allein.

Er denkt an das, was Dominique ihm erzählt hat, bevor Kernbach in den Raum kam. Der Kerl hat sie gezwungen, sich in Jenny zu verwandeln, weil er sich an ihm, Max, rächen wollte. Dafür, dass er ihm Jennifer weggenommen hat. Und schuld an ihrem Tod ist. Je mehr Max darüber nachdenkt, umso verrückter hört sich diese Geschichte an.

Eines scheint jedoch klar: Was immer der Grund für das alles ist, Dominique hat ihre Aufgabe erfüllt. Kernbach braucht sie nicht mehr. Mehr noch. Sie ist gefährlich für ihn, denn sie ist wahrscheinlich die Einzige, die seinen perfiden Plan kennt.

Gerade *hat er sie rausgebracht. Macht er nun seine Drohung wahr? Wird er sie töten?*

Konzentriere dich, *ermahnt sich Max.* Wenn überhaupt, hast du nur eine Chance, wenn du bei klarem Verstand bleibst. Besinne dich auf deine Stärken.

Er entspannt sich so gut er kann, atmet ein paarmal tief durch, konzentriert sich und lässt seinen Gedanken freien Lauf.

Ich bilde mir ein, mit dieser wundervollen Frau zusammen gewesen zu sein …

Max stöhnt auf. Nein, nein, nein! Das ist der falsche Ansatz. So denkt der Kerl nicht. Du musst dich verdammt nochmal konzentrieren!

Also … Ich *bin* mit dieser wundervollen Frau zusammen. Ich liebe sie mehr als alles andere. Wahrscheinlich schon seit langem. Und sie liebt mich. Nur mich. Ich bin glücklich in dieser Welt mit Jennifer Sommer, der erfolgreichen Schauspielerin. Ich beobachte sie auf Schritt und Tritt, sammle alles, was ich an Material über sie bekommen kann, und speichere es auf DVD. Immer wieder schaue ich mir ihr perfektes Gesicht an, ihren sportlichen Körper, stelle mir die Momente vor, wenn wir uns in den Armen liegen, wenn sie mir in die Augen schaut und mir sagt, dass sie nur mich liebt. Alles ist genau so, wie ich es mir erträumt habe.

Dann taucht plötzlich dieser Polizist auf. Ich sehe, dass er sie in ihrer Wohnung besucht. Er bringt Blumen mit und Wein. Das macht mich wütend. Ich würde ihn am liebsten zusammenschlagen, aber das würde es nicht besser machen. Ich kann nur zuschauen und werde immer wütender, denn er kommt immer öfter, bleibt sogar die ganze Nacht. Ich könnte schreien vor Enttäuschung und vor Wut. Sie betrügt mich mit diesem Kerl, der sie nicht verdient hat. Niemand hat sie verdient außer mir.

Und dann ist sie plötzlich tot. Und mit ihr stirbt etwas in mir. Der Teil, der mich davon abgehalten hat, dem Kerl, der sie mir weggenommen hat, etwas anzutun.

Mein Leben liegt in Scherben. Alles andere wird egal, nur noch eines zählt: Ich will mich rächen. Ich bin bereit, jeden Aufwand zu betreiben, der notwendig ist, um mein Ziel zu erreichen. Selbst, wenn es Jahre dauert.

Was ist mein Ziel? Diesen Schweinehund zu töten, der mein Leben zerstört hat? Das hätte ich gleich tun können. Nein, ihn einfach nur zu töten, das wäre zu wenig. Eine zu geringe Strafe für ihn, denn wenn er tot ist, spürt er nichts mehr. Meine Rache ist perfider.

Ich möchte, dass er den gleichen Schmerz empfindet wie ich, bevor er stirbt. Oder einen noch größeren. Er hat mir Jennifer genommen, die ich so unendlich geliebt habe. Also werde ich ihm die Menschen nehmen, die er liebt. Erst danach werde ich ihn töten.

Jana!, schreit Max innerlich auf und denkt daran, dass es ja noch jemanden gibt, den er über alles liebt. Seine Schwester. Nein! Das darf nicht passieren. Nicht noch einmal!

Wie schon zuvor bäumt Max sich gegen die Fesseln auf. Er zieht und zerrt an ihnen ohne Rücksicht auf die Schmerzen, und dieses Mal scheinen seine Bemühungen Wirkung zu zeigen, denn er hat das Gefühl, dass sich die Fessel an seinen Handgelenken ein wenig gelockert hat. Voller Hoffnung zerrt er erneut mit aller Kraft daran.

Plötzlich sind seine Hände frei.

Ungläubig streift er die Reste des Stricks von seinen schmerzenden Handgelenken und nimmt die Arme nach vorn. Ein stechender Schmerz zuckt ihm durch die Schultern, er ignoriert ihn. Mit einer hastigen Bewegung schiebt er die Binde von den Augen und blinzelt, er kann jedoch kaum etwas sehen. Der Raum, in dem er sitzt, ist fast dunkel. Lediglich durch einige schmale Fenster unterhalb der Decke fällt ein wenig Licht herein. Der Kellerraum – um einen solchen handelt es sich zweifelsfrei – ist vielleicht fünfzehn Meter lang.

Max beugt sich nach vorn. Es dauert eine Weile, bis er den Strick um seine Unterschenkel gelöst hat, dann steht er auf.

Seine Gedanken rasen. Jetzt wirst du verrecken, *hat der Kerl gerade zu Dominique gesagt. Hat Kernbach wirklich vor, sie umzubringen? Max muss das verhindern, er muss versuchen, sie zu finden. Sie und Jana. Aber da ist auch noch Kirsten … Vor Sorge innerlich zerrissen, geht Max nach rechts in die Richtung, aus der zuvor die Geräusche gekommen sind. Nach ein paar Schritten schälen sich die Konturen einer Tür aus der Dunkelheit. Er legt die Hand auf die Klinke und drückt sie langsam nach unten. Die Tür ist nicht verschlossen.*

Max öffnet sie vorsichtig. Er hält den Atem an, lauscht, doch es sind weder Schritte noch sonstige Geräusche zu hören. Er geht durch die Tür und befindet sich in einem kleinen Vorraum, von dem aus eine Treppe nach oben und eine nach unten führt. Diese verschwindet nach ein paar Stufen in der Dunkelheit, wäh-

rend oben ein schwacher Lichtschein zu erkennen ist. Instinktiv nimmt er die Treppe nach oben.

Sie endet in einem weiteren großen Raum, der ebenerdig liegt, wie der Blick durch eines der Fenster zeigt. Im oberen Bereich klafft ein Loch in der Scheibe. Ein Rundumblick bestätigt seine Vermutung, dass er sich in einem unbewohnten Gebäude befindet. Dem Anschein nach in einem alten Gewerbebetrieb.

Wenige Meter von ihm entfernt entdeckt Max eine Tür. Er versucht, sie zu öffnen, und tatsächlich schwingt sie auf, und kalte Luft schlägt ihm entgegen.

Vorsichtig streckt Max den Kopf hinaus und blickt auf ein vom Mondlicht erhelltes, verwildertes Grundstück, auf dem gleich gegenüber ein weiteres Gebäude steht. Die lange Reihe an dunklen Fenstern wirkt im schwachen Lichtschein abweisend, fast bedrohlich. Nach beiden Seiten sichernd, geht Max die drei ausgetretenen Treppenstufen hinauf. Er schaut sich immer wieder um und versucht, irgendetwas zu entdecken, das ihm einen Anhaltspunkt über den Ort liefern könnte. Aber außer den beiden alten Gebäuden, zwischen denen er steht, und dem verwilderten Gelände auf der anderen Achse kann er nichts erkennen. Er wendet sich wieder der Tür zu. Er muss zurück und in dem Gebäude nach Jana und Dominique suchen, bevor es zu spät ist. Er tritt auf die unterste Stufe, als er auf der linken Seite am Ende des Gebäudes, vielleicht dreißig Meter entfernt, etwas entdeckt, das ihn stutzen lässt. Ein Schatten, zu groß für einen Menschen. Er verengt die Augen zu Schlitzen, und geht dann auf das dunkle Ding zu. Nach zehn Metern erkennt er, was es ist. Er traut seinen Augen nicht.

33

Als Marvin zusammen mit Bandel beim Präsidium ankam, wartete Eslem Keskin bereits in ihrem Büro auf sie. Auf dem Weg dorthin waren ihnen nur wenige Beamte begegnet. So spät am Abend waren die Büros spärlich besetzt.

»Guten Abend, meine Herren«, begrüßte Keskin sie und zeigte auf die beiden Besucherstühle.

Bandel legte das Notizbuch und die Fotos von Jana und Dominique vor ihr auf den Schreibtisch, dann nahm er neben Marvin Platz.

Keskin zog beides zu sich heran und griff zuerst nach den Fotos von Jana, bei deren Anblick sie die Lippen zusammenpresste. Dann sah sie sich die Aufnahmen von Dominique an und murmelte: »Mein Gott …«

Nach dem zweiten Foto legte sie alle Aufnahmen sichtlich erschüttert zur Seite, griff mit versteinerter Miene nach dem Notizbuch und blätterte die ersten Seiten durch. Marvin bemerkte, dass sie sich ähnlich veränderte, wie er das schon einmal bei ihr in Dominique Klaubers Wohnung beobachtet hatte, als es um Sebastian Kernbach gegangen war.

»Wie es scheint, hat Herr Kernbach tatsächlich ein tiefgreifendes Problem mit Herrn Bischoff.« Keskin schlug das Buch zu und sah zu den beiden auf. »Mit diesem Gekritzel sollen sich unsere Experten beschäftigen. Während ich auf Sie gewartet habe, habe ich versucht, mich über Herrn Kernbachs mögliche Vorstrafen zu informieren. Aus polizeilicher Sicht ist er ein Mal aktenkundig geworden, das war vor vier Jahren.« Sie warf einen Blick auf ihren Computermonitor, der links von ihr auf dem Schreibtisch stand. »Er hat in einem Restaurant einen Gast tätlich angegriffen, nachdem der ihn gebeten hat, damit aufzuhören, seine Frau anzustarren. Er hat ihn …«

Keskins Handy klingelte.

»Herr Böhmer«, sagte sie und zog die Stirn kraus. »Was verschafft … was? … mein Gott … ja … ja, gut. Ich kümmere mich sofort darum.« Sie legte auf und sah erst Bandel, dann Marvin an. Aus ihrem Gesicht war alle Farbe gewichen. »Max Bischoff hat sich bei Hauptkommissar Böhmer gemeldet. Er konnte seinem Entführer entkommen und befindet sich vor einem alten Fabrikgebäude in Flingern. Es geht ihm gut. Frau Klauber wird dort noch festgehalten, und wahrscheinlich auch Frau Brosius.«

Entsetzt blickte sie von Wagner zu Bandel, der einen Fluch ausstieß und dann zu Keskin sagte: »Und?«

»Wir müssen … ich meine, ich muss …« Dann endlich griff sie nach dem Telefonhörer auf ihrem Schreibtisch, tippte auf eine Taste und sagte nach zwei Sekunden: »Ich brauche sofort den KDD im Fall der verschwundenen Kollegin Brosius. Und fordern Sie das SEK an. Einsatzort Flingern, in der Nähe des Kraftwerks. Exakte Daten und Infos schickt KHK Böhmer. Und Tempo bitte, es geht um

Minuten. Bis zum Eintreffen des SEK keine Einsatzfahrzeuge in der unmittelbaren Nähe, verstanden?«

Sie legte auf, zog eine Schublade ihres Schreibtisches auf und nahm ihre Dienstwaffe heraus. Dann erhob sie sich und griff nach ihrer Tasche. »Ich muss los, kommen Sie.«

»Wir werden …«, setzte Marvin an, doch Bandel packte ihn am Arm und schüttelte den Kopf, woraufhin er verstummte. Die beiden standen ebenfalls auf.

»Na los, kommen Sie schon«, sagte Keskin, als sie an ihnen vorbei zur Tür eilte. Marvin und Bandel folgten ihr verblüfft aus dem Büro. Während sie über den Flur zum Treppenhaus gingen, sagte Keskin: »Ich weiß, Sie werden sich so oder so die genaue Adresse von Böhmer besorgen, aber Sie beide halten sich strikt an meine Anweisungen, ist das klar? Bandel, ich mache Sie dafür verantwortlich, dass Herr Wagner nicht am unmittelbaren Einsatzort auftaucht. Das kann gefährlich werden. Ich möchte dort keinen Zivilisten sehen.«

»Wir halten uns zurück«, bestätigte Bandel.

Sie stiegen ins Auto und warteten auf Keskin. Sie ließ sich von einer jungen Frau chauffieren, was sie sahen, als der dunkle BMW mit mobilem Blaulicht auf dem Dach an ihnen vorbeifuhr.

Bandel folgte ihm.

»Ich gestehe, nervös zu sein«, sagte Marvin, während sie mit erhöhter Geschwindigkeit dem Wagen mit Blaulicht durch Düsseldorf folgten. »Wie wird der Entführer reagieren, wenn er mitbekommt, dass die Polizei anrückt?«

»Das weiß man vorher nie.«

»Immerhin geht es Max gut, und er ist vor Ort, das beruhigt mich ein wenig.«

Kurz bevor sie an dem alten Fabrikgelände ankamen, wurde das Blaulicht auf dem BMW ausgeschaltet, eine Minute später stoppten sie vor den Resten eines Bauzauns. Etwa dreißig Meter dahinter erhob sich ein längliches, dunkles Ziegelsteingebäude gegen das Mondlicht. Auf der linken Seite war etwa zwanzig Meter entfernt ein Teil eines weiteren Gebäudes zu erkennen.

Keskin stieg aus und kam zu ihrem Fahrzeug. »Wir warten hier auf das SEK.«

»Was ist mit Max?«, wollte Marvin wissen und stieg ebenfalls aus. »Haben Sie schon etwas von ihm gehört?«

»Nein. Er ist wohl irgendwo da drin. Ich habe von unterwegs mit Böhmer telefoniert. Er bestätigte, dass es Herrn Bischoff gut geht, hat aber seine Zweifel, dass er auf das Einsatzkommando warten wird.«

Das bezweifelte Marvin allerdings auch.

»Das SEK muss jeden Moment anrücken«, erklärte Bandel, als er um den Wagen herum gekommen war.

Nur wenige Minuten später trafen tatsächlich mehrere Limousinen ein, das erste Fahrzeug stoppte kurz, der Fahrer wechselte ein paar Worte mit Keskin, dann verschwanden die Wagen durch eine Lücke im Zaun auf dem Gelände.

»Sie bleiben hier, verstanden?«, sagte Keskin und ging zu dem BMW, der, kaum dass sie eingestiegen war, ebenfalls losfuhr.

Bandel und Marvin sahen ihm nach, bis er um eine Ecke des vorderen Gebäudes verschwunden war. Kurz darauf war auch das Motorengeräusch des BMW nicht mehr zu hören.

»Mist«, stieß Bandel aus und schlug mit der flachen Hand auf das Autodach. »Ich bin nicht Polizist geworden, um herumzustehen und zu warten, was passiert.«

»Ich verstehe, was Sie meinen«, bestätigte Marvin, den eine für ihn untypische Nervosität gepackt hatte. Er griff nach seinem Telefon und wählte Böhmers Nummer, doch der Anschluss war besetzt.

Das Telefon in der Hand, lauschte er konzentriert in die mondhelle Nacht, aber es war totenstill.

»Die Jungs hört man nicht«, erklärte Bandel, der Marvins Anstrengungen registriert hatte. »Die sind bestens ausgebildet. Wenn dort drin jemand festgehalten wird, werden die das regeln.«

»Ich hoffe, Max macht keinen Unsinn«, sagte Marvin leise und bemerkte, dass Bandel ihn daraufhin von der Seite ansah.

»Sie mögen ihn wirklich, nicht wahr?«

»Ja. Und ich denke gerade an eine Situation, die ich hoffentlich nicht bereuen werde.«

»Was meinen Sie?«

»Max hat mir während unserer letzten Zusammenarbeit das Du angeboten.«

Bandel runzelte die Stirn und sah Marvin verständnislos an.

»Ich habe geantwortet, dass ich der Meinung bin, wir

sollten damit noch warten, bis sich bestätigt hat, dass es wirklich eine Freundschaft ist, die uns verbindet. Und dass das erst die Zeit zeigen wird.«

Bandel zuckte mit den Schultern. »Ich sehe solche Dinge nicht so eng, aber wenn das Ihre Einstellung ist, okay.«

»Nein, es ist nicht okay.«

»Das verstehe ich jetzt nicht.«

»Ich habe zu diesem Zeitpunkt bereits gewusst, dass er für mich zu einem Freund geworden ist.« Marvin machte eine Pause. »Das wollte ich ihm längst gesagt haben. Ich hoffe, ich bekomme noch die Gelegenheit dazu.«

MAX

34

Max konnte es fast nicht glauben, als er sein Auto am Ende des Gebäudes entdeckte. Kernbach schien sich seiner Sache sehr sicher zu sein. Er hatte den Wagen offenbar einfach stehen lassen, nachdem er Max ausgeladen und in das Gebäude geschleppt hatte.

Der Schlüssel steckte zwar nicht, aber der Wagen war offen, und zu Max' Überraschung entdeckte er sein Smartphone im Fußraum der Beifahrerseite. Fast hätte er einen Jubelschrei ausgestoßen.

Seine Freude wurde allerdings schnell gedämpft, als er feststellte, dass es ausgeschaltet war und zudem die SIM-Karte fehlte.

Max stieß einen Fluch aus und beugte sich vor, konnte aber bei den schlechten Lichtverhältnissen nicht erkennen, ob die Karte irgendwo lag. Also tastete er den Boden im Fußraum der Beifahrerseite Zentimeter für Zentimeter ab, und als er dort nicht fündig wurde, versuchte er es auf der Fahrerseite. Tatsächlich fand er die Karte unter dem Sitz. Offenbar hatte Kernbach zwar daran gedacht, die Karte aus dem Telefon herauszunehmen, um eine Ortung unmöglich zu machen, sich dann aber damit zufriedengegeben, Telefon und Karte wieder ins Auto zu werfen.

Max kauerte sich neben den Wagen, so dass man ihn von den beiden Gebäuden aus nicht sehen konnte. Er legte die Karte ein und schaltete das Gerät an. Erleichtert stellte er fest, dass der Akku noch halb voll war und er Netz hatte. Er sah sich schnell nach allen Seiten um und bemerkte, dass er immer noch allein war.

Als Erstes öffnete er Google Maps. Sekunden später wusste er, wo er sich befand. Er machte einen Screenshot, dann rief er Böhmer an.

»Max?«, fragte Böhmer drei Sekunden später.

»Ja, ich bin's.«

»Max! Ich fass es nicht. Wo bist du, verdammt …«

»Hör mir zu, Horst, es ist wichtig. Ich bin entführt worden und konnte fliehen. Ich befinde mich auf einem alten Fabrikgelände neben dem Heizkraftwerk Flingern. Ich schicke dir gleich die Karte. Dominique ist noch da drin und wahrscheinlich auch Jana. Wie es aussieht, ist Kernbach der Täter.«

»Scheiße, ich schlage sofort Alarm.«

»Horst, noch was, du musst dafür sorgen, dass Kirsten Schutz bekommt. Ich habe Grund …«

»Ist schon passiert. Sie ist in Begleitung eines Kollegen auf dem Weg zu einer Freundin in Willich. Es geht ihr gut.«

»Danke. Schick Hilfe, ich geh jetzt wieder rein.«

»Nein, warte, du …« Mehr hörte Max nicht mehr, denn er hatte schon aufgelegt und wählte jetzt Kirstens Nummer. Zum Glück nahm sie ab.

»Ich bin's, Max.«

»Max!«, rief sie aus. »Gott sei Dank. Geht es dir gut?«

»Ja, und was ist mit dir?«

»Ich bin auf dem Weg nach Willich, zu Manuela. Eine Polizistin ist bei mir. Eine Freundin von Horst.«

Max konnte mit dem Namen Manuela nichts anfangen, aber das spielte auch keine Rolle. »Okay. Wie gesagt, es geht mir gut. Ich melde mich später noch mal.«

Ein wenig beruhigt verstaute er das Telefon in seiner Hosentasche, sah sich noch einmal um und lief dann geduckt zurück zu dem Gebäude, aus dem er entkommen war.

Als er durch die Tür ins Innere trat, hielt er einen Moment inne, dann schaltete er die Taschenlampe seines Smartphones ein und wandte sich nach links. Er ging bis zum Ende des Raums, wo es drei Türen gab. Max öffnete die linke Tür und gelangte in ein Zimmer, in dem die Reste von Regalen auf dem Boden lagen. Die mittlere Tür führte in eine ehemalige Toilette mit einigen Kabinen, auf dem Boden zerbrochene Urinale.

Durch den rechten Durchgang gelangte Max in einen Flur mit mehreren Räumen zu beiden Seiten, doch neben Müll, Schutt und hier und da alten, zerstörten Büromöbeln fand er nichts.

Also ging er zurück, durchquerte vorsichtig den großen Raum mit der Tür nach draußen und gelangte schließlich wieder an die Treppe. Er stieg sie hinab, ging aber nicht in den Raum zurück, aus dem er gekommen war, sondern durch eine Tür gegenüber.

Der Grundriss des Kellers war offenbar ähnlich dem im Erdgeschoss, es gab einen großen und mehrere kleinere

Räume dahinter, doch auch hier entdeckte er weder eine Spur von Dominique noch von Jana oder Kernbach.

Als Max auf dem Rückweg von einem der hinteren Zimmer war, hörte er von oben Geräusche. Vorsichtig und mit hämmerndem Puls näherte er sich der Treppe und sah sich, kaum dass er sie erreicht hatte, zwei vermummten und schwer bewaffneten Polizisten gegenüber, die die Maschinenpistolen auf ihn richteten.

»Stehen bleiben!«, rief einer der beiden. »Und die Hände nach oben. Sofort!«

Ohne zu zögern, tat Max, wie ihm befohlen wurde. Er wusste, dass in einer solchen Situation bei allen die Anspannung extrem hoch war und eine falsche Reaktion fatale Folgen haben konnte.

»Mein Name ist Max Bischoff«, sagte er so ruhig er konnte. »Ich bin entführt worden und habe mich befreit. Ich habe Sie angefordert.«

Minuten später hatte Max dem SEK-Leiter alles Wichtige berichtet, woraufhin dieser seine Beamten instruierte, die beiden Gebäude systematisch zu durchsuchen. Kurz darauf ging Max, begleitet von einem SEK-Beamten, auf einen der beiden Krankenwagen zu, die ein gutes Stück entfernt standen.

Er hatte den einen Wagen noch nicht ganz erreicht, als eine bekannte Stimme sagte: »Ich bin entzückt, Sie bei guter Gesundheit zu sehen, lieber Max.«

Marvin Wagner! Der Psychologe kam zwischen den Krankenwagen heraus auf ihn zu, in seiner Begleitung Hauptkommissar Karsten Bandel.

»Danke«, sagte Max. »Aber irgendwo sind noch Jana und Dominique. Kernbach hat angekündigt, Dominique umzubringen. Ich hoffe, beiden geht es noch gut, denn ich glaube nicht, dass dieser Irre leere Drohungen ausstößt.«

»Haben Sie ihn gesehen?«

»Nein, aber gehört. Ich hatte die Augen und den Mund verbunden. Dominique war mit mir im gleichen Raum, bis er sie rausgeschleppt hat. Wo Jana ist, weiß ich nicht. Ich glaube, Kernbach ist betrunken. Er hat stark nach Alkohol gerochen.« Er wandte sich um und betrachtete die Gebäude.

»Ich hoffe, sie finden sie.«

Während Max von einer Ärztin untersucht wurde, bevor sie seine aufgescheuerten Handgelenke verband, bat er Marvin, Böhmer anzurufen und ihn über den Stand der Dinge zu informieren, was er auch gleich tat.

Als die Ärztin fertig war, wurde Max von einem der Beamten des KK11, der gerade am Einsatzort eingetroffen war, zu seiner Entführung und allem anderen befragt, an das er sich erinnern konnte. Max berichtete und erwähnte auch, was Dominique ihm über Kernbach gesagt hatte.

Als der Beamte sich abwandte, erzählte Marvin Max von dem Notizbuch, das sie in Kernbachs Wohnung gefunden hatten und das letztendlich bestätigte, was Dominique ihm gesagt hatte. Als Marvin ihm dann das Foto des eingeklebten Briefes zeigte, ging ein Schauer durch Max. »Ich schätze, mit *J.* soll Jenny gemeint sein.«

»Das kann sein«, bestätigte Marvin. »Die Handschrift

stammt jedenfalls von einer Frau. Haben Sie noch etwas Handschriftliches von ihr?«

Das hatte Max tatsächlich. Es war ein kleiner Notizzettel, den sie ihm in seiner Wohnung hinterlassen hatte, kurz bevor sie ermordet wurde. Eines der wenigen Dinge, die ihm von ihr geblieben waren.

Ciao, mein Held, freue mich auf heute Abend.

Darunter hatte sie einen Kuss gedrückt und ein Smiley dahinter gemalt.

»Ja«, sagte er knapp.

»Dann kann ich recht schnell sagen, ob dieser ... nennen wir es Brief ... von ihr stammt.«

»Niemals!« Max war sich sicher. »So einen Kitsch hätte sie nie geschrieben.«

Nach einer halben Stunde wurde der Einsatz ergebnislos abgebrochen, das Sondereinsatzkommando rückte wieder ab und überließ das Feld den Spezialisten der Kriminaltechnik. Kernbach, Dominique und Jana befanden sich definitiv nicht mehr in einem der beiden Gebäude.

Die Beamten hatten aber einige Blutspuren in dem Raum gefunden, in dem Max und Dominique gefangen gehalten worden waren. Sie sollten ins Labor geschafft werden, um mittels einer DNA-Analyse herauszufinden, ob sie von Dominique Klauber stammten oder – zwar unwahrscheinlich, aber nicht unmöglich – vielleicht sogar von Kernbach.

Max' Auto sollte von einem Abschleppwagen abtransportiert werden, die Spurensicherung würde ihn eingehend unter die Lupe nehmen.

Eslem Keskin hatte sich während der ganzen Zeit nicht bei Max blicken lassen, und erst als es ruhiger wurde und er beschloss, mit Marvin und Hauptkommissar Bandel zurückzufahren, tauchte sie auf. »Wir brauchen noch Ihre schriftliche Aussage«, wandte sie sich an Max, ohne sich auch nur mit einem Wort zu erkundigen, wie es ihm ging. »Kommen Sie morgen früh ins Präsidium.«

»Wir können das auch gleich erledigen. An Schlaf ist jetzt sowieso nicht zu denken.«

»Nein, das machen wir morgen früh. Ich bin sehr gespannt, wie Sie sich in diese Situation manövriert haben.«

»Das ist recht einfach: Indem ich das getan habe, wozu Sie als verantwortliche Beamtin nicht bereit waren«, knurrte Max. »Und weil Sie sich gegen jede Vernunft geweigert haben, etwas zu unternehmen, ist Dominique Klauber jetzt in Lebensgefahr. Und Jana wahrscheinlich auch.«

»Was soll das?«, entgegnete Keskin entrüstet. »Das ist hanebüchen. Ich habe mich als Leiterin meines Kommissariats an die Dienstvorschriften gehalten.« Und mit spöttischem Unterton fügte sie hinzu: »Sie können als Zivilist ja eine Dienstaufsichtsbeschwerde einreichen.«

Max machte einen Schritt auf Keskin zu, woraufhin sie instinktiv zurückwich. Mit ungezügelter Wut sah er ihr in die Augen. »Ich habe Ihre bisherigen Eskapaden und kindischen Spielchen mehr oder weniger mit einem Schulterzucken hingenommen, obwohl es mir manchmal schwerfiel. Aber ich verspreche Ihnen, wenn einer der beiden Frauen etwas geschieht, ist eine Dienstaufsichtsbeschwerde Ihr geringstes Problem.«

Damit wandte er sich ab und ging auf Bandels Auto zu, wo der Hauptkommissar bereits hinter der geöffneten Fahrertür auf ihn wartete. Er hörte noch, wie Marvin hinter ihm zu Keskin sagte: »Ich würde das nicht auf die leichte Schulter nehmen. Er ist mächtig sauer«, dann nahm er im Heck des Wagens Platz. Marvin, der ihm gefolgt war, setzte sich auf den Beifahrersitz. Nachdem er sich angeschnallt hatte, wandte er sich zu Max um und sagte: »Man mag es kaum glauben, aber die menschliche DNA stimmt zu fünfundfünfzig Prozent mit der einer Banane überein.«

»Das glaube ich sofort«, zischte Max, noch immer aufgebracht. »Und es regt mich gerade kolossal auf.«

Marvin drehte sich wieder nach vorn. »Ja, ich muss auch aus gesundheitlichen Gründen dringend an meinem Desinteresse gegenüber solchen Auffälligkeiten arbeiten.«

Da sowohl Bandel als auch Marvin bei Max' Befragung durch den SEK-Beamten dabei gewesen waren, wussten sie über das Geschehene schon Bescheid. Max konnte es sich also sparen, alles noch mal zu berichten. Marvin stellte noch zwei, drei Fragen, die Max aber derart kurz angebunden beantwortete, dass der Wissenschaftler verstand und ihn in Ruhe ließ.

»Wo soll ich Sie eigentlich hinbringen?«, wollte Bandel nach ein paar Minuten wissen.

Max dachte kurz nach und sagte schließlich: »Nach Hause, bitte. Marvin, kommen Sie mit wegen des Briefes?«

»Selbstverständlich. Mein Kopf macht gerade so viele Updates, der ließe sich sowieso nicht runterfahren.«

»Ist es okay, wenn ich mich anschließe?«, erkundigte sich Bandel.

Max nickte. »Wenn Sie möchten, gerne.«

»Entschuldigen Sie meine Neugierde, aber wie ich am Ring an Ihrem Finger sehe, sind Sie verheiratet«, schaltete sich Marvin ein. »Wartet Ihre Frau nicht zu Hause auf Sie?«

Bandel lächelte. »Sie ist schon so lange mit einem Polizisten verheiratet, dass ihr das wahrscheinlich gar nicht mehr auffällt.«

Aber immerhin ist sie in Sicherheit, dachte Max.

35

Wieder einmal schreckt sie hoch, und als sie vergeblich versucht, ihre Augen zu öffnen und sich umzusehen, stellt sie erneut fest, dass das alles kein Albtraum war, aus dem sie gerade erwacht ist, sondern die grausame Realität. Sie ist entführt worden.

Ihr ist mittlerweile so kalt, dass sie nicht mehr aufhören kann zu zittern. Es müssen viele Stunden vergangen sein, seit ihr Entführer sie mit nacktem Oberkörper zurückgelassen hat. Vielleicht sind es sogar schon Tage. Sie kann es nicht einschätzen, weil sie zwischendurch immer wieder die Besinnung verliert.

Sie fragt sich, ob ihr Körper auch zittert, wenn sie ohne Bewusstsein ist. Trotz ihrer guten Allgemeinbildung weiß sie das nicht. Der modrige Gestank um sie herum ist schlimmer geworden. Obwohl der Geruchssinn sich seiner Umgebung anpasst und man auch intensive Gerüche schon nach fünfzehn Minuten nicht mehr wahrnimmt, bemerkt sie die Veränderung.

Es ist gefährlich lange her, dass sie etwas getrunken hat, und das macht ihr im Moment die größten Sorgen. Nie zuvor hat sie solchen Durst verspürt, und nie hätte sie sich vorstellen können, dass die Gier nach Wasser derart starke körperliche Schmerzen verursacht.

Mittlerweile haben die Schmerzen ein wenig nachgelassen, aber das ist kein gutes Zeichen. Im Gegenteil. Ihr Körper befin-

det sich im fortgeschrittenen Stadium der Dehydrierung, das ist ihr klar, die Symptome sind eindeutig.

Immer öfter wird ihr schwindlig, und sie hat immer häufiger Probleme damit, sich zu konzentrieren und Überlegungen zu Ende zu bringen. So gesehen kann sie sogar von Glück reden, dass sie mit nacktem Oberkörper dasitzt und friert. Sie weiß, dass Wärme den Vorgang der Dehydrierung noch beschleunigen würde. Und dass das größte Problem ihre Nieren sind. Wenn sie sich nicht mehr entwässern können, sterben sie ab, und der Körper vergiftet sich selbst.

In den ersten Stunden ihrer Entführung musste sie so dringend zur Toilette, dass ihr irgendwann nichts anderes mehr übrigblieb, als es, obwohl sie sich geschämt hat, laufen zu lassen.

Seitdem hat sie keinen Harndrang mehr verspürt. Inzwischen ist es ihr aber auch egal, was eine bemerkenswerte Schutzfunktion der menschlichen Psyche ist. Je lebensbedrohlicher eine Situation wird, umso mehr werden nach und nach alle Nebensächlichkeiten ausgeblendet. Und irgendwann ist der Fokus des gesamten Denkens und Handelns nur noch auf das nackte Überleben ausgerichtet.

Sie stutzt. Was war das gerade? Durst, ja, sie hat über ihren Durst nachgedacht, aber … die Einzelheiten sind weg …

Plötzlich ist Max in ihrem Kopf. Sie hat schon eine ganze Weile nicht mehr an ihn gedacht. Nein, das stimmt nicht, sie weiß, er ist mehr in ihrem Kopf als alles andere. Besteht noch Hoffnung, dass er sie findet und befreit? Sie möchte es so gern glauben, denn wenn nicht …

So oft schon hat sie ihm sagen wollen, dass sie ihn liebt. Und es doch nie getan, weil sie Angst davor hatte, von ihm zurück-

gewiesen zu werden. Solange das Thema zwischen ihnen unausgesprochen bleibt, kann sie hoffen, hat sie gedacht. Wenn sie es anspricht, und er sagt ihr, dass er keine Beziehung mit ihr eingehen möchte oder kann, dann ist es endgültig vorbei.

Wie dumm von ihr.

Wenn er jetzt hier wäre, würde sie es ihm sagen.

Über all diese Dinge denkt sie nach, um sich davon abzulenken, dass eine Befürchtung mit jeder Stunde, die vergeht, mehr und mehr zur Gewissheit reift: dass sie sterben wird.

36

Während der Fahrt kontrollierte Max auf seinem Handy die Nachrichten und eingegangenen Anrufe. Böhmer hatte – ebenso wie Marvin – mehrfach versucht, ihn zu erreichen. Am frühen Abend gab es aber auch einen Anruf von Marianne Bormann. Sie hatte ihm auf die Mailbox gesprochen.

»Hallo, Herr Bischoff, seien Sie doch bitte so nett und rufen mich am Vormittag zurück. Heute Abend bitte nicht mehr, ich werde gleich zu Bett gehen.«

Was konnte die Witwe seines Mentors von ihm wollen? Vielleicht kam sie doch auf sein Angebot zurück, ihn zu informieren, wenn sie etwas brauchte? Das würde warten müssen, denn über allem stand jetzt die Suche nach Jana und Dominique. Allein der Gedanke daran regte ihn trotz seiner Müdigkeit auf. Er sah auf die Uhr. Kurz nach ein Uhr nachts.

Nichts tun zu können, während die beiden in diesem Moment vielleicht irgendwo um ihr Leben kämpften, war ein unerträglicher Zustand. Die Vorstellung, zu spät zu kommen, brachte ihn fast um den Verstand.

Seit Janas Verschwinden waren zwei Tage vergangen. Es ging bei der Entführung nicht um Lösegeld, denn sonst hätte sich längst jemand gemeldet. Nein, es ging dabei um ihn. Kernbach wollte ihn leiden lassen, mehr noch, er wollte ihn tot sehen. Aber wie Marvin ihm berichtet hatte, nicht nur ihn, sondern auch Jana, Böhmer und Kirsten. Und wie Max aus erster Hand wusste, war nun auch noch Dominique dazugekommen.

Der Versuch, Böhmer zu töten, war misslungen, Kirsten war – so hoffte Max inständig – in Sicherheit. Blieben Jana und Dominique. Und die Frage: Waren die beiden noch am Leben?

In seiner Wohnung angekommen, verlor Max keine Zeit. An Marvin gerichtet, sagte er: »Sie kennen sich ja aus. Setzen Sie sich schon mal ins Wohnzimmer, ich hole die Schriftprobe von Jenny.«

Er ging ins Schlafzimmer, öffnete eine Tür seines Kleiderschranks und schob einen Stapel T-Shirts zur Seite. Er musste sich auf die Zehenspitzen stellen, um an die Zigarrenkiste heranzukommen, die dahinter verborgen war. Als er sie in Händen hielt, setzte er sich auf die Bettkante, legte die Kiste auf seinen Oberschenkeln ab und betrachtete sie.

Es war lange her, dass er sie geöffnet und sich die Dinge darin angesehen hatte. So, wie er die Erinnerungen an die Zeit mit Jenny in einem hinteren Teil seines Gedächtnisses abgelegt hatte, so hatte er auch diese Dinge an einem Ort aufbewahrt, wo er sie nicht jeden Tag sehen musste. Dennoch wusste er, sie waren da.

Fast andächtig klappte er den Deckel auf und betrachtete den Inhalt der Kiste.

Obenauf lag ein Foto. Darauf war Jenny zu sehen, lächelnd in seinen Armen und ein halb volles Glas Aperol Spritz in die Kamera haltend, während er selbst mit geschlossenen Augen die Nase in ihr Haar gedrückt hatte. Er erinnerte sich, wie gut ihr Haar gerochen hatte.

Während Max die Aufnahme betrachtete, horchte er in sich hinein. Lange Zeit hatte er dieses Foto nicht betrachten können, ohne dass es ihm die Tränen in die Augen getrieben hatte. Auch jetzt spürte er Trauer bei dem Gedanken, dass Jenny tot war, aber es war anders. Er hatte nicht den Drang, vor Verzweiflung zu schreien angesichts der Gewissheit, dass er das, was er sah, nie wieder haben konnte, dass dieses Glück dennoch nicht verloren war.

Und plötzlich waren seine Gedanken bei Jana.

Er nahm die Fotografie heraus, betrachtete das verwelkte und getrocknete Sträußchen roten Klees, das Jenny für ihn auf einer Wiese gepflückt und mit einem dünnen Haargummi zusammengebunden hatte, und daneben den Herz-König aus einem Kartenspiel, auf den sie mit Kugelschreiber geschrieben hatte: *Du bist mein Herz-König.* Darunter lag der Zettel, den er herauszog und auseinanderklappte.

Ciao, mein Held, freue mich auf heute Abend.

Max atmete tief durch, stand auf und legte die Kiste neben sich auf das Bett. Es wurde Zeit.

Im Wohnzimmer hatten es sich Marvin und Bandel auf der Couch gemütlich gemacht und unterhielten sich über Keskin, als Max den Raum betrat.

»Hier, bitte«, sagte er und reichte Marvin den Zettel. Der nahm ihn, faltete ihn auseinander und warf einen Blick darauf, dann runzelte er die Stirn.

»Ohne vorgreifen zu wollen« – umständlich nestelte er sein Smartphone aus der Hosentasche – »würde ich sagen, dass Brief und Zettel von zwei unterschiedlichen Personen geschrieben worden sind.«

Er tippte auf dem Display des Handys herum und betrachtete mit halb zusammengekniffenen Augen abwechselnd den Zettel und das Foto des schwülstigen Briefes. Schon nach kurzer Zeit schüttelte er den Kopf. »Eindeutig nein. Wenn dieser Zettel von Jenny stammt, ist der Brief auf keinen Fall von ihr.«

Obwohl Max nicht mit etwas anderem gerechnet hatte, spürte er Erleichterung. Die Bestätigung, dass Jenny einem Typen wie Kernbach einen solchen Brief geschrieben hatte, wäre für ihn unerträglich gewesen.

»Das heißt, bei diesem Kernbach läuft mächtig was falsch im Oberstübchen«, stellte Bandel fest.

»Allerdings«, bestätigte Max. »Und das macht ihn so verdammt unberechenbar und gefährlich.«

»Wenn ich einen Vorschlag machen dürfte«, warf Marvin ein. »Vielleicht ist es das Beste, wenn wir jetzt schlafen gehen. Heute Nacht werden wir nichts mehr ausrichten können, und wenn wir ein paar Stunden schlafen, sind wir morgen früh wieder fit und können weiterarbeiten.«

Max wollte protestieren und die beiden daran erinnern, dass Dominique laut Kernbach noch in dieser Nacht *verrecken* würde. Doch sein Verstand sagte ihm, dass Marvin recht hatte. Unabhängig davon, dass die Zeit ihnen davonlief, hatten sie keine Chance, in dieser Nacht noch etwas zu erreichen. Dominique und Jana konnten überall festgehalten werden. Es gab nicht einmal den Hauch einer Chance, sie innerhalb der nächsten Stunden zu finden.

»Sie haben wahrscheinlich recht«, gab er zu. »Auch wenn ich nicht weiß, ob ich tatsächlich schlafen kann, während die beiden vielleicht …«

Er vollendete den Satz nicht, aber das war auch nicht nötig. Sowohl Bandel als auch Marvin wussten, was er meinte.

Bandel erhob sich. »Ich habe morgen Dienst. Wenn Sie irgendetwas brauchen, rufen Sie mich bitte an. Ich bin gespannt, ob Frau Keskin sich bei meinem Dienststellenleiter über mich beschwert.«

Auch Marvin stand auf. »Die gute Frau sollte im Moment andere Probleme haben.«

»Wir werden sehen. Soll ich Sie mitnehmen?«

Marvin schüttelte den Kopf. »Nein, danke, ich gehe zu Fuß. Es ist nicht weit bis zu meinem Hotel. Die frische Luft wird mir guttun und das Gehirn durchblasen.«

Max reichte Bandel die Hand. »Danke.«

Bandel winkte ab. »Es ist mir eine Ehre. Bis morgen.«

Marvin blieb stehen und wartete, bis Bandel die Wohnung verlassen hatte, dann wandte er sich an Max. »Ich weiß immer noch nicht, was ich von Hauptkommissar Bandel halten soll.«

»Warum?«

»Der Eifer, den er an den Tag legt, obwohl er eigentlich nichts mit der Sache zu tun hat … aber vielleicht täusche ich mich auch.«

»Meinen Sie, er hat etwas mit der Sache zu tun?« Max sah Marvin erstaunt an.

»Ich bin mir nicht sicher. Aber ein Motiv habe ich bislang nicht erkennen können.«

»Hm, im Moment ist er unser einziger offizieller Kontakt. Ich denke, wir brauchen ihn. Aber lassen Sie ihn uns im Auge behalten.«

»Ja, das sollten wir. Ich mache mich dann mal auf den Weg. Aber zuvor eine andere Frage: Gilt das Angebot noch?«

»Welches Angebot?«, erwiderte Max irritiert.

»Dass wir zum *Du* übergehen.«

Max brauchte eine Weile, um Marvins Gedankensprung folgen zu können, doch dann verstand er, was er meinte, und nickte überrascht.

»Ja, natürlich.«

Marvin streckte lächelnd die Hand aus. »Ich freue mich, dass du dich befreien konntest und es dir gut geht, mein lieber Freund Max.«

Max schlug ein. Damit hatte er nicht gerechnet, schon gar nicht in dieser Situation. Aber Marvin Wagner war eben immer für eine Überraschung gut.

»Und ich danke dir, dass du, ohne zu zögern, hierhergekommen bist, um mir zu helfen.«

»Das, lieber Max, war für mich eine Selbstverständlichkeit. Und ich gestehe, es geschah nicht ohne Eigennutz.

Ich empfinde die Ermittlungsarbeit mit dir als sehr interessant. Doch sag, wann sehen wir uns morgen früh?«

»Um acht?«

»Dann also bis um acht. Und … sei nicht verzagt. Ich bin sicher, sie leben noch und wir werden sie finden.«

Nur Minuten nachdem Marvin gegangen war, lag Max im Bett. Er fühlte sich sowohl körperlich als auch geistig völlig am Ende, und dennoch befürchtete er, nicht einschlafen zu können.

Er konnte einfach nicht damit aufhören, darüber nachzudenken, ob es nicht doch etwas gab, das er noch in der Nacht tun konnte. Diese Gewissheit, trotz der Gefahr, in der Jana und Dominique schwebten, zur Untätigkeit verdammt zu sein, ließ ihn nicht zur Ruhe kommen. Zudem war da etwas, das ihm seltsam vorkam: die unglaubliche Leichtigkeit, mit der er sich nicht nur befreien, sondern auch mit seinem eigenen Handy die Polizei hatte verständigen können. Weil Kernbach so unvorsichtig gewesen war, sein Auto unverschlossen in erreichbarer Nähe abzustellen und zudem sein Telefon samt Karte im Wagen liegen zu lassen. Konnte das Zufall sein?

Während er noch darüber nachdachte, siegte schließlich die Erschöpfung und ließ ihn in die gnädige Dunkelheit eines traumlosen Schlafes gleiten.

37

Max erwachte um fünf vor sieben. Verwundert stellte er fest, dass er offensichtlich durchgeschlafen hatte und sich einigermaßen ausgeruht fühlte. Sein nächster Gedanke galt den beiden entführten Frauen. Er schwang die Beine aus dem Bett, stand auf und ging ins Badezimmer.

Nachdem er sich angezogen und eine Tasse Kaffee gemacht hatte, rief er Böhmer an.

»Guten Morgen, wie geht es dir?«

Böhmer lachte kurz. »Nicht genug damit, dass mir dieses Arschloch ein Loch in den Schädel geschlagen hat, die haben mich hier schon wieder um halb sieben geweckt. Da kann man ja nicht gesund werden. Du hörst also, mir geht es gut. Und was ist mit dir?«

»Jana und Dominique sind immer noch in den Händen von Kernbach. Der Kerl ist hochgradig gestört. Zudem hat er stark nach Alkohol gerochen.«

»Scheiße, das macht's nicht besser. Schon daran gedacht zu checken, ob er mal in Behandlung war?«

Max erinnerte sich an Professor Bormanns Aufzeichnungen und an den Anruf seiner Witwe am Vorabend. »Außer dass ich weiß, dass er bei Professor Bormann war, nicht. Aber Patientendaten sind ein sensibles Thema.«

»Ja, das ist mir klar.«

»Vielleicht kann Marvin etwas herausfinden. Er ist doch Psychologe, und wer weiß, vielleicht bringen ein paar Anrufe unter Kollegen ja mehr als jeder offizielle Versuch von polizeilicher Seite.«

»Ja, vielleicht. Mann, ich hoffe, ich komme heute hier raus.«

»Quatsch«, entfuhr es Max. »Du hast einen Schädelbruch. So was ist nicht in zwei Tagen erledigt.«

»Mir geht es schon viel besser, es gibt keine Komplikationen, also, was soll ich hier noch, außer mich mitten in der Nacht von einer überarbeiteten Pflegerin aus dem Bett schmeißen zu lassen?«

Max wusste, dass es vergebene Mühe war, mit Böhmer zu diskutieren. »Das werden die Ärzte dir schon sagen. Ich mache jetzt Schluss und rufe deinen Kollegen Bandel an. Vielleicht kann der mir mit Informationen zu Kernbach weiterhelfen.«

Karsten Bandel war auf dem Weg zur Dienststelle, als Max anrief.

»Herr Bischoff«, begrüßte der Beamte ihn offensichtlich überrascht. »Guten Morgen. Kann ich etwas für Sie tun?«

»Ich habe tatsächlich eine Bitte an Sie«, gestand Max. »Ich befürchte, von Frau Keskin werde ich sie nicht bekommen, aber ich brauche Daten zu Kernbach. Arbeitgeber, Familie, Freunde, Bekannte … das Übliche halt. Ohne diese Angaben haben wir überhaupt keinen Ansatzpunkt.«

»Ich werde mein Bestes versuchen.«

»Es tut mir leid«, sagte Max ehrlich, denn tatsächlich hatte er Bandel gegenüber ein schlechtes Gewissen, aber der Hauptkommissar war zurzeit seine einzige Verbindung zur Polizei. »Ich hoffe, Sie bekommen deswegen keine Schwierigkeiten mit Ihrem Vorgesetzten.«

»Nein, das geht schon klar. Solange Frau Keskin sich nicht formell über mich beschwert, lässt mein Chef mich in Ruhe. Ich denke, Sie unterschätzen den Ruf, den Sie bei uns allen genießen. Da drückt man schon mal ein Auge zu.«

Sie verabredeten, in Kontakt zu bleiben, nachdem Karsten Bandel Max nochmals versichert hatte, dass er keine Schwierigkeiten auf der Dienststelle bekommen würde.

Um fünf vor acht stand Marvin vor der Tür.

»Möchten Sie … möchtest du einen Kaffee?«, fragte Max, als der Wissenschaftler ihm in die Küche folgte. Er musste sich erst daran gewöhnen, Marvin nicht mehr zu siezen.

»Ich hatte zwar schon ein fulminantes Frühstück im Hotel, aber ich denke, ein weiterer Kaffee kann nicht schaden, während wir einen Schlachtplan entwerfen«, verkündete Marvin voller Tatendrang.

Als er am Küchentisch Platz genommen hatte, wurde sein Gesicht jedoch ernst. »Max, wir müssen jetzt ein paar unschöne Dinge aussprechen. Du bist Profi genug, um zu wissen, dass die Chancen, dass sowohl Jana als auch Dominique noch leben, recht gering sind.«

Max nickte und sagte: »Ich weiß«, bevor er eine Tasse

unter den Kaffeevollautomaten stellte und den Startknopf betätigte. »Aber solange es noch Hoffnung gibt, werden wir alles tun, um sie zu finden.«

»Natürlich werden wir das. Ich weiß nur ehrlich gesagt nicht so recht, wo wir anfangen sollen.«

»Hm … Du kennst doch sicher einige Kollegen. Siehst du eine Chance, über die herauszufinden, ob Kernbach in der Vergangenheit irgendwo in psychiatrischer Behandlung war?«

Marvin wiegte den Kopf hin und her. »Das ist schwierig. Weißt du, wie viele Psychiater und Psychologen es gibt? Es wäre schon ein extremer Zufall, wenn ausgerechnet eine der Kolleginnen oder einer der Kollegen, die ich kenne, etwas mit dem Namen Kernbach anfangen könnte.«

»Ja, ich weiß, aber ich klammere mich gerade an jeden Strohhalm. Bandel versucht, etwas über Kernbachs Umfeld herauszufinden, und ich werde noch mal Eslem Keskin kontaktieren müssen. Wir brauchen alles über Sebastian Kernbach, was wir kriegen können.«

»Ich befürchte, du wirst dir auch heute Morgen bei ihr wieder eine blutige Nase einfangen. Aus unerfindlichen Gründen hat sie wohl beschlossen, dir auf ewig das Leben schwerzumachen.«

»Das ist mir egal. Ich muss es zumindest versuchen, zumal ich ja sowieso wegen meiner Aussage ins Präsidium fahre.«

Der Anruf von Marianne Bormann fiel ihm wieder ein. »Aber zuerst sollte ich noch schnell einen anderen Anruf erledigen.«

Max wählte die Nummer von Bormanns Witwe und erreichte sie auch.

»Herr Bischoff! Danke, dass Sie zurückrufen. Sie haben meinen Anruf gestern Abend wahrscheinlich nicht registriert, und vielleicht ist es auch gar nicht wichtig, aber ich habe noch etwas in den Unterlagen meines Mannes gefunden, das Sie vermutlich interessieren könnte.«

Max verzichtete darauf, der Frau zu erklären, warum er ihren Anruf nicht hatte annehmen können.

»Okay. Um was geht es genau?«

»Wie es aussieht, hat mein Mann wohl so etwas wie ein Tagebuch geführt. Dort stehen viele private Dinge drin, auch zu den Unterhaltungen, die er mit Ihnen geführt hat.«

»Oh!«, sagte Max und fühlte sich ein wenig unbehaglich. In der Zeit nach Jennys Tod hatte er Bormann oft besucht und sehr intime Gespräche mit ihm über sein Seelenleben geführt. Er hoffte, dass der Professor nichts davon in sein Tagebuch geschrieben hatte.

Marianne Bormann schien zu spüren, was in Max vor sich ging, und sagte: »Sie brauchen sich keine Sorgen zu machen, dort stehen keine Einzelheiten, sondern nur allgemeine Überlegungen meines Mannes. Ich kann Ihnen versichern, dass er Sie sehr geschätzt hat.«

»Ja, das beruhte auf Gegenseitigkeit«, sagte Max erleichtert. »Wollten Sie mich nur darüber informieren, oder gibt es einen bestimmten Anlass dafür, dass Sie mir davon erzählen?«

»Es gibt da einen jüngeren Eintrag, in dem es auch um

Sie und um die Polizei geht, besser gesagt um die Leiterin des Kriminalkommissariats. Ich verstehe nicht recht, was da steht, aber vielleicht ist es trotzdem wichtig für Sie. Möchten Sie vorbeikommen und es sich anschauen?«

Max dachte daran, dass er einige Male mit Bormann über das schwierige Verhältnis gesprochen hatte, das er zu Eslem Keskin hatte. Vielleicht war es wirklich interessant für ihn, was Bormann dazu gedacht und aufgeschrieben hatte.

»Ja, gern.«

»Gut. Ich muss gleich noch los und habe einiges zu erledigen, aber in etwa anderthalb Stunden werde ich sicher wieder da sein.«

Das passte gut in Max' Zeitplan, bis dahin wäre er auf dem Präsidium fertig und konnte auf dem Rückweg zu Marianne Bormann fahren. Vielleicht würde das, was in Bormanns Tagebuch stand, ihm dabei helfen, mit Keskin besser klarzukommen und doch noch Informationen von ihr zu erhalten.

»Wunderbar. Ich komme dann in etwa eineinhalb Stunden zu Ihnen. Vielen Dank, dass Sie mich informiert haben, und bis nachher.«

Max erzählte Marvin in wenigen Worten, worum es gegangen war, dann brachen sie auf zum Präsidium.

Max hatte befürchtet, dass Keskin dafür gesorgt hatte, dass Marvin nicht eingelassen wurde, doch man ließ sie beide passieren, als eine Beamtin des KK11, die Max nicht kannte, sie beim Pförtner abholte.

Schon die Tatsache, dass man ihn nicht allein durch

seine ehemalige Dienststelle laufen ließ, empfand Max als lächerlich, aber er wusste auch, die Dienstvorschriften verlangten, dass Zivilisten sich nur in Begleitung eines Beamten innerhalb des Kommissariats bewegen durften.

»Warten Sie bitte hier«, sagte die junge Frau und deutete auf drei Stühle, die zwischen den Türen von Keskins Arbeitsplatz und einem Großraumbüro standen. Dann klopfte sie an Keskins Tür, öffnete sie und sagte etwas, das Max nicht verstand, bevor sie die Tür wieder schloss und wegging.

Kopfschüttelnd, aber kommentarlos, ließ Max sich auf den äußeren Stuhl fallen.

»Mir scheint, Keskin lässt dich jetzt in den vollen Genuss einer Behandlung von zivilen Zeugen kommen«, bemerkte Marvin mit einem süffisanten Unterton.

»Soll sie«, knurrte Max, der nicht bereit war, sich über die Situation aufzuregen.

Ganze zehn Minuten mussten sie warten, bis die Tür sich öffnete und Eslem Keskin sie mit ernster Miene ansah. »Kommen Sie«, sagte sie knapp, dann verschwand sie wieder in ihrem Büro.

Max und Marvin betraten den Raum, in dem Keskin bereits hinter ihrem Schreibtisch Platz genommen hatte. Sie deutete auf die Stühle. »Setzen Sie sich.«

Max rechnete damit, dass Keskin ihn sofort auf seinen nächtlichen Disput mit ihr ansprechen würde, doch stattdessen sagte sie: »Ich lasse gerade eine SoKo zusammenstellen, in der alle verfügbaren Kolleginnen und Kollegen mitarbeiten werden. Oberste Priorität hat die Suche nach

Frau Brosius.« Sie griff nach einem Blatt Papier, das vor ihr auf dem Schreibtisch lag. »Sebastian Kernbach hat bis vor einem halben Jahr in einem Autozubehörgeschäft gearbeitet. Dann ist er entlassen worden, weil er immer wieder unentschuldigt gefehlt hat. Seine Arbeitskollegen beschreiben ihn als einen sehr introvertierten Menschen, der ihres Wissens keine Freunde hatte. Auch von einer Beziehung wussten weder die Kollegen noch sein Chef etwas.

Davor hat Kernbach in Köln gelebt, wo er lange arbeitslos war. Er war nie verheiratet und gilt, wie schon erwähnt, bei Leuten, die mit ihm zu tun hatten, als Eigenbrötler.« Sie sah von dem Blatt auf. »Mehr haben wir im Moment noch nicht, aber wir sind weiter dran. Ach ja, wir versuchen herauszufinden, bei welchem Provider er einen Handyvertrag hat, um das Telefon orten zu können, aber das kann dauern.«

»Wenn er nicht völlig intelligenzresistent ist, hat er eh ein Prepaid-Handy«, warf Marvin ein, doch Max schüttelte den Kopf. »Nicht zwingend. Ich habe den Eindruck, dass man bei ihm mit allem rechnen muss.« Er sah zu Keskin hinüber. »Vielen Dank für die Informationen. Ich bin … überrascht.«

»Das dachte ich mir. Das brauchen Sie aber nicht zu sein. Ich habe darüber nachgedacht, was Sie in der letzten Nacht gesagt haben, und muss eingestehen, dass Sie vielleicht in dem einen oder anderen Punkt recht hatten. Ich verbitte mir nach wie vor, dass Sie mir die Schuld für das geben, was mit der Kollegin Brosius passieren könnte, aber ich räume ein, vielleicht die Situation um Frau Klauber und Herrn Kernbach zunächst nicht ganz richtig eingeschätzt zu haben. Auch, was Sie betrifft.«

Max fand zwar, dass das sehr vage formuliert war, aber wichtig war im Moment nur, dass Keskin sich offensichtlich doch dazu entschlossen hatte, ihn mit Informationen zu versorgen, damit er die Polizei bei ihren Bemühungen unterstützen konnte, Jana und Dominique zu finden.

In diesem Moment wurde die Tür aufgerissen, und Peter Hillmeier, ein Oberkommissar, den Max noch von seiner aktiven Zeit her kannte, streckte den Kopf herein: »Dominique Klauber ist gefunden worden.«

38

Sie hebt den Kopf an, was ihr immer schwerer fällt. Allein, aufrecht sitzen zu müssen, bedeutet mittlerweile eine fast unmenschliche Kraftanstrengung für sie.

Inzwischen macht sie sich keine Illusionen mehr. Sie wird in diesem stinkenden Loch sterben, und zwar bald.

Wieder und wieder hat sie sich darüber den Kopf zerbrochen, was der Grund für ihre Entführung gewesen sein könnte, doch sie hat keinen Anhaltspunkt dafür gefunden. Aber auch solche Überlegungen schafft sie einfach nicht mehr.

Sie würde alles für einen Schluck Wasser geben. Selbst für einen Tropfen. Aber den wird sie nicht bekommen.

Es muss Tage her sein, seit ihr Entführer sie zurückgelassen hat. Zum Sterben zurückgelassen, das weiß sie jetzt.

Wieder denkt sie an … an … Sie hat seinen Namen vergessen. Wie ist das möglich? Wie kann es sein, dass ihr der Name des Mannes nicht mehr einfällt, den sie liebt?

Unvermittelt beginnt sie zu lachen. Das ist eine wirklich witzige Sache. Sie schüttelt den Kopf und lacht und lacht. Dann geht das Lachen in Schluchzen über. In einen Weinkrampf. Sie glaubt zu spüren, wie der Stoff auf ihren Augen nass wird von ihren Tränen, doch dann wird ihr klar, dass das Einbildung ist. Wunschdenken. Sie hat schon lange keinen Tränen mehr. Aber sie kann nicht aufhören zu weinen. Vor Erschöpfung sinkt ihr Kopf nach vorn, bis ihr Kinn die Brust berührt, und innerhalb weniger Sekunden dämmert sie weg. Das Letzte, was sie noch wahrnimmt, ist dieser unerträgliche Gestank.

39

Instinktiv sprangen alle drei von ihren Stühlen auf. »Wo?«, fragten Max und Keskin gleichzeitig.

»In Flingern«, erklärte Hillmeier. »Sie lag auf einem Weg am Stadtrand. Spaziergänger haben sie entdeckt und den Notruf gewählt. Sie scheint ziemlich übel zugerichtet zu sein, aber sie lebt.«

»Was ist mit Jana?«, fragte Max schnell und hatte im gleichen Moment Angst vor der Antwort.

Hillmeier schüttelte den Kopf. »Das weiß ich nicht. Bei dieser Frau handelt es sich um Dominique Klauber.«

»Ist sie im Krankenhaus?«, erkundigte sich Keskin.

»Sie wird gerade mit einem NAW in eines gebracht. Ich weiß aber nicht, in welches. Und sie wird von Kolleginnen begleitet.«

Keine zwei Minuten später wussten sie, dass Dominique in der Uniklinik eingetroffen war.

Max und Marvin fuhren mit ihrem eigenen Wagen, Keskin mit einer Kollegin im Dienstwagen.

»Ich frage mich, wie sie es geschafft hat, Kernbach zu entkommen«, sagte Marvin, nachdem sie losgefahren waren.

Max zuckte mit den Schultern. »Viel wichtiger finde ich

die Frage, ob sie weiß, wo er Jana festhält. Ich hoffe, sie ist ansprechbar.«

Als sie im Krankenhaus ankamen, war Keskin schon dort, saß aber mit ihrer Kollegin und Martin Kaufmann, der kurz vor Max beim KK11 angefangen hatte, in einem Wartebereich. »Sie wird gerade untersucht«, erklärte sie, als Max und Marvin eintraten. »Ich habe den Ärzten gesagt, dass wir sofort mit ihr sprechen müssen, weil ein Menschenleben davon abhängen kann.«

Kaufmann kam auf Max zu und reichte ihm die Hand. »Hallo, Max, ich würde sagen, schön, dich zu sehen, aber das wäre unter den gegebenen Umständen wohl nicht angebracht.«

»Hallo, Martin, doch, es ist trotzdem schön zu wissen, dass du dabei bist.«

Minuten später kam eine Ärztin in den Wartebereich und wandte sich an Keskin. »Sie hat viele Verletzungen, aber die meisten davon scheinen nur oberflächlich zu sein. Es geht ihr den Umständen entsprechend gut, und Sie können jetzt zu ihr.« Nach einem Rundumblick fügte sie hinzu: »Aber bitte nicht mehr als zwei Personen, das würde sie sonst überfordern. Sie steht noch sehr unter dem Eindruck dessen, was sie erlebt hat.«

Keskin sah Max an und nickte ihm zu. »Möchten Sie mitkommen?«

»Ja, gern«, antwortete Max überrascht. Er wurde aus dieser Frau einfach nicht schlau, aber das war in diesem Moment nebensächlich.

Man hatte offenbar das Bett, in dem Dominique lag, gerade erst in das Zimmer geschoben, denn als Keskin und Max den Raum betraten, war ein Pfleger noch damit beschäftigt, das Bett in die richtige Position zu bringen.

Keskin sog scharf die Luft ein, als sie Dominique sah.

Ihr Gesicht war immer noch geschwollen, aber nicht mehr so schlimm wie am Tag zuvor. Ein Auge war noch halb geschlossen, die Lippen verkrustet. Die Blutergüsse waren mittlerweile grüngelb.

»Max!«, stieß Dominique aus, als sie ihn erkannte. »Gott sei Dank, es geht dir gut. Sie haben dich befreit.«

Max trat an das Bett und legte ihr die Hand auf den Unterarm. »Ich konnte mich selbst befreien und entkommen und du dich ja offensichtlich auch. Zum Glück! Aber wo ist Jana? Wie geht es ihr?«

Trotz der Schwellungen und Verfärbungen bemerkte Max den Schatten, der über ihr Gesicht huschte.

»Ich …«, setzte sie an und schluckte. In ihren Augen sammelten sich Tränen. Plötzlich stand Keskin neben Max. »Reißen Sie sich bitte zusammen, es ist wichtig. Können Sie uns sagen, wo Herr Kernbach sich jetzt aufhält und wie es Frau Brosius geht?«

Dominique beachtete sie nicht, sondern hielt den Blick starr auf Max gerichtet. »Er hat gesagt, sie ist tot.«

Es entstand eine fast schmerzhafte Stille, in der Max dem Drang widerstand, loszuschreien, Dominique an den Schultern zu packen und zu schütteln, so lange, bis sie zugab, sich geirrt zu haben. »Das … kann nicht sein«, hörte er sich mit rauer Stimme sagen. »Das ist nicht wahr. Er hat gelogen. Ich spüre, dass sie noch lebt.«

»Ja«, sagte Dominique leise, »er hat mich auch oft angelogen. Ich glaube, dass sie noch am Leben ist.«

»Haben Sie eine Idee, wo er Frau Brosius hingebracht hat?«, schaltete Keskin sich wieder ein.

»Nein.«

Max zwang seine Gedanken zur Ruhe. Wenn er jetzt durchdrehte, hätte Jana tatsächlich keine Chance mehr.

»Wie und wo bist du in diese Situation geraten, und wie konntest du fliehen?«

»Er ist plötzlich in meiner Wohnung aufgetaucht«, erklärte sie. »Er war stark betrunken.«

Max nickte. »Das habe ich gerochen.«

»Er war noch seltsamer als sonst. Er hat kein Wort gesagt, ist auf mich zugekommen und hat mir mit etwas in den Hals gestochen. Dann wurde alles schwarz.«

Genau wie bei mir, dachte Max.

»Aufgewacht bin ich auf dem Stuhl in diesem Raum, in dem du auch warst. Als er mich von dem Stuhl losgebunden hat, habe ich ihn weggestoßen und mir die Augenbinde abgerissen. Ich habe dich gefesselt auf dem Stuhl sitzen sehen und bin sofort zu dir gelaufen, weil ich dich befreien wollte. Aber er hat mich daran gehindert.«

Das passte zu den Geräuschen, die Max gehört hatte.

»Er hat mir die Augenbinde nicht wieder angelegt, aber die Hände hinter dem Rücken gefesselt. Dabei habe ich die Handgelenke auseinandergedrückt. Er war zu betrunken, um es zu merken. Wir sind nach oben gegangen und dann nach draußen. Ich habe mich die ganze Zeit mit den Fesseln beschäftigt und sie gelockert.«

Sie machte eine Pause, in der Max einen Blick mit Keskin tauschte und dabei kaum merklich den Kopf schüttelte. Es würde nichts bringen, Dominique jetzt zu drängen. »Da war ein großes, altes Gebäude, aus dem wir gekommen sind, und gegenüber noch eines. Ein Stück entfernt hat sein Auto gestanden und dahinter, glaube ich, noch ein weiteres. Ich … ich hatte panische Angst, weil er gesagt hat, er würde mich jetzt umbringen. Ich wusste, er meint es ernst.

Als ich dann eine Hand aus der Fessel herausziehen konnte, habe ich mich von ihm losgerissen und bin gerannt.« Sie sprach immer schneller. »Ich habe mich nicht mehr umgedreht, ich bin nur noch gerannt. Dann sah ich eine Straße, die ich nicht kannte. Da standen keine Wohnhäuser, nur irgendwelche Firmen. Alles war dunkel. Ich bin gelaufen und gelaufen. Und dann ist plötzlich alles schwarz geworden.

Als ich zu mir gekommen bin, haben Leute auf mich eingeredet. Dann traf die Polizei ein. Denen habe ich gesagt, dass du noch in diesem Gebäude gefangen bist und dass sie dich da rausholen müssen. Dann wurde ich wieder ohnmächtig.«

»Also gut«, sagte Keskin. »Das war die Geschichte, wie Sie entkommen sind. Allerdings hilft uns das nicht weiter in Bezug auf den Aufenthaltsort von Frau Brosius. Ich werde jetzt meinen Kollegen reinschicken, der wird Ihnen einige Fragen zu Herrn Kernbach stellen. Es ist extrem wichtig, dass Sie ihm nichts verschweigen.«

Keskin wandte sich ab, blieb aber an der Tür stehen und sagte: »Herr Bischoff, wir tauschen uns aus?«

»Ja, sicher«, entgegnete Max, woraufhin sie das Zimmer verließ. Max war mit Dominique allein.

Sie tastete nach seiner Hand. »Ich hatte solche Angst.«

»Ich weiß, aber jetzt bist du in Sicherheit.«

»Ich hatte nicht nur Angst um mich, sondern auch um dich.«

»Aber ich konnte auch entkommen. Nur Jana ist noch in seiner Gewalt. Wir müssen sie schnellstmöglich finden. Du musst bitte dem Beamten alles sagen, was du weißt. Jede Kleinigkeit kann wichtig sein.«

»Das tue ich. Max? Darf ich dir eine Frage stellen?«

»Ja, natürlich.«

»Werden wir Freunde bleiben, wenn das alles vorbei ist?«

»Natürlich werden wir das.«

Sie drückte seine Hand. »Danke. Ich wüsste nicht, was ich tun sollte, wenn es dich nicht gäbe.«

Die Tür öffnete sich, Kaufmann kam herein und nickte Max zu.

»Kleinen Moment, ich bin gleich weg«, erklärte Max und wandte sich wieder an Dominique. »Eines würde mich noch interessieren: Warum schaust du dir immer noch die DVDs von Jennifer an?«

Sie sah ihn verständnislos an. »Was meinst du?«

»Die DVDs in deiner Wohnung. Eine davon lag im Player, also war es die letzte, die du dir anschauen wolltest.«

»Wieso in meiner Wohnung … ich verstehe nicht … Die DVDs sind schon lange nicht mehr in meiner Wohnung. Sie waren irgendwann nicht mehr da. Ich denke, Sebastian hat sie vor Wochen schon wieder mitgenommen.«

»Du denkst? Hast du ihn nicht gefragt?«

Sie lächelte traurig. »Ich habe gelernt, Sebastian keine Fragen zu stellen, die ihn wütend machen könnten. Und alles, was mit Jennifer Sommer zu tun hat, macht ihn schrecklich wütend.«

Max zog die Stirn kraus. »Wenn die DVDs schon seit Wochen verschwunden waren, bedeutet das ja, jemand muss sie wieder in deiner Wohnung deponiert haben.«

Max dachte an die DVD, die falsch herum in den Player eingelegt war.

»Das kann nur Sebastian gewesen sein, als er mich in meiner Wohnung überfallen hat.«

»Aber warum tut er das?«

»Ich weiß es nicht. Ich weiß schon lange nicht mehr, warum er tut, was er tut.« Und leiser fügte sie hinzu: »Eigentlich habe ich es nie gewusst.«

40

Als Max zurück in den Wartebereich kam, betrachtete Marvin ihn mit ernster Miene.

»Ist Keskin schon weg?«, erkundigte sich Max.

»Ja, sie ist gleich verschwunden, nachdem sie das Zimmer verlassen hat. Ich bin nicht böse darum. Ich hätte mich mit Smalltalk bei ihr schwergetan.« Erneut sah er Max in die Augen und zog die Stirn kraus. »Was ist da drin passiert?«

Max erzählte ihm von seiner Unterhaltung mit Dominique, woraufhin Marvin nickte. »Also gut. Ich neige ebenfalls zu der Überzeugung, dass Jana noch am Leben ist. Ich denke, wir sollten uns schleunigst noch mal mit dem Nachbarn von Dominique unterhalten. Wenn Kernbach sie betäubt hat, musste er sie irgendwie aus der Wohnung schaffen, was selbst bei einer zierlichen Frau wie ihr dennoch mit einiger Mühe verbunden ist. Vielleicht hat der Nachbar ja etwas bemerkt.«

»Wir denken ähnlich«, sagte Max. »Aber Feldmann fuhr gerade mit dem Auto vor, als ich schon vor der Tür stand. Das bedeutet, er war mit großer Wahrscheinlichkeit gar nicht da, als Kernbach Dominique aus der Wohnung geschafft hat. Ich möchte mich aber trotzdem noch mal mit ihm unterhalten. Allerdings ist es Freitagvormittag, und er wird wahrscheinlich bei der Arbeit sein.«

»Hast du seine Telefonnummer?«

»Nein, lass es uns auf gut Glück versuchen. Aber zuvor muss ich noch wie besprochen bei Frau Bormann vorbei.«

Kurz bevor sie in Volmerswerth bei Marianne Bormann ankamen, rief Böhmer an und erkundigte sich danach, wie es Dominique ging. Er hatte von einem Kollegen erfahren, dass sie gefunden worden war. Max versicherte ihm, dass es ihr den Umständen entsprechend gut ging, und beendete mit dem Versprechen, sich wieder zu melden, wenn es etwas Neues gab, das Gespräch.

Als Max den Wagen vor Bormanns Haus zum Stehen brachte, stieg Marvin mit aus und begleitete ihn zur Haustür. Max war gespannt, wie Marianne Bormann auf den Wissenschaftler reagieren würde.

Als sie die Tür öffnete, blieb ihr Blick jedoch nur kurz an Marvin hängen, dann wandte sie sich an Max. »Schön, dass Sie gekommen sind.«

»Guten Morgen. Darf ich Ihnen Herrn Dr. Wagner vorstellen? Er ist Psychologe und Schriftgutachter. Wir haben schon öfter zusammengearbeitet, er ist mit seinem Fachwissen eine große Hilfe.«

»Freut mich, Sie kennenzulernen«, sagte sie und reichte Marvin die Hand. Als er galant einen Handkuss andeutete, sah Max sofort, dass er gewonnen hatte. Sie schenkte Marvin ein fast schon verlegenes Lächeln.

»Es gibt sie also noch, die Kavaliere der alten Schule«,

sagte sie und wies ins Haus. »Aber bitte, treten Sie doch ein.«

Ohne auf die beiden zu warten, drehte sie sich um und ging voraus.

»Was für eine reizende Dame«, flüsterte Marvin, als er hinter Max das Haus betrat.

Im Wohnzimmer wartete Marianne Bormann schon auf sie und deutete auf die schweren englischen Ledermöbel in dunklem Rot. »Setzen Sie sich. Darf ich Ihnen etwas anbieten?«

»Danke, nein«, wehrte Max ab. »Wir müssen gleich wieder los. Meine … Die verschwundene Polizistin, von der ich Ihnen erzählt habe, ist noch nicht wieder aufgetaucht. Wir müssen sie schnellstmöglich finden.«

»Das verstehe ich.« Sie zeigte auf ein Notizbuch, das dem, das Bormann Max vermacht hatte, sehr ähnelte.

»Da drin steht dieser merkwürdige Eintrag. Ich bin gespannt, ob Sie etwas damit anfangen können. Moment.«

Sie nahm das Notizbuch, schlug es auf und blätterte eine Weile darin herum, bis sie die richtige Stelle gefunden hatte. Dann reichte sie es Max. »Hier, es ist einer seiner letzten Einträge.«

Das Datum besagte, dass die Zeilen knapp zwei Wochen vor Bormanns Tod verfasst worden waren.

Max las, und mit jedem Satz konnte er weniger glauben, was da stand. *Wollte* es weniger glauben. Als er schließlich geendet hatte, starrte er eine Weile mit leerem Blick auf die Wörter. Seine Gedanken überschlugen sich, und eine unglaubliche Wut wuchs in ihm.

»Heißa!«, sagte neben ihm Marvin, der mitgelesen hatte.

»Und? Können Sie sich einen Reim darauf machen?«, fragte Marianne Bormann.

Max nickte mechanisch und musste dagegen ankämpfen, vor Wut aufzuschreien. »Allerdings. Darf ich ein Foto davon machen?«

»Ja, natürlich. Aber was bedeutet das, was da steht?«

Max legte das Buch aufgeschlagen auf den Tisch, zog sein Telefon aus der Jacke und schoss ein paar Fotos.

»Das betrifft ein Gespräch, das Ihr Mann wohl vor kurzem hatte. Polizei-Interna.« Er klappte den Deckel zu und steckte das Telefon wieder ein.

»Wir müssen jetzt los«, brachte er, bemüht um einen halbwegs normalen Ton, heraus. »Danke, dass Sie mir das gezeigt haben.«

»Sehr gern, offensichtlich betrifft es Sie ja.«

»Das tut es. Bis bald.«

Max wandte sich ab und verließ, gefolgt von Marvin, das Haus. Es brodelte in ihm wie in einem Vulkan, und er musste alle Kraft aufbringen, einen Ausbruch zu verhindern. Noch.

»Ich schätze, es geht nicht zu Feldmann, sondern zum Präsidium«, orakelte Marvin. »Ich fahre.«

41

Auf der Fahrt zum Präsidium hockte Max schweigend neben Marvin, der es schon bald aufgab, ihn anzusprechen. In Max' Kopf herrschte ein Chaos aus Gedanken, von denen die wenigsten geeignet gewesen wären, sie offen auszusprechen. Fassungslos ließ er Bormanns Tagebucheintrag wieder und wieder im Geiste Revue passieren und suchte nach einer Erklärung, doch er fand keine.

Als Marvin den Wagen auf dem Parkplatz abgestellt hatte, sprang Max hinaus und lief zügig auf den Eingang zu, ohne sich um Marvin zu kümmern. Der Wissenschaftler würde ihm folgen, das wusste er.

Er sagte dem Polizisten an der Pforte, zu wem er wollte, und wartete ungeduldig, bis der einen Anruf getätigt hatte.

»Sie werden gleich abgeholt«, bestätigte der junge Mann, nachdem er aufgelegt hatte.

In den zwei Minuten, die vergingen, bis ein Beamter an der Schleuse erschien, lief Max unruhig wie ein Tiger im Käfig hin und her. Marvin hielt sich ein wenig abseits und störte ihn nicht.

Kurz darauf standen sie vor Keskins Büro. Max bat Marvin, im Flur zu warten, atmete noch einmal tief durch und öffnete die Tür.

Keskin sah von einem Schriftstück auf, das sie offenbar gerade gelesen hatte. »Normalerweise klopft man an, wenn man ein Dienstzimmer betritt«, sagte sie kühl.

»Normal ist gerade nicht«, entgegnete Max harsch, dann setzte er sich unaufgefordert auf einen der Stühle vor ihrem Schreibtisch und zog sein Telefon heraus, während Keskin sagte: »Ich habe mir vorgenommen, Ihnen gegenüber nachsichtiger zu sein, aber es fällt mir schwer, Ihr Benehmen zu akzeptieren.«

Ohne darauf einzugehen, öffnete Max die Bildergalerie und dort eine der Aufnahmen, die er von Bormanns Notizbuch gemacht hatte. Er vergrößerte diese so weit, dass der Text gut zu erkennen war, dann las er laut vor:

Ich komme soeben von einem Gespräch mit der Leiterin des KK11 zurück und bin erleichtert.
Nach reiflicher Überlegung habe ich, so denke ich, einen gangbaren Weg gefunden, um mit der Situation um Sebastian Kernbach und dem Objekt seines Hasses, bei dem ich denke, dass es sich um Max Bischoff handelt, umzugehen.
Ich habe in diesem Gespräch meiner Sorge darüber Ausdruck verliehen, dass es jemanden gibt, der enorme Rachegelüste einer Person gegenüber hegt, die ich mit hoher Wahrscheinlichkeit als Max Bischoff zu identifizieren glaube. Und dass nicht auszuschließen ist, dass von dem Hass, der aus diesen Rachegefühlen resultiert, auch Personen aus Max' näherem Umfeld betroffen sind. Ich habe der Leiterin des KK11 zugesichert, dass ich, sobald sich auf irgendeine Art tatsächlich eine Gefahr für Max Bischoff oder eine ihm nahestehende Person abzeichnet, be-

reit bin, ihr den Namen meines Patienten zu nennen. Aber erst dann.

Die Leiterin des KK11 hat mir daraufhin versichert, sich der Sache anzunehmen und sowohl mit Max als auch mit den ihm nahestehenden Personen Gespräche zu führen. Ich denke, dass damit eine Lösung gefunden ist, mit der ich meiner Sorge um Max Rechnung getragen habe, ohne dabei meine Schweigepflicht zu verletzen. Zumindest nicht zum jetzigen Zeitpunkt und auf einen nicht gesicherten Verdacht hin.

Max ließ das Smartphone sinken und starrte Keskin an. Sie war blass geworden, und die Art, wie sie auf dem Schreibtisch die Finger ineinander verknotete, deutete auf eine erhebliche Nervosität hin. Als sie es selbst bemerkte, legte sie die Hände schnell in den Schoß.

»Und? Was wollen Sie jetzt von mir?« Sie versuchte, ihrer Stimme einen festen Klang zu geben, was allerdings kläglich misslang.

»Sie haben es gewusst«, presste Max hervor. »Bormann hat Sie gewarnt, und Sie haben nichts unternommen. Sie haben weder mich, noch Böhmer oder Jana gewarnt, und selbst als Jana verschwunden war, haben Sie keinen Ton von dem gesagt, was Sie von Professor Bormann erfahren hatten.«

»Bormann war zu diesem Zeitpunkt schon tot.«

»Aber ich nicht, verdammt nochmal«, schrie Max und sprang auf. »Und Horst nicht und auch Jana nicht, was jetzt allerdings nicht mehr sicher ist. Durch Ihre Unfähigkeit, Sturheit und bornierte Idiotie, was mich betrifft. Bormann war im krassen Gegensatz zu Ihnen verdammt intelligent. Auf der einen Seite hat er Ihnen von der Gefahr berichtet, ohne den Namen seines Patienten zu verraten, auf der anderen Seite hat er mir eine Notiz hinterlassen, in der er mir Hinweise auf den Mann gegeben hat. Wenn Sie mir etwas von Ihrem Gespräch gesagt hätten, so, wie sie es dem Professor versicherten, hätte man beide Informationen zusammenbringen können, und vieles von dem, was geschehen ist, wäre nicht passiert. Und Jana …«

Die Tür wurde aufgerissen, und ein Beamter in Max' Alter sah besorgt herein. »Alles in Ordnung?«

»Ja, verdammt«, herrschte Max ihn an. Als sich der Mann daraufhin straffte, sagte Keskin: »Schon gut, lassen Sie uns allein.«

Nach einigem Zögern schloss der Beamte schließlich wieder die Tür.

Max trat zum Fenster und starrte hinaus. Sein Atem ging stoßweise, sein Herz hämmerte wie verrückt gegen die Rippen. Hinter ihm herrschte Stille. Nicht nur, dass Keskin nichts sagte, sie schien sich auch nicht zu bewegen.

»Warum?«, fragte Max gegen die Scheibe. »Warum haben Sie das verschwiegen?«

»Wissen Sie, wie viele Warnungen wir von irgendwelchen Leuten bekommen? Wenn ich das alles ernst nehmen würde, müsste sich mein Kommissariat nur noch damit beschäftigen.«

»Irgendwelchen Leuten?« Max wandte sich wieder Keskins Schreibtisch zu. »Allein dafür müsste man Sie wegen unfassbarer Unfähigkeit sofort aus dem Polizeidienst entfernen. Professor Bormann war einer der renommiertesten Psychologen und Fallanalytiker Deutschlands. Und es ging dabei konkret um zwei Ihrer Mitarbeiter, die in Gefahr waren. Lassen wir mich mal außen vor, weil ich weiß, dass es Sie keinen Deut interessiert, was mit mir geschieht. Sie, Frau *Kriminalrätin*, tragen die Verantwortung für das, was gerade passiert.«

»Was werden Sie jetzt tun?«, fragte Keskin und konnte die Unsicherheit in ihrer Stimme nicht verbergen.

»Ich werde Jana suchen«, entgegnete Max und ging auf die Tür zu. Die Hand auf der Klinke, drehte er sich noch einmal zu ihr um. »Sollte Jana nicht mehr am Leben sein, dann gnade Ihnen Gott.«

Draußen stand Marvin neben der Tür und sah ihn besorgt an. »Hast du etwas getan, wofür man dich einsperren wird?«

»Noch nicht«, entgegnete Max und lief den Flur entlang zum Treppenhaus.

42

Als sie das Präsidium verlassen hatten, blieb Max stehen und schüttelte den Kopf. »Ich kann es immer noch nicht glauben. Ich wusste ja, dass sie schwierig ist und sicher nicht die beste Führungskraft, aber das übertrifft alles, was ich ihr an Unfähigkeit zugetraut habe.«

»Du musst sie als Laune der Natur sehen, erschaffen, um die Menschen, die mit ihr zu tun haben, auf die Probe zu stellen.«

»Nur dass diese Laune dafür verantwortlich ist, was gerade mit Jana geschieht. Sie hat wichtige Hinweise verschwiegen, sogar als sicher war, dass diese berechtigt sind. Damit hat sie das Leben mehrerer Menschen aufs Spiel gesetzt.«

»Sie konnte nicht mehr zurück«, erklärte Marvin. »Als sie gemerkt hat, dass Professor Bormanns Vermutungen zutrafen, war es zu spät. Sie hätte zugeben müssen, zu lange geschwiegen zu haben.«

»Aber ihr musste doch klar sein, dass sie damit nicht durchkommt«, erwiderte Max.

»Ich denke, das war ihr nicht klar. Sie hat wahrscheinlich gehofft, durch Bormanns Tod würde das Gespräch zwischen ihr und ihm nie bekannt werden.«

»Wie auch immer, darum kümmere ich mich später. Jetzt hat Jana absolute Priorität. Lass uns nachschauen, ob Feldmann zu Hause ist. Während der Fahrt rufe ich Böhmer an. Ich schätze, der wird in seinen Infusionsschlauch beißen, wenn er von der Sache hört.«

Sie erreichten den Wagen und fuhren los.

»Sag mir bitte, dass das einer deiner ganz wenigen richtig schlechten Scherze ist«, raunte Böhmer kurze Zeit später, nachdem Max ihm von Bormanns Notiz erzählt hatte.

»Leider nein.«

»Bist du auf dem Weg zu ihr, oder kommst du gerade von dort?«

»Ich war schon bei ihr.«

»Und?«

»Ich habe ihr erklärt, was ich von ihr halte. Und dass ich sie dafür verantwortlich mache, wenn Jana etwas passiert ist.«

»Okay, das … das kann man ihr nicht mehr durchgehen lassen.«

Max stellte fest, dass er seinen Expartner zum ersten Mal derart verunsichert erlebte.

»Das werde ich auch nicht, darauf kannst du dich verlassen. Aber jetzt müssen wir den Fokus darauf legen, Jana zu finden. Alles andere muss warten.«

»Okay. Ich schätze, ich werde heute hier rauskommen, dann kann ich euch endlich helfen.«

»Vergiss es, du hast ein Loch im Schädel.«

»Möchtest du Jana finden oder nicht?«

»Natürlich möchte ich das, aber du kannst …«

»Dann hör mit diesem *Mimimi* auf. Ich weiß schon, was ich kann und was nicht. Ist Wagner bei dir?«

»Ja.«

»Was macht ihr jetzt?«

»Wir sind unterwegs zu Feldmann, Dominiques Nachbarn in der ersten Etage. Vielleicht hat er irgendetwas bemerkt, als Kernbach sie aus der Wohnung geschafft hat.«

Wie sich wenig später herausstellte, war Feldmann entweder nicht zu Hause, oder er öffnete ihnen nicht.

»Das stand zu befürchten«, kommentierte Marvin und wollte sich schon abwenden, doch Max sagte: »Moment noch. Es gibt eine Treppe von Feldmanns Balkon nach unten. Die kam er herunter, als er mich in Dominiques Wohnung beobachtet hat. Vielleicht kann man von dem Balkon aus auch in seine Wohnung schauen.«

Sie gingen am Haus vorbei in den Garten, wo Max einen Blick durch das Fenster in Dominiques Wohnzimmer warf, bevor er sich der Treppe zuwandte. Auf Feldmanns Balkon stand ein kleiner weißer Tisch mit einem Klappstuhl, in der Ecke eine leere Bierkiste, sonst nichts. Max trat dicht an das Fenster heran, das die gleichen Ausmaße hatte wie das von Dominiques Wohnung, und schaute hindurch. Der Raum schien etwas größer zu sein als im Erdgeschoss. Die Einrichtung wirkte altbacken: ein brauner Eichenholzschrank und eine abgenutzte Couchgarnitur aus beigefarbenen Cord. Zu sehen war allerdings niemand.

Max hob die Hand und klopfte mehrmals gegen die Scheibe, doch es tat sich nichts.

Schließlich gab er auf. »Er scheint zu arbeiten. Versuchen wir es gegen Abend noch mal.«

Zurück im Auto, sagte Marvin: »Was machen wir jetzt?«

Max zuckte resigniert mit den Schultern. »Ich weiß es ehrlich gesagt nicht. Ich muss gestehen, ich bin mit meinem Latein am Ende. Nach meiner letzten Unterhaltung mit Keskin wird sie mir gegenüber sicher vollkommen dichtmachen.«

»Was ist mit Bandel?«

»Ich schlage vor, du kontaktierst ihn noch mal. Ich muss eine Weile allein sein, um nachzudenken. Vielleicht fällt mir etwas ein.«

Sie waren gerade losgefahren, als Dominique anrief. »Hallo, Max, ich … ich wollte hören, ob ihr schon weitergekommen seid.«

»Erst einmal: Wie geht es dir?«

»So weit ganz gut. Gibt es denn schon etwas Neues?«

»Nein, leider nicht. Wir waren gerade bei deinem Nachbarn und wollten uns mit ihm unterhalten, aber er war nicht zu Hause. Weißt du, wo er arbeitet?«

»Nein, so gut kennen wir uns nicht.«

»Immerhin hat er deinen Wohnungsschlüssel.«

»Aber nur, weil ich mich schon zweimal ausgesperrt habe. Sebastian war sehr wütend, als er gehört hat, dass ich Feldmann meinen Wohnungsschlüssel gegeben habe.«

»Anscheinend war Herr Kernbach über alles wütend, das du getan hast.«

»Ja«, sagte sie leise. »Max?«

»Ja?«

»Ich wollte dir noch sagen, dass es schön ist, dass es dich gibt. Es tut mir gut, deine Stimme zu hören.«

»Dann sieh mal zu, dass du schnell wieder fit wirst«, erwiderte Max lediglich.

»Ich werde das Krankenhaus heute Nachmittag verlassen.«

»Was? Heute Nachmittag schon?«

»Ja. Sie haben mich geröntgt und eine Ultraschalluntersuchung gemacht. Ich habe zum Glück keine Knochenbrüche oder inneren Verletzungen. Die blauen Flecke vergehen von selbst.«

»Du hattest großes Glück, dass im Gesicht nichts gebrochen ist, so wie der Kerl dich zugerichtet hat.«

»Das stimmt.«

»Okay, ich werde heute Abend nochmals versuchen, Feldmann anzutreffen.«

»Ich rufe dich an, sobald er nach Hause kommt, ja? Ich höre ihn, wenn er die Haustür aufschließt und durch seine Wohnung läuft.«

»Falls du dann schon wieder zu Hause bist, gern.«

»Bis später.«

»Okay.«

Max legte auf und richtete den Blick nach draußen.

»Und?«, fragte Marvin.

»Sie denkt, sie kann das Krankenhaus heute noch verlassen. Sie ruft an, sobald Feldmann nach Hause kommt.«

»Gut. Das heißt, wir fahren jetzt zu dir?«

»Ja. Ich brauche eine Stunde zum Nachdenken. Ist das okay?«

Marvin nickte. »Selbstverständlich. Wie sagte schon Albert Schweitzer: *Verzicht auf Denken ist geistige Bankrotterklärung.*« Er grinste. »Also, denke, lieber Max. Ich werde in der Zeit zusehen, ob ich vielleicht über Hauptkommissar Bandel an weitere Informationen zu Sebastian Kernbach komme.«

»Und bitte recherchiere doch mal, was du über Jennys Umfeld in den letzten Monaten vor ihrem Tod in Erfahrung bringen kannst. Ich glaube es zwar nicht, aber vielleicht taucht dort ja ein gewisser Sebastian Kernbach auf.«

»I will do my best.«

Zwanzig Minuten später stellte Marvin Max' Wagen auf seinem Parkplatz ab. Nachdem er verkündet hatte, einen Spaziergang zum Hotel zu machen und in einer Stunde wieder zurückzukommen, trennten sie sich, und Max ging ins Haus.

In seiner Wohnung zog er Jacke und Schuhe aus und legte sich auf die Couch. Es dauerte eine ganze Weile, bis er halbwegs zur Ruhe gekommen war, die Ereignisse der letzten vierundzwanzig Stunden waren noch sehr präsent und machten es ihm schwer, sich zu konzentrieren. Schließlich schaffte er es aber doch, seine Gedanken zu ordnen.

43

Ich habe denjenigen entführt, gegen den sich mein ganzer Hass richtet. Aber nicht nur ihn, sondern auch meine Freundin. Ich möchte sie töten. Warum?

Weil sie mir geholfen hat und meine Pläne kennt? Sie weiß einfach zu viel über mich. Aber hätte ich nicht auch befürchten müssen, dass sie mich schon früher verrät? Zumal ich sie wieder und wieder geschlagen habe? Warum bin ich dieses Risiko eingegangen? Weil ich mich darauf verlassen habe, dass meine Drohungen Wirkung zeigen.

Warum verlasse ich mich dann aber jetzt nicht mehr darauf? Nein, mein Plan, Dominique zu töten, muss einen anderen Hintergrund haben.

Ich entführe also Max Bischoff und sperre ihn in einen Raum mit meiner Freundin. Er ist derjenige, den ich so sehr hasse, dass ich dieses ganze Theater inszeniert habe. Dennoch zerre ich meine Freundin irgendwann heraus, um sie zu töten. Und weil ich stark alkoholisiert bin, lockere ich aus Versehen die Fesseln meines Feindes.

Und damit nicht genug, lasse ich sein Auto vor dem Gebäude stehen, in dem ich ihn festhalte. Mit seinem Handy darin. Die SIM-Karte habe ich zwar rausgenommen, damit man das Gerät nicht orten kann, aber ich lasse auch sie im Auto liegen.

Ich plane also über einen sehr langen Zeitraum meine Rache an Max Bischoff, und als es dann endlich so weit ist, betrinke ich mich und mache einen Fehler nach dem anderen.

Das passt nicht zusammen.

Aber vielleicht habe ich ja in Wahrheit gar keine Fehler gemacht? Vielleicht wollte ich nur diesen Eindruck erwecken? Aber warum? Weil ich wollte, *dass er entkommt. Und indem ich nicht nur die erste Frau entführe, für die er seit vielen Jahren wieder tiefe Gefühle hat, sondern danach auch noch Dominique, verpasse ich ihm gleich mehrere Tiefschläge. Ich lasse ihn mitanhören, dass ich Dominique töten werde, bevor ich ihn entkommen lasse.*

Ich möchte, dass die alten Wunden wieder aufreißen und er ab jetzt mit dem Bewusstsein lebt, Dominique genauso wenig retten zu können wie damals Jenny, der sie – auf mein Betreiben hin – so ähnlich ist. Und Jana auch nicht. Er soll sich schuldig fühlen, so sehr, dass diese Schuld für den Rest seines Lebens auf seinen Schultern lastet. Das ist meine wahre Rache. Aber dazu sind zwei Dinge nötig: Dominique muss noch sterben, nachdem sie mir entkommen ist.

Und Jana auch.

Max öffnete die Augen und starrte an die Decke, bevor er sich aufrichtete, nach seinem Handy griff und Dominique anrief.

»Wie schön, dass du mich anrufst«, sagte sie.

»Der Grund ist nicht so schön«, entgegnete Max. »Ich habe die Befürchtung, dass Kernbach noch mal versuchen könnte, dich zu töten. Hat er einen Schlüssel zu deiner Wohnung?«

»Ja sicher.«

»Das ist nicht gut.«

»Aber … denkst du das wirklich?«

»Ja, das befürchte ich tatsächlich.«

»Aber dann könnte man ihn doch fassen. Wenn die Polizei das Haus beobachtet, kann sie ihn überwältigen, sobald er bei mir auftaucht, oder?«

»Das würde bedeuten, dass du als Köder fungierst. Das ist viel zu gefährlich.«

»Gefährlicher als die letzten Tage und Wochen mit ihm? Das glaube ich kaum. Es ist lieb von dir, dass du dir solche Sorgen um mich machst, Max, aber das ist vielleicht die einzige Möglichkeit, ihn zu fassen.«

»Wann wirst du entlassen?«

»Die Ärztin sagte, in zwei oder drei Stunden müsste ich hier fertig sein.«

»Vielleicht wäre es besser, du bleibst noch länger im Krankenhaus?«

»Wenn er mich wirklich töten will, dann hindert ihn auch nichts daran, hierher zu kommen. Und dann geraten vielleicht noch andere Menschen in Gefahr.«

Max dachte kurz nach, bevor er sagte: »Mein Draht zur Polizei ist im Moment nicht der beste, aber ich spreche mal mit meinem Expartner darüber. Ruf mich auf jeden Fall an, bevor du das Krankenhaus verlässt, okay?«

»Kommst du mich abholen? Dann würde ich mich sicher fühlen.«

»Mal sehen.«

»Okay. Und danke, dass du dich so um mich sorgst. Das ist ein sehr schönes Gefühl.«

»Ich sorge mich um jeden, der in Gefahr ist. Das ist doch völlig normal.«

»Trotzdem, danke.«

Max legte auf und hatte das Telefon gerade weggelegt, als es an der Tür klingelte. Er warf einen Blick auf die Uhr, und tatsächlich war schon fast eine Stunde vergangen.

»Hauptkommissar Bandels Nachforschungen zu Kernbach haben nichts Neues ergeben«, erklärte Marvin, nachdem er die Wohnung betreten hatte. »Und ich bin bei der Suche nach Jennys Umfeld auch nicht erfolgreich gewesen. Da gab es einige Leute, aber Kernbach gehörte, zumindest soweit das bekannt ist, nicht dazu. Ich hoffe, dein Nachdenken hat mehr gefruchtet?«

Max erzählte Marvin von seinen Überlegungen zu Kernbach und seinen Befürchtungen wegen Dominique. Auch von seinem Gespräch mit ihr berichtete er. Marvin fragte einige Male nach Dominiques genauem Wortlaut, den Max ihm verwundert wiederholte. Als er fertig war, sah Marvin ihn an und sagte: »Sie ist in dich verliebt.«

»Was? Wie kommst du denn auf diese Idee?«, entgegnete Max, obwohl er sich eingestehen musste, dass ein ähnlicher Gedanke ihm während des Telefonates mit Dominique auch kurz gekommen war. Er hielt ihr Verhalten jedoch eher für eine aus der Situation geborene Schwärmerei.

»Das ist nicht allzu schwer zu erkennen. Du bist das genaue Gegenteil von Kernbach. Sie sucht den möglichst engen Kontakt mit dir und hält sich nur zurück, weil du so in Sorge um Jana bist.«

»Ja, natürlich bin ich völlig anders als Kernbach, aber

dass sie deshalb in mich verliebt ist, glaube ich kaum. Außerdem spielt das jetzt auch keine Rolle.«

»Ich bin sicher, das sieht Dominique anders. Wenn man bedenkt, wie ähnlich sie Jennifer Sommer ist und wie sehr du in diese Frau verliebt warst, dann kann es durchaus sein, dass du ihr unbewusst Signale gesendet hast, die sie falsch deutet.«

»Wie gesagt, jetzt geht es um andere Dinge. Wichtig ist nur, dass Kernbach nicht mehr an sie herankommt. Eigentlich wollte ich mit Böhmer darüber reden, aber ich denke, das bringt nichts. Ich muss das mit Keskin direkt ausmachen.«

»Den Stier bei den Hörnern packen«, stimmte Marvin zu. »Da hast du recht. Wenn das über Böhmer läuft, glaubt sie am Ende noch, du hättest Angst vor ihr.«

Also rief Max bei Eslem Keskin an.

»Ja?«, meldete sie sich, und Max hatte den Eindruck, in ihrer Stimme Unsicherheit zu hören.

»Ich bin sicher, Dominique Klauber ist immer noch in Gefahr.«

»Warum? Sie ist Kernbach entkommen, das heißt, ihm muss klar sein, dass die Polizei mittlerweile weiß, dass er der Entführer von Jana und Ihnen ist. Was nützt es ihm dann noch, ihr etwas anzutun? Ich glaube eher, er wird untertauchen.«

»Kernbach ist ein Mensch, der von Rache getrieben ist. Wenn sich alles tatsächlich so verhält, wie es sich im Moment darstellt, dann hat er über Jahre hinweg an einem Plan getüftelt, wie er mir den größtmöglichen Schaden zufügen kann. Ich bin mir fast sicher, dass er mich bewusst hat entkommen lassen, um den Leidensdruck auf mich zu erhöhen, wenn er Jana und Dominique etwas antut und ich sie nicht retten konnte.«

»Das denken Sie?«

»Ja. Die aus *Versehen* gelockerten Fesseln, mein Auto vor dem Gebäude, mit meinem Handy und der SIM-Karte darin … Das sind mir einfach zu viele Zufälle.«

»Tatsächlich haben wir hier intern ebenfalls schon darüber diskutiert, wie es sein kann, dass Kernbach so unglaublich fahrlässig handelt. Allein, Ihr Fahrzeug gut sichtbar auf dem Gelände stehen zu lassen, obwohl er damit rechnen muss, dass danach gefahndet wird.«

»Meine Schwester ist zum Glück aus der Schusslinie, weil er nicht weiß, wo sie sich aufhält. Aber Dominique ist für ihn greifbar. Sie ist bereit, den Lockvogel zu spielen, doch die Polizei muss gewährleisten, dass Kernbach gefasst wird, sobald er auftaucht.«

Nach einer Pause von vier, fünf Sekunden sagte Keskin: »Ich weiß nicht, ob Sie recht haben, aber ich möchte nicht noch mal den gleichen Fehler begehen. Ich bin also bereit, auf Ihren Vorschlag einzugehen.«

»Gut«, entgegnete Max, der keineswegs besänftigt, aber professionell genug war, seinen Ärger über Keskins Verhalten zurückzustellen und sich darauf zu konzentrieren, Kernbach das Handwerk zu legen. »Ich melde mich, wenn ich Dominique aus dem Krankenhaus abhole und nach Hause bringe.«

»Ich werde Beamte für ihren Schutz abstellen.«

»Danke.«

Max legte auf und wandte sich an Marvin. »Sie scheint zumindest ein schlechtes Gewissen zu haben. Das ist mehr, als ich ihr zugetraut habe.«

»Wie geht es jetzt weiter?«

»Sobald Dominique mich anruft, werde ich sie im Krankenhaus abholen. Keskin stellt ein paar Beamte ab, die das Haus beobachten. Wenn Kernbach auftaucht, schlagen sie zu.«

»Gesetzt den Fall, das funktioniert. Denkst du, er wird verraten, wo er Jana hingebracht hat?«

»Nein«, erwiderte Max ohne Zögern.

»Möchtest du einen Kaffee?«

»Gern.«

»Und danach klemmen wir uns beide vor unsere Computer. Ich kann nicht glauben, dass es im Netz nichts über Kernbach gibt. Hast du schon mal etwas von der *Wayback Machine* gehört?«

Marvin schüttelte den Kopf. »Nein.«

»Das ist eine Art Internetarchiv mit dem Ziel, seit Ende der neunziger Jahre sämtliche digitalen Daten und Informationen von allen Webseiten weltweit zu archivieren. Ob das zu einhundert Prozent gelingt, weiß ich nicht, aber dort findet man alle gelöschten Seiten. Das wäre vielleicht noch eine Chance.«

»Das klingt gut, und ich bin immer wieder überrascht über dein Wissen, lieber Max.«

Nachdem sie ihren Kaffee getrunken hatten, machten sie sich ans Werk.

Rund eineinhalb Stunden lang klickten sie sich durch viele Seiten, auf denen der Name Sebastian Kernbach auftauchte, doch in allen Fällen handelte es sich um andere Personen. Ein paar Seiten fanden sie, auf denen weder ein Foto noch eine nähere Beschreibung von Sebastian Kernbach vorhanden war. Dabei ging es meist um Zeitungsberichte über Vereine oder Firmen, die aber allesamt nicht in der Region Köln-Düsseldorf beheimatet waren.

Irgendwann lehnte Max sich zurück und rieb sich über das Gesicht.

»Es ist zum Verrücktwerden. Man könnte meinen, man hat es mit einem Geist zu tun. Aber das haben wir nicht. Ich habe Kernbach gesehen, und er sieht genauso aus wie der Sebastian Kernbach aus dem Melderegister, das Bandel mir geschickt hat.«

»Ich werfe mal einen ketzerischen Gedanken in den Raum«, sagte Marvin. »Dominique sieht auch aus wie Jenny, ist es aber nicht.«

Max kam nicht mehr zu einer Antwort, denn Keskin rief an, und es waren keine guten Nachrichten, die sie überbrachte.

44

»Ich möchte Sie darüber informieren, dass einige Beamte der SoKo nochmals auf dem Gelände waren, wo Sie festgehalten worden sind. Sie haben dort Markus Feldmann gefunden. Er ist tot.«

»Verdammt«, entfuhr es Max, woraufhin Marvin ihn fragend ansah.

»Ich stelle auf Lautsprecher«, informierte Max Keskin. »Dr. Wagner ist bei mir.«

»Über die Todesursache kann ich noch nichts Genaues sagen, aber Feldmann ist ziemlich übel zugerichtet worden. Man hat ihm den Schädel und das Gesicht zertrümmert. Wir konnten ihn nur deshalb so schnell identifizieren, weil wir sein Portemonnaie mit seinem Ausweis bei ihm gefunden haben. Ein DNA-Abgleich wird uns Gewissheit bringen, aber ich zweifle nicht daran, dass es tatsächlich Feldmann ist.«

Unwillkürlich musste Max an Böhmer denken. »Ist er mit einem Hammer erschlagen worden?«

»Wie gesagt, ich weiß es noch nicht. Bisher ist noch keine Tatwaffe gefunden worden. Feldmann hat in dem Raum gelegen, in dem Sie zuvor festgehalten wurden. Nach ersten Spurenauswertungen ist das auch der Tatort.«

»Das heißt, er ist erst erschlagen worden, nachdem die Beamten wieder abgerückt sind. Und dennoch … Wenn Kernbach der Täter war, und daran zweifle ich nicht, war es recht waghalsig von ihm. Er musste damit rechnen, dass die Polizei zurückkommt. Ich werde aus diesem Kerl einfach nicht schlau.«

»Ich stelle mir eine andere Frage«, warf Keskin ein. »Warum wird Feldmann in einem Raum getötet, den wir uns mit hoher Wahrscheinlichkeit noch mal ansehen, in dem wir seine Leiche also schnell finden werden, während von Frau Brosius nach wie vor jede Spur fehlt?«

»Das werte ich als positives Zeichen. Wäre sie auch tot, wäre sie wahrscheinlich ebenfalls bereits gefunden worden.«

»Das sehe ich ganz ähnlich. Haben Sie in Bezug auf den Mord an Herrn Feldmann eine Idee, was das Motiv gewesen sein kann?«

»Wenn es Kernbach war, liegt es wohl daran, dass er eine extrem kurze Zündschnur hat.«

»Was?«

»Er ist sehr leicht reizbar. Dominique Klauber hat in einem Gespräch erwähnt, dass Kernbach sehr wütend war, weil sie Feldmann einen Schlüssel zu ihrer Wohnung gegeben hat.«

»Hm … Aber dafür jemanden umbringen?«

»Ich befürchte, Herr Kernbach hat den kritischen Punkt überschritten«, mischte Marvin sich in das Gespräch ein. »Mir kommt es so vor, als ob alle Hemmungen von ihm abgefallen sind und er rücksichtslos alles tun wird, wonach ihm gerade der Sinn steht.«

»Ein Grund mehr, ihn schnellstmöglich zu stoppen.«

»In dem Punkt sind wir sicher alle einer Meinung«, stimmte Max zu.

»Was haben Sie jetzt vor?«

»Ich werde wohl bald Frau Klauber aus dem Krankenhaus abholen und nach Hause bringen. Ist schon jemand in Feldmanns Wohnung?«

»Ja. Praktischerweise hatte Herr Feldmann auch seinen Haustürschlüssel in der Jackentasche.«

»Eines muss man dem Herrn Kernbach lassen: Er legt keinen Wert darauf, der Polizei die Arbeit zu erschweren«, bemerkte Marvin.

»Ausgenommen die Suche nach Frau Brosius«, warf Keskin ein. »Da macht er uns das Leben richtig schwer.«

»Würden Sie mich informieren, wenn es irgendwelche Neuigkeiten gibt?«

»Ja«, sagte Keskin knapp. Sie hatten für den Moment eine Art Burgfrieden geschlossen, der jedoch maximal so lange halten würde, bis dieser Fall aufgeklärt war, das wusste Max.

»Ich melde mich, sobald ich Dominique vom Krankenhaus abhole«, kündigte er an und beendete das Gespräch.

»Ich frage mich, was dieser Irre sich noch alles einfallen lässt.« Er wandte sich an Marvin, der eine besorgte Miene machte.

»Sein Verhalten ist klassisch. Wie schon gesagt, denke ich, dass er den Punkt, sich über die Folgen seines Handelns Gedanken zu machen, mittlerweile überschritten hat. Ich hoffe inständig, er verhält sich dennoch in einer Sache atypisch.«

Max musste nicht nachfragen, er wusste, worauf Marvin hoffte. Dass – entgegen seiner Erfahrung mit solchen Tätern – Kernbach Jana nicht schon getötet hatte.

Als Max begann, in der Wohnung auf und ab zu laufen, erklärte Marvin: »Ich werde mal ein wenig dieses Internetarchiv nach Markus Feldmann durchforsten. Vielleicht findet sich über ihn ja mehr.«

Eine halbe Stunde später bekam Max einen Anruf von einer Oberkommissarin, deren Name ihm nichts sagte.

»Frau Kriminalrätin Keskin hat mich gebeten, Sie zu informieren, wenn wir in der Wohnung von Herrn Feldmann etwas finden, das vielleicht von Bedeutung sein könnte.«

»Das ist sehr nett, danke. Was haben Sie denn gefunden?«

»Einen Schnellhefter mit Aufnahme- und Entlassungsbelegen, die darauf hindeuten, dass Herr Feldmann vor zwei Jahren für zwei Monate im geschützten Bereich der Psychiatrie in der LVR Klinik in Köln verbracht hat.«

»Er war in einer Geschlossenen?«, hakte Max nach.

»Den Unterlagen nach, ja.«

»Können Sie mir bitte Fotos von den Unterlagen per WhatsApp schicken?«

»Ich weiß nicht, ob ich das darf, es handelt sich immerhin um Patientendaten, die …«

»Bitte, fragen Sie Frau Keskin, ob das in Ordnung geht, und wenn Sie zustimmt, schicken Sie mir die Fotos umgehend, okay?«

»Ist gut, ich frage sie.«

Max legte auf und berichtete Marvin, was er gerade erfahren hatte. Der schüttelte den Kopf. »Was sind das nur für eigenartige Menschen um Dominique Klauber herum? Ihr Freund ein Schläger und vielleicht sogar Mörder, der Nachbar ein ehemaliger Patient in einer geschlossenen Psychiatrie.«

Keine zehn Minuten später kam ein Anruf von Keskin. »Ich sage es Ihnen lieber selbst, damit Sie es nicht falsch verstehen. Ich kann Ihnen keine Einsicht in diese Unterlagen gewähren, sonst komme ich in Teufels Küche.«

Da sind Sie schon, wollte Max spontan antworten, verkniff es sich aber.

»Ich kann Ihnen aber sagen, warum und wann Feldmann dort stationär behandelt wurde.«

»Immerhin. Das muss dann eben genügen.«

»Er war dort vor zwei Jahren für die Dauer von zwei Monaten. Das war vom zwölften August bis sechzehnten Oktober. Grund war eine schizophrene Psychose.«

»Ich fasse es nicht«, entfuhr es Max. »Das wird ja immer besser.«

»Er litt zu der Zeit unter Wahnvorstellungen und Realitätsverlust. Mehr kann ich Ihnen wirklich nicht sagen.«

»Danke, das ist besser als nichts.«

Nachdem er aufgelegt hatte, notierte er sich diese Informationen und öffnete dann die Webseite der LVR Klinik, wo er sich zu der Seite des sogenannten geschützten Bereiches durchklickte und las, was dort über die Station und ihre Einrichtungen stand.

Dann versuchte er, über Google Informationen zu Markus Feldmann zu bekommen, und wurde tatsächlich fündig. Es gab ein Facebook-Profil von ihm, dessen letzter Eintrag allerdings schon über vier Jahre alt war. Die wenigen Posts von ihm waren ausschließlich geteilte Inhalte von anderen Seiten, in denen es keine Richtung zu geben schien. In einem Post ging es um eine politische Diskussion zur Rente, ein anderer zeigte das kommentarlose Foto eines festlich geschmückten Weihnachtsbaums, ein weiterer Beitrag hatte die Radwege Kölns zum Thema.

Nichts, was auch nur ansatzweise Rückschlüsse auf Markus Feldmann zugelassen hätte, außer dass er sich nicht die Mühe gemacht hatte, seine wenigen Facebook-Posts selbst zu verfassen.

Max verließ Facebook und wandte sich wieder der Ergebnisliste von Google zu. Eintrag für Eintrag ging er durch, doch alle Links, die er anklickte, führten zu Seiten, die nichts mit dem Markus Feldmann zu tun hatten, der gerade ermordet worden war.

Als Marvin nach einer Weile plötzlich überrascht ausstieß: »Alter Schwede …«, wusste Max, dass er etwas entdeckt hatte.

45

So ist das also, wenn man stirbt.

Es stinkt fürchterlich, wobei sie sicher ist, dass das nichts mit ihrem bevorstehenden Tod zu tun hat. Da ist etwas anderes, das diesen ekelhaften Geruch verströmt.

Außerdem steht sie ihrem eigenen Sterben immer gleichgültiger gegenüber, je näher sie an diesen Punkt kommt. Größtenteils jedenfalls.

Sie kann den Kopf nicht mehr heben, ihr ist auch nicht mehr kalt. Aber das ist egal. Froh ist sie jedoch darüber, dass ihr der Name des Mannes wieder eingefallen ist, den sie liebt und mit dem sie eine Zukunft haben möchte. Max. Und wo sie jetzt gerade an Max denkt, hat sie wieder einen dieser Momente, in denen es ihr doch nicht gleichgültig ist, was mit ihr passieren wird.

Was er wohl gerade tut? Hat er sie schon aufgegeben, oder glaubt er noch daran, dass sie am Leben ist? Sucht er noch nach ihr?

Natürlich tut er das. Max ist nicht der Typ Mensch, der aufgibt, solange auch nur der Hauch einer Chance besteht, ein Opfer retten zu können.

Das ist eine der Eigenschaften, die sie an ihm liebt. Die Gedanken verschwimmen, ein Bild schiebt sich in ihr Bewusstsein, nein, es ist ein Film. Und er zeigt ihr eine Szene, die ihr für immer im Gedächtnis bleiben wird. Ein Hörsaal. Max hat einen Vortrag über die Fallanalyse gehalten, das Thema, für das er brennt. Sie, die junge Studentin, hat sich nach der Vorlesung ein Herz gefasst und ihren Dozenten angesprochen.

»Haben Sie das selbst genauso gemacht, wie Sie es gerade gesagt haben?«, hat sie ihn damals gefragt. »Sie waren als Ermittler bei der Kripo Düsseldorf und haben mit den Methoden der Fallanalyse gearbeitet.«

Und als er sie fragend anschaute, hatte sie hinzugefügt: »Sie wundern sich vielleicht, dass ich das weiß … Ich bin ein großer Fan von Ihnen. Ich habe alles über Sie gelesen, Herr Bischoff.«

Er hat sie angelächelt und gesagt: »Viel wurde ja Gott sei Dank bisher nicht über mich geschrieben, aber trotzdem – danke. Wie ich eben schon sagte, spricht nichts dagegen, wenn Sie das genau so angehen, Frau … entschuldigen Sie bitte, ich brauche immer zwei, drei Vorlesungen, bis ich mir die Namen meiner Studentinnen und Studenten gemerkt habe.«

»Brosius«, hat sie verlegen geantwortet. »Mein Name ist Jana Brosius.«

Damals war sie schon in Max Bischoff verliebt gewesen, aber sie hätte nie gedacht, dass tatsächlich einmal eine reelle Chance bestehen könnte, mit ihm zusammenzukommen. Bis sie sich Jahre später wiedergesehen haben.

Und jetzt wird sie nie erfahren, was daraus hätte werden können.

Jetzt wird sie sterben.

46

»Was ist los?« Max wandte sich Marvin zu, der mit großen Augen auf den Monitor seines Notebooks starrte. Schließlich riss er sich los und sah Max an. »Ich habe dieses Internetarchiv benutzt, das du mir genannt hattest. Diese *Wayback Machine*. Tolle Sache! Das ist wie eine Zeitreise. Ich konnte mir den Webauftritt der Klinik von vor zwei Jahren anschauen. Da habe ich ein bisschen auf dem Bereich der Station rumgescrollt, auf der Feldmann war, und bin auf die Seite *Unser Team* gestoßen. Und jetzt schau mal, was ich da gefunden habe.«

Marvin drehte sein Notebook so, das Max das Display sehen konnte. Und er entdeckte sofort, was der Wissenschaftler meinte.

Auf der rechten Seite standen unter dem Chefarzt, der leitenden Oberärztin und der Pflegedienstleitung die Namen der Pflegerinnen und Pfleger der Station. Gleich der zweite Name lautete *Dominique Klauber*.

»Das gibt's doch nicht«, stieß Max aus. »Ich wusste nicht, dass Dominique Pflegerin ist. Und dann auch noch in einer psychiatrischen Einrichtung, auf der Feldmann Patient war? Das kann definitiv kein Zufall sein.«

»Das sehe ich auch so. Die Frage ist nur, wie hängt das

alles zusammen?« Marvin zog die Brauen hoch. »Sagtest du nicht, du hättest dich gewundert, dass Feldmann plötzlich draußen vor dem Wohnzimmerfenster gestanden hat, als du dir die DVDs angeschaut hast?«

»Ja, er kam mir ein bisschen vor wie ein Spanner.«

»Vielleicht liegt da des Pudels Kern. Er hat sie auf der Station kennengelernt und sich in sie verknallt. Als er entlassen worden ist, hat er herausgefunden, wo sie wohnt, und als die Wohnung über ihr frei wurde, ist er eingezogen.«

Max dachte darüber nach und wiegte den Kopf hin und her.

»Es wäre schon ein ziemlicher Zufall, wenn ausgerechnet zu dieser Zeit die Wohnung über ihr frei wurde.«

»Das stimmt, aber wer sagt, dass es diesen Zufall nicht gegeben hat?«

»Und was ist mit Dominique? Wenn Feldmann zwei Monate lang auf ihrer Station war, dann kennt sie ihn. Erstens frage ich mich, wie sie reagiert hätte, wenn er überraschend als ihr neuer Nachbar aufgetaucht wäre, und – noch wichtiger – zweitens stelle ich mir die Frage, warum sie uns verschwiegen hat, dass sie ihn kennt. Im Gegenteil, sie hat sogar behauptet, sie kennt ihn kaum. Und wie passt das alles mit Sebastian Kernbach zusammen?«

»Fragen, die am einfachsten Dominique Klauber beantworten kann«, stellte Marvin fest.

»Das stimmt. Ich bin auf ihre Erklärung gespannt, wenn ich sie nachher im Krankenhaus abhole. Aber ich muss ihr auch noch sagen, was mit Feldmann passiert ist.« Max dachte einen Moment nach, dann schüttelte er den Kopf. »Ich habe es mir gerade anders überlegt, ich rufe sie an. Wir haben keine Zeit mehr.«

Sekunden später hatte er sein Smartphone in der Hand und wartete darauf, dass Dominique das Gespräch annahm.

»Ich bin leider noch nicht fertig«, begann sie. »Aber es kann jetzt nicht mehr lange dauern. Ich muss nur noch …«

»Dominique, ich muss dir etwas sagen«, unterbrach Max sie.

»Ja?«

»Es geht um Markus Feldmann, deinen Nachbarn.«

»Was ist mit ihm?«

»Er ist tot.«

»Was?«, stieß sie ungläubig aus. »Ich meine … wie? Ich … ich weiß gar nicht, was ich sagen soll, das ist ja schrecklich.«

»Er ist ermordet worden, und die Umstände lassen den Schluss zu, dass es Sebastian Kernbach war, der ihn getötet hat.«

Dominique begann zu schluchzen. »Aber warum? Ich meine, Feldmann ist ein eigenartiger Mensch, aber er hat doch niemandem etwas getan.«

»Das hat Jana auch nicht. Das scheint kein Kriterium für Kernbach zu sein.«

»Wo ist das denn passiert?«

»Man hat ihn in dem Gebäude gefunden, in dem Kernbach uns festgehalten hat. Er ist erschlagen worden.«

»O Gott, das ist alles so furchtbar. Ich kann nicht glauben, dass das wirklich passiert. Ich habe mich doch gerade noch mit ihm unterhalten. Und jetzt ist er tot. Das muss ein böser Traum sein. Ich meine …« Erneut schluchzte sie.

»Da ist noch etwas, Dominique«, erklärte Max. »Du hast vor einiger Zeit für die LVR-Klinik gearbeitet, nicht wahr?«

»Ja, das … das habe ich.« Max hörte deutlich die Überraschung in ihrer Stimme. »Wie kommst du jetzt darauf?«

»Du hast nie etwas davon erzählt.«

»Wir haben überhaupt nicht über meinen Beruf geredet«, erwiderte Dominique. »Du hast nicht danach gefragt.«

Damit hatte sie recht.

»Das stimmt. Was ich aber wissen möchte, ist, warum du mir nicht gesagt hast, dass Feldmann dort dein Patient gewesen ist.«

»Dass er … was?«

»Die Polizei hat in seinen Unterlagen Papiere gefunden, die belegen, dass er vor zwei Jahren dort Patient war.«

»Moment, vor zwei Jahren? Wann genau war das?«

»Von Mitte August bis Mitte Oktober.«

»August? Da habe ich schon nicht mehr dort gearbeitet. Wir sind uns nie begegnet.«

»Wann hast du aufgehört?«

»Ende Juli. Wenn er wirklich auf dieser Station war, dann … dann kann das kein Zufall sein, dass er über mir wohnt. Gewohnt hat. Allmählich verstehe ich überhaupt nichts mehr.«

»Ich muss gestehen, mir geht es ähnlich«, sagte Max.

»Melde dich bitte, wenn du fertig bist, ich hole dich dann ab.«

»Ja, das mache ich. Ich bin völlig schockiert.«

»Bis nachher.«

Max sah Marvin an und rieb sich über die Stirn. »Sie sagt, sie hat Ende Juli vor zwei Jahren dort aufgehört. Zwei Wochen bevor Feldmann auf die Station kam. Sie ist ihm dort nie begegnet.«

»Wenn sie tatsächlich zwei Wochen vorher aufgehört hat, ist das auch unwahrscheinlich.«

»Das ist ja das reinste Irrenhaus.« Max nahm sein Handy erneut zur Hand und wählte die Nummer von Eslem Keskin.

»Können Sie bitte herausfinden lassen, bis wann Dominique Klauber in der LVR-Klinik gearbeitet hat?«

»Was hat sie? Das ist ein schlechter Scherz, oder?«

»Frau Keskin, mir ist im Moment nach allem Möglichen zumute, aber nicht nach Scherzen.«

»Ich veranlasse es sofort. Wie sind Sie darauf gekommen?«

»Dr. Wagner hat das Internetarchiv für sich entdeckt«, erklärte Max und legte auf.

Er musste nicht lange auf die gewünschte Information warten. Zwanzig Minuten später rief Keskin zurück und sagte: »Das ist wirklich verrückt. Die beiden haben sich knapp verpasst. Laut Aussage der Personalabteilung der Klinik hatte Frau Klauber am einunddreißigsten Juli vor zwei Jahren ihren letzten Arbeitstag.«

»Okay, danke.«

Max legte auf und stellte fest, dass er ein schlechtes Gewissen hatte, weil er Dominiques Aussage hatte überprüfen lassen. »Es stimmt, was sie gesagt hat. Sie hat in der Klinik aufgehört, zwei Wochen bevor Feldmann dort aufgenommen wurde.«

»Interessant wäre es, seine Krankenakte zu lesen«, sinnierte Marvin vor sich hin.

Max schüttelte den Kopf. »Das wird nichts. Die darf Keskin uns nicht geben.«

Nachdem sie eine Weile geschwiegen hatten, sagte Marvin: »Kannst du dir irgendeinen Reim auf das alles machen?«

»Nein, sosehr ich mir auch das Hirn zermartere, ich habe keinen blassen Schimmer, was dahinterstecken könnte.«

»Vielleicht hat die Feldmann-Klauber-Sache gar nichts mit den Entführungen zu tun.«

»Das habe ich auch schon in Betracht gezogen, obwohl es mir schwerfällt, das zu glauben.«

»Vielleicht war sie noch mal auf ihrer alten Station, um etwas abzuholen, zum Beispiel, und dort hat Feldmann sie gesehen. Man kann nicht von der Hand weisen, dass Frau Klauber eine sehr attraktive Frau ist.«

»Die sich aber sehr verändert hat. Als sie noch in der Klinik gearbeitet hat, war sie noch nicht auf Jenny getrimmt.«

»Moment mal …« Marvin zog sein Notebook heran und tippte darauf herum. »Mal sehen, vielleicht gibt es in diesem tollen Archiv auch ein Foto von ihr.«

Das gab es nicht, wie Marvin zehn Minuten später resigniert feststellen musste. Er lehnte sich zurück und verschränkte die Arme vor der Brust.

»Nehmen wir mal an, Feldmann war so sehr von Dominique besessen, dass es ihm auf irgendeinem Weg gelungen ist, die Wohnung über ihr zu bekommen. Dann wird er sie wahrscheinlich öfter heimlich beobachtet haben, so, wie er dich beobachtet hat, als du in ihrer Wohnung warst. In diesem Fall müsste er auch mitbekommen haben, was Kernbach ihr immer wieder angetan hat. Wie würde ein Markus Feldmann in dieser Situation wohl reagieren?«

»Ich schätze ihn nicht so ein, dass er sich auf eine Konfrontation mit Kernbach eingelassen hätte. Ich denke, er hätte die Wut in sich hineingefressen.«

»Hm … Und wenn er es irgendwann nicht mehr ertragen hat, tatenlos zuzusehen, und er Kernbach zum Beispiel damit drohte, zur Polizei zu gehen, falls er nicht damit aufhört, Dominique zu misshandeln?«

Max nickte. »Dann wäre das ein Motiv für Kernbach, ihn zu erschlagen. Zumal in dem Zustand, in dem er sich mittlerweile befindet.«

»Das ist zumindest eine denkbare Erklärung.«

»Ob es auch die richtige ist, ist eine andere Frage.«

»Da ist noch etwas, Max, über das wir uns unterhalten müssen.«

»Was denn?«

»Es geht um Jana. Das ist ein schwieriges Thema, aber … du weißt, wie gering die Wahrscheinlichkeit ist, dass sie noch lebt.«

»Ja, das weiß ich, ich glaube trotzdem nicht, dass sie …«

Marvin legte Max eine Hand auf die Schulter. »Ich will es auch nicht glauben, und vielleicht lebt sie tatsächlich noch, aber falls nicht, darfst du dir keine Vorwürfe machen. Du hättest unter keinen Umständen etwas dagegen tun können. Ihre Entführung war für niemanden vorhersehbar, auch für dich nicht.«

»Das sehe ich anders. Ich hätte sie aus meinem Leben raushalten müssen.«

47

Gegen fünfzehn Uhr rief Dominique an.

»Ich bin fertig. Bist du so lieb und holst mich ab? Ich habe ein wenig Angst, das Krankenhaus allein zu verlassen.«

»Ich komme. Ich sage noch im Präsidium Bescheid, dass wir auf dem Weg sind, dann werden die Beamten vor Ort sein, wenn wir eintreffen. Vielleicht sind sie sogar noch in Feldmanns Wohnung.«

»Ich kann es immer noch nicht glauben, dass er tot ist.«

»Ich mache mich auf den Weg.«

»Soll ich mitfahren?«, wollte Marvin wissen, als Max aufgelegt hatte.

»Ich denke, es ist besser, wenn nur ich sie abhole. Ich möchte mit ihr über Kernbach und Feldmann reden, vielleicht fällt ihr noch irgendetwas ein, das uns weiterhelfen kann. Sie ist weniger gehemmt, wenn ich mit ihr allein bin.«

»Weil sie in dich verliebt ist.«

»Das glaube ich immer noch nicht, und es täte mir leid für sie. Sie hat in letzter Zeit genug Enttäuschungen erlebt.«

»Immerhin erhöht es aber die Chance, dass sie dir wirklich alles erzählt, was sie weiß.« Marvin stand auf und ging zu der kleinen Garderobe neben der Tür, wo er Max' Jacke nahm und damit auf ihn zukam.

Max zog die Stirn kraus. »Du bringst mir meine Jacke?«

Marvin grinste. »Du brauchst keine Angst zu haben, ich werde dir nicht sagen, du sollst sie immer schließen und deine Mütze anziehen, damit du nicht krank wirst.«

Max nahm die Jacke und schlüpfte hinein. »Du wirst bestimmt mal eine nette Oma. Ich werde eine halbe Stunde bei Dominique bleiben, dann komme ich wieder zurück.«

»Und ich beschäftige mich so lange mit meiner neuen Leidenschaft, der *Wayback Machine*.«

Auf dem Weg zur Klinik rief Max Keskin an und sagte ihr, dass er Dominique abholte und sie die Beamten losschicken konnte, die das Haus beobachten würden.

Als er kurz darauf in Dominiques Zimmer kam, stand sie vom Bett auf, auf dessen Kante sie gesessen hatte. Sie trug einen weißen Jogginganzug, der neu aussah. Wahrscheinlich hatte jemand aus dem Krankenhaus ihn ihr besorgt, weil ihre eigene Kleidung im Polizeilabor auf Spuren untersucht wurde.

Sie kam auf Max zu, umarmte ihn und sagte: »Danke.«

Max legte die Arme um sie. »Gern. Ich kann dich in deiner Situation doch nicht allein lassen.«

Dominique trat einen Schritt zurück. »Und genau dafür bin ich dir dankbar. Ich bin es nicht mehr gewohnt, dass sich jemand um mich sorgt. Darf ich dich etwas fragen?«

»Natürlich.«

»Hat deine Fürsorge damit zu tun, dass ich Jennifer Sommer so ähnlich sehe?«

»Ich … weiß es ehrlich gesagt nicht. Oder doch, ich weiß es wohl. Das hat sicher den Ausschlag gegeben, dich anzusprechen, weil ich vollkommen überrascht war, aber mittlerweile … Ich denke, das spielt kaum noch eine Rolle.«

»Aber es stört dich nicht?«

»Nein.« Er schüttelte den Kopf. Darüber wollte er sich in diesem Moment nicht den Kopf zerbrechen. »Gehen wir?«

Sie nickte und sah sich im Zimmer um. »Mitnehmen muss ich ja nichts. Aber ich möchte dir noch sagen, warum ich dich das gefragt habe. Ich fühle mich mittlerweile wohl, so, wie ich aussehe, und möchte das gern beibehalten, wenn es dich nicht stört.«

»Dominique, du kannst so aussehen und dich so anziehen, wie du möchtest. Du brauchst dabei niemanden zu fragen und keine Rücksicht auf mich zu nehmen.«

Sie sah ihn mit einem undefinierbaren Blick an, bevor sie nickte und sagte: »Gehen wir.«

Nachdem sie sich auf dem Beifahrersitz angeschnallt hatte, wandte sie sich Max zu. »Bitte entschuldige, ich wollte dich nicht mit meinen Gedanken belästigen. Ich weiß ja, dass du dir große Sorgen um Jana machst, obwohl …«

»Obwohl was?«

»Nein, nichts, ich wollte dir nur sagen, dass ich dich verstehe.«

»Dominique, du wolltest etwas anderes sagen. Also, was meintest du mit *obwohl*?«

Sie senkte den Blick. »Ich möchte dir nicht weh tun.« Ihre Stimme war deutlich leiser geworden. »Ich denke, wir sollten jetzt fahren und über etwas anderes reden.«

»Nein, bitte, ich möchte wissen, was du eben sagen wolltest.«

Dominique sah Max wieder an, blickte sekundenlang in seine Augen, als überlege sie, wie viel sie ihm zumuten konnte, bevor sie schließlich nickte.

»Also gut. Es fällt mir sehr schwer zuzusehen, wie du dir Hoffnungen machst, die … die mit Sicherheit enttäuscht werden. Sebastian hat mir gesagt, dass er Jana getötet hat, und ich bin sicher, dass das stimmt. Ich kenne ihn gut genug, um zu wissen, dass er bei solchen Dingen nicht lügt.«

Jedes ihrer Worte fühlte sich für Max an wie ein Stich ins Herz, und er ließ einige Zeit verstreichen, bevor er entgegnete: »Ich glaube trotzdem nicht, dass sie tot ist.«

»Du liebst sie sehr, oder?«

»Ja, das tue ich. Obwohl mir das bisher nicht völlig bewusst war. Vielleicht habe ich es auch einfach verdrängt, aber spätestens seit sie verschwunden ist, weiß ich, dass ich Jana liebe.«

Als er die Tränen sah, die ihr in die Augen traten, ahnte Max, dass Marvin mit seiner Vermutung recht gehabt hatte.

»Dann besteht für mich keine Hoffnung?«

Max sog die Luft ein. Mit dieser Direktheit hatte er nicht gerechnet. »Dominique, ich bin überrascht und weiß nicht so recht, was ich dir darauf antworten soll. Mir ist klar, dass du gerade Schlimmes hinter dir hast, und ich möchte dich nicht …«

»Nein, bitte, sag, was du denkst, schonungslos und ehrlich. Das ist sehr wichtig.« Und nach einer kurzen Pause fügte sie leiser hinzu: »Du ahnst nicht, *wie* wichtig das ist.«

Max war verwirrt. Und Dominiques letzter Satz erzeugte zudem ein gewisses Unwohlsein in ihm.

»Nun, wie ich gerade schon sagte, liebe ich Jana. Sie ist verschwunden, und ich mache mir große Sorgen um sie. Ich bin weit davon entfernt, auch nur die Möglichkeit in Betracht zu ziehen, einer anderen Frau gegenüber Gefühle zu haben, die über Freundschaft hinausgehen. Dass du dieses Thema in der momentanen Situation überhaupt ansprichst, schreibe ich dem Umstand zu, dass du in den letzten Tagen sehr viel durchgemacht hast.«

Tränen liefen ihr über die Wangen. Sie schien es nicht zu bemerken.

Sie tat Max leid, und gerade in diesem Moment erinnerte sie ihn wieder so sehr an Jenny, dass er unvermittelt nach ihrer Hand griff. »Du bist ein liebenswerter Mensch und wirst jemanden finden, der dich liebt und für dich da ist. Und bis dahin passe ich gern als Freund auf dich auf.«

Dominique wischte sich mit der freien Hand über die Wange, dann nickte sie mehrmals und entzog ihm ihre Hand. »Ich verstehe. Lass uns fahren.«

Sie waren erst wenige Minuten unterwegs, als Dominique plötzlich ausstieß: »Ach herrje!« Als Max zu ihr hinübersah, hatte sie sich die Hand auf den Mund gelegt.

»Was ist?«

»Mir ist gerade etwas eingefallen, das wichtig sein könnte. Ich weiß nicht, warum ich nicht früher daran gedacht habe.«

»Was denn?«

»Vielleicht täusche ich mich ja auch, aber … können wir einen kleinen Umweg machen?«

»Wohin?«

»Es gibt da ein altes Haus, da war ich ein paarmal mit Sebastian. Aus irgendeinem Grund hat dieser alte Kasten ihn fasziniert. Er ist immer wieder im Keller herumgelaufen.«

»Und das fällt dir erst jetzt ein? Wo ist das? Ich rufe Eslem Keskin an.«

»Ich weiß nicht, wie die Straße heißt, aber ich weiß, wie wir da hinkommen. Es ist nicht weit von hier. Du kannst sie ja anrufen, wenn wir da sind.«

Max nickte aufgeregt. »Okay.« War das endlich der Hinweis, nach dem sie seit Tagen suchten?

Dominique navigierte ihn durch die Stadt an Flingern-Nord vorbei in Richtung Gerresheim, wo sich Kernbachs Wohnung befand. Allerdings bogen sie kurz vor Gerresheim links ab und kamen in ein dünn besiedeltes Gebiet. Nach ein paar hundert Metern ließ Dominique ihn in einen schmalen, ungeteerten Weg einbiegen, der erst nach unzähligen Kurven vor einem großen, baufälligen Haus endete.

Max stoppte vor einem Schild, das darauf hinwies, dass das Gebäude einsturzgefährdet und das Betreten strengstens verboten war. Die Fassade war dunkelbraun und schmutzig, die verrotteten Fenster alle ohne Scheiben, die Tür hing schief in den Angeln. Ein Teil des Daches war eingesackt.

»Wow!, stieß er aus. »Das ist ja das reinste Horrorhaus.« Er stieg aus und zog sein Smartphone aus der Jackentasche. Er öffnete Google Maps und wartete einen Moment, bis seine Position angezeigt wurde.

»Ich mache einen Screenshot von unserer Position und schicke ihn zu Keskin.«

Doch dazu kam er nicht mehr.

Als Max den Stich am Hals spürte, versuchte er noch, sich umzudrehen, doch bereits in der Bewegung sackten ihm die Beine weg, und die Welt versank in Dunkelheit.

48

Dieses Mal war es anders als am Tag zuvor. Max konnte die Augen öffnen, und auch in seinem Mund steckte kein Knebel.

Erst konnte er nur helle und dunkle Schlieren wahrnehmen, doch nachdem er ein paarmal geblinzelt hatte, sah er klarer.

Genauso wie am Vortag war er auf einen Stuhl gefesselt. Und nicht nur er. Ihm gegenüber hing Dominique ebenfalls auf einem Stuhl, die Hände hinter dem Rücken, nach vorn gebeugt, das Kinn auf der Brust. Sie schien noch bewusstlos zu sein. Soweit er erkennen konnte, waren auch bei ihr weder Mund noch Augen verbunden.

Max' Gedanken rasten. Wie konnte Kernbach wissen, dass sie zu diesem Haus kommen würden? Er musste sich seit seinem Verschwinden hier aufgehalten und den Motor des Autos gehört haben. Dann hatte er wohl schnell reagiert, sich von hinten an sie herangeschlichen und sie mit diesem Zeug aus der Spritze außer Gefecht gesetzt.

Wenn Kernbach aber seit Tagen hier war, dann war die Wahrscheinlichkeit groß, dass auch Jana sich hier befand. Max verdrehte die Handgelenke hinter seinem Rücken, um zu prüfen, wie fest die Fesseln waren. Dieses Mal schien Kernbach nüchtern zu sein, denn sie saßen so fest, dass er keine Chance hatte, sie zu lockern.

Ein Stöhnen ließ ihn aufhorchen. »Dominique?«, rief er. »Dominique, kannst du mich hören?«

Erneut ein Stöhnen, dann hob sie langsam den Kopf und sah ihn unter halb geöffneten Lidern an.

»Was … wo sind wir?«, fragte sie mit krächzender Stimme, sah sich um und raunte. »O nein, bitte nicht schon wieder.«

»Ich befürchte, wir sind im Inneren des Hauses.« Max sah sich um und stellte fest, dass sie in einem recht kleinen Raum von vielleicht fünfzehn Quadratmetern saßen. Durch mehrere winzige, verdreckte Fenster unter der Decke fiel trübes Tageslicht. »Vermutlich im Keller. Hast du etwas mitbekommen?«

»Nein, was ist passiert?«

»Mir wurde von hinten eine Spritze in den Hals gerammt, dann war ich weg.«

»Da war plötzlich ein Schatten am Auto. Mehr weiß ich nicht mehr. War das Sebastian?«

»Ich denke schon. Wir werden es sicher bald erfahren.«

»Dieses Mal werden wir sterben«, prophezeite Dominique. »Noch mal werden wir nicht entkommen.«

»Aber noch sind wir nicht tot. Hast du mal versucht, deine Fesseln zu lösen?«

Dominique bewegte sich ruckartig, wobei sie das Gesicht schmerzhaft verzog, dann stieß sie den Atem aus, sackte in sich zusammen und sagte: »Keine Chance.«

Erneut sah sich Max in dem Raum um. Er war leer bis

auf sie beide. Die Tür befand sich hinter Dominique. Sie war aus Metall und übersät mit Rostflecken. Daneben lehnte eine große Sackkarre an der unverputzten Wand aus rotbraunen Sandsteinen. Damit hatte Kernbach sie wohl hergebracht.

Dominiques leises Schluchzen lenkte Max von seiner Betrachtung ab.

»Dominique, du darfst jetzt nicht aufgeben. Noch leben wir, und solange das so ist, haben wir eine Chance.«

»Du kennst ihn nicht«, sagte sie weinend. »Er besteht nur aus Rachegefühlen. Dass wir gestern entkommen sind, hat seine Wut noch verstärkt. Allein dafür wird er uns umbringen.«

Max erwiderte nichts, weil ihm nichts einfiel, womit er das, was Dominique gesagt hatte, entkräften konnte.

»Darf ich dich noch etwas Privates fragen?«

»Ja«, antwortete Max, obwohl er gern nein gesagt hätte.

»Ich weiß, das erscheint dir vielleicht unpassend, aber ich muss das jetzt wissen. Es ist lebenswichtig, dass ich das weiß. Sei ganz ehrlich und sag mir bitte: Magst du mich denn wenigstens ein bisschen?«

»Ich mag dich mehr als nur ein bisschen, Dominique, das müsstest du aber schon gemerkt haben.«

»Nein!«, antwortete sie so energisch, dass Max sie verwundert ansah. »Ich meine nicht auf die Art mögen, wie man einen Freund mag. Ich meine, ob du mich als Frau, die fast genauso aussieht wie deine große Liebe, vielleicht auch ein bisschen lieben kannst, so wie du damals Jennifer geliebt hast. Jetzt, wo Jana nicht mehr da ist.«

Max schüttelte den Kopf, weil er nicht glauben konnte, was er da hörte. Dass Dominique ihn in dieser Situation so etwas fragte, machte ihn sprachlos. Doch sosehr es ihm auch widerstrebte, er musste dem sofort ein Ende bereiten.

»Dominique, ich verstehe nicht, wie du jetzt auf so etwas kommst. Und noch viel weniger, dass du ernsthaft in Betracht ziehen kannst, dass, wenn Jana wirklich nicht mehr leben sollte, ich sofort jemand anderen lieben könnte, und sei es auch nur ein kleines bisschen. Ich bin ehrlich gesagt sogar entsetzt, dass du das annehmen kannst. Aber ich möchte deine Frage beantworten: Nein, ich kann dich nicht lieben, auch nicht ein bisschen, und ich werde es auch niemals tun. Die Tatsache, dass Kernbach dich gezwungen hat, dich äußerlich in Jenny zu verwandeln, bedeutet nicht, dass ich für dich etwas Ähnliches empfinden werde wie damals für sie ... weil ich Jana liebe. Und daran gibt es nichts zu rütteln. Ich hoffe, du hast das jetzt verstanden, und bitte dich dringend, nicht mehr mit diesem Thema anzufangen.«

Dominique sah ihn lange und unendlich traurig an, doch dann veränderte sich auf verblüffende Weise etwas in ihrer Mimik.

Max starrte sie fassungslos an. Plötzlich hatte die Frau, die vor ihm saß, nicht mehr das Geringste mit der Dominique zu tun, die er kennengelernt hatte. In diesem fremden Gesicht spiegelte sich eine Härte, in diesen Augen lag ein derart irrer Glanz, dass es Max einen eiskalten Schauder über den Rücken trieb.

Abrupt stand Dominique auf, ohne von den Fesseln daran gehindert zu werden, und kam auf ihn zu, während ihr eiskalter Blick ihn regelrecht durchbohrte. Als sie direkt vor ihm stand, sah Max die Spritze in ihrer Hand.

»Dominique!«, konnte er noch völlig perplex stammeln, dann stieß sie ihm die Nadel auch schon in den Hals.

49

Es stank. Das war das Erste, was Max auffiel, noch ehe er die Augen öffnete. Und es stank auf eine derart intensive, ekelhafte Art, dass er nichts dagegen tun konnte und sich übergeben musste. Er schaffte es noch, den Kopf ein wenig zur Seite zu drehen, um sich nicht selbst zu beschmutzen.

Noch während er würgte, war die Erinnerung wieder da und trieb seinen Pulsschlag nach oben. Dominique. Sie war nicht gefesselt gewesen, sondern hatte es nur vorgetäuscht. Sie hatte ihn mit einer Spritze betäubt ... Die Erkenntnis traf ihn wie ein Schlag. Dominique steckte mit Kernbach unter einer Decke.

Max richtete sich wieder auf und schüttelte den Kopf, was zwar Blitze in seinem Gehirn explodieren, seinen Blick aber klarer werden ließ.

Ihm gegenüber saß nicht Dominique, sondern Jana. Sie war halb nackt und hing vornübergebeugt auf ihrem Stuhl. Sein erster, schrecklicher Gedanke war, dass der Geruch von ihr ausging, denn es roch eindeutig nach Verwesung. Jana bewegte sich nicht, aber dennoch glaubte Max zu erkennen, dass sie nicht tot war. »Jana!«, rief er aufgeregt, und als sie sich nicht regte, lauter: »Jana, hörst du mich?

Jana! Bitte, beweg dich, tu irgendwas. Gib mir ein Zeichen, dass du noch lebst. Jana!«

Die Zeit verstrich, während Max den halb nackten Körper anstarrte und darauf hoffte, irgendeine kleine Bewegung zu entdecken, die belegte, dass Jana noch am Leben war.

Erneut rief er ihren Namen, und dieses Mal hatte er Erfolg. Unendlich langsam bewegte Jana den Kopf, und Max hätte aufschreien können vor Erleichterung.

Wie durch ein mechanisches Werk angetrieben, richtete sie sich mit kleinen, ruckartigen Bewegungen auf. Ihr Mund war verbunden, die Augen ebenfalls, und als sie den Kopf so weit gehoben hatte, dass er mehr von ihrem Gesicht sehen konnte, erschrak er, wie weiß und fast durchscheinend die schmalen Streifen ihrer Haut wirkten, die zwischen Augenbinde und Mundknebel zu sehen waren.

Er zerrte an den Fesseln und versuchte, den Stuhl zu bewegen, auf dem er saß, aber erfolglos. Hektisch sah Max sich in dem Raum um und hätte sich im nächsten Moment fast ein weiteres Mal neben seinen Stuhl übergeben.

Nicht weit von ihnen entfernt entdeckte er einen Körper auf dem Boden. Ein Mann. Er lag auf dem Rücken. Insekten, die ihre Eier in der Leiche ablegten, gab es um diese Jahreszeit zwar noch keine, aber aufgrund des Zustands der Haut und des Verwesungsgeruchs erkannte Max, dass dieser Mann schon ein paar Tage tot sein musste. Und nicht nur das, Max erkannte auch, um wen es sich bei dem Toten handelte, und das schockierte ihn mehr als alles andere.

Auf dem Boden neben ihm verweste zweifelsfrei die Leiche von Sebastian Kernbach.

Max überlegte fieberhaft, was das bedeutete und wie all das, was geschehen war, zusammenhing, doch er kam nicht dahinter.

»Jana, kannst du mich hören?«, fragte er und beobachtete, wie sich ihr Kopf ein kleines Stück hob und senkte. »Ich bin's, Max. Ich bin hier. Und ich werde versuchen, uns hier rauszubekommen. Wir werden das schaffen.«

So überzeugt, wie er zu klingen hoffte, war er bei weitem nicht, aber es war wichtig, dass Jana Mut schöpfte und den Willen hatte weiterzuleben. Wenn sie sich aufgab, war alles zu spät.

Eine Tür öffnete sich, und Dominique kam herein. Fast hätte Max sie nicht erkannt, denn obwohl sie nichts an ihrem Aussehen verändert hatte, war es, als betrete ein völlig anderer Mensch den Raum: Ihre Art zu gehen und die gesamte Körperhaltung waren anders, am krassesten fiel Max jedoch die Veränderung in ihrem Gesicht auf. Diese andere, fremde Dominique strahlte eine Kälte aus, die ihn erschaudern ließ. Sie kam auf ihn zu, warf einen verächtlichen Blick auf Jana und blieb unmittelbar vor Max stehen.

»Du bist ein Idiot, Max Bischoff«, sagte sie, und sogar ihre Tonlage hatte sich verändert. »Ich hätte dir alles geben können, was du von Jenny bekommen hast, und noch vieles mehr.«

Sie beugte sich langsam nach vorn, bis ihr Gesicht nur noch Zentimeter von seinem entfernt war, dann presste sie ihren Mund auf seinen. Ihre Zunge drückte mit einem kurzen, kräftigen Vorstoß seine Lippen und Zähne auseinander und schlängelte sich für einen Moment um seine Zunge, bevor sie sich ebenso schnell wieder zurückzog.

Dominique richtete sich auf und strich ihm mit der Spitze ihres Mittelfingers über die Wange. »Du ahnst ja nicht, was dir entgeht, weil du deine Liebe zu mir verleugnest für dieses …« Erneut streifte ihr Blick über Janas Körper. »Für dieses ausgemergelte Etwas, das überhaupt nicht zu schätzen weiß, was du zu geben hast. Sie hat dich nicht verdient, Max. Sie …«

»Bitte, Dominique, das kann doch …«

»Halt den Mund!«, schrie sie ihn hysterisch an, um in der nächsten Sekunde wieder lächelnd und mit schmeichelnder Stimme fortzufahren: »*Ich* habe dich verdient. Ich habe wirklich alles für unsere Liebe getan. Und wie dankst du es mir?«

Erneut strich ihr Finger Max übers Gesicht. Erst über die Stirn, dann über die Nase, bevor ihre Fingerspitze die Konturen seiner Lippen nachzeichnete.

»Ich verstehe das alles nicht«, sagte Max vorsichtig, woraufhin sie ihn kalt anlächelte.

»Weißt du, wie lange ich dich schon liebe? Ahnst du auch nur ansatzweise, was ich alles auf mich genommen habe, um endlich deine Aufmerksamkeit auf mich zu ziehen? Um überhaupt eine Chance zu haben, dass du erkennst, dass ich statt Jennifer die einzig Richtige für dich bin?«

»Nein, wie soll ich das denn wissen?«

»Genau. Wie sollst du das wissen. Du Ignorant! Seit Jahren suche ich deine Nähe. Seit Jennifer gestorben ist.«

»Aber warum?«, hakte Max nach. Er wusste, er musste im Dialog mit Dominique bleiben, das war seine einzige Chance. »Ich verstehe es immer noch nicht.«

»Das wirst du noch, mein bildschöner Max. Ich werde es dir erklären.« Erneut traf ihr Blick Jana, deren Kopf wieder auf die Brust gesunken war.

»Schade, dass dein ausgemergeltes Schätzchen nichts davon hören wird, sie könnte dabei lernen, was wahre Liebe ist.«

Während Dominique an Max vorbeiging und kurz darauf mit einem Stuhl wieder auftauchte, überlegte er fieberhaft, wie er sie dazu bringen konnte, ihn loszubinden. Nur so würde er Janas und sein Leben retten können.

Dominique stellte den Stuhl einen Meter vor ihm ab und setzte sich darauf. Dann griff sie unvermittelt nach dem Saum ihres Pullovers und hob ihn hoch. Da sie nichts darunter trug, saß sie nun ebenso mit entblößtem Oberkörper vor Max wie schräg hinter ihr Jana.

»Na? Du kannst gern vergleichen. Auch dabei schneidet dein Vögelchen schlecht ab. Schau her, sieh sie dir an, Max, es wird das letzte Mal sein.«

Eine gefühlte Ewigkeit saß sie so mit nackten Brüsten vor ihm und grinste ihn boshaft an, bis sie den Pullover wieder herunterzog und sich zurücklehnte.

»Ich werde dir jetzt erzählen, was ich alles auf mich genommen habe, damit du endlich erkennst, dass du mich genauso lieben kannst, wie du damals Jennifer geliebt hast.

Danach wirst du darum betteln, mit mir zusammen sein zu dürfen, aber dazu ist es jetzt zu spät. Bist du bereit?«

Max wusste, dass er ihr Spiel mitspielen musste, und entschloss sich, es auf seine Art zu spielen. »Ja, ich bin bereit. Und ich bin gespannt, ob deine Geschichte es wirklich schafft, mich davon zu überzeugen, dass du Jennifer ebenbürtig bist.«

Zum ersten Mal, seit sie den Raum betreten hatte, erkannte Max eine leichte Verunsicherung in ihrem Gesicht, nur zwei, drei Sekunden lang, dann hatte sie sich wieder gefangen, aber das genügte, um ihm Hoffnung zu machen.

50

»Jennifer Sommer war die perfekte Frau.« Dominiques Mund umspielte ein feines Lächeln. »Schon als ich sie zum ersten Mal gesehen habe, wollte ich für immer nur in ihrer Nähe und so wie sie sein. Sie war makellos schön und hatte einen traumhaften Körper. Wenn sie lächelte, ging für alle, die in ihrer Nähe waren, die Sonne auf. Sie war eine begnadete Schauspielerin, berühmt und wohlhabend. Wo auch immer sie auftauchte, lagen die Menschen ihr zu Füßen.«

Es ging also um Jenny? Max hatte keine Ahnung, wo diese Geschichte hinführen sollte, aber er ließ Dominique reden.

»Ich habe alles versucht, um ihre Aufmerksamkeit zu bekommen, denn ich wollte nichts sehnlicher, als ihre Freundin sein. Aber sie hat mich überhaupt nicht wahrgenommen. Ich habe ihr Briefe geschrieben und E-Mails, habe sie über Social Media kontaktiert … sie hat nicht reagiert.

Dann war ich in einem Kino, in dem ein Film von ihr Premiere hatte, und sie kam plötzlich auf mich zu und hat mich angelächelt. Und dann hat sie mich in den Arm genommen und ein Foto mit mir gemacht. So eng umschlungen haben wir dagestanden, dass ich ihre Haut auf meiner spüren konnte. Es war, als seien wir eins. Da wusste ich, sie und ich, wir gehören zusammen.«

Max sah, dass Dominiques Augen glänzten. Ihr Blick war auf eine irre Art entrückt.

»Ich habe mir all ihre Filme angeschaut, wieder und wieder, habe stundenlang vor dem Spiegel gestanden, habe ihre Texte mitgesprochen und ihre Bewegungen nachgemacht. Manchmal habe ich mich dabei gefühlt, als sei ich tatsächlich sie.

Dann irgendwann bist du aufgetaucht, und mit einem Mal hat sie nur noch Augen für dich gehabt. Erst wusste ich nicht, wie ich mit dieser Situation umgehen sollte, aber dann …«

Dominique zog ihre Unterlippe zwischen die Zähne und stieß ein zischendes Geräusch aus. »Dann habe ich erkannt, welch ein außergewöhnlicher Mann du bist, und so wie Jennifer habe auch ich mich in dich verliebt. Ich habe Fotos von dir gemacht, sie vergrößert und im Bett neben mir auf das Kopfkissen gelegt, so dass du immer bei mir warst. Wenn ich nachts dein Gesicht gestreichelt habe, dann hast du mir zugeflüstert, wie sehr du mich liebst. Und du hast mich Jenny genannt.« Erneut schien sich ihr Blick auf etwas außerhalb der Realität zu richten.

»Dann ist sie ermordet worden. Erst war ich so verzweifelt, dass ich nicht mehr leben wollte, aber dann habe ich meine Chance erkannt. Das war mein Moment, Max. Ich musste mich nicht mehr in die zweite Reihe stellen, nein, ich konnte jetzt Jennifers Platz einnehmen. Bei dir. Ich musste es nur schaffen, dass du erkennst, dass ich so bin wie sie.«

Hinter Dominique stöhnte Jana auf. Hatte sie verstanden, was diese Irre sagte?

Dominique wandte sich wütend um und wollte aufstehen, doch Max sagte schnell: »Wie ging es weiter? Erzähl mir, was danach passiert ist. Warum bist du mir nie aufgefallen?«

»Das ist eine sehr gute Frage, Max«, erwiderte sie und entspannte sich wieder. »Weißt du, wie oft ich seitdem in deiner Nähe war? Ich habe in Restaurants am Tisch neben dir gesessen oder im Café hinter dir gestanden. Manchmal war ich dir so nahe, dass ich deine Haut riechen konnte. Ich habe vor deinem Haus gestanden, wenn du beim Joggen warst, ich habe an verschiedenen Stellen deiner Laufstrecke auf dich gewartet. Und kein einziges Mal hast du mich auch nur eines Blickes gewürdigt. Ich habe dich sogar angesprochen, vor etwas über zwei Jahren, und dich gefragt, ob du mir sagen kannst, wie ich zum Rheinufer komme. Da hast du mich zum ersten Mal angesehen. Ich weiß, dass du dich in diesem Moment in mich verliebt hast, ich habe es an deinen Augen gesehen, aber du hast es selbst nicht gemerkt, weil du einfach nicht erkannt hast, dass ich wie Jennifer bin.

Da wusste ich, ich muss etwas tun. Ich musste mich so verändern, dass du es siehst. Aber nicht nur das. Ich musste dafür sorgen, dass du frei bist von allem, was unsere Liebe hätte stören können. Und dann entwickelte ich einen Plan. Du kannst dir nicht vorstellen, wie aufwendig das war, aber egal, ich tat es für dich. Für unsere Liebe.«

Sie unterbrach sich und betrachtete ihre Fingernägel. »Ist das nicht witzig? Es gab einen Film mit Jennifer, einen Krimi, da hat am Ende der Täter ihr, seinem Opfer, auch genau erzählt, was er alles angestellt hatte. Ich habe damals noch gedacht, wie blöd ich das finde und dass das kein Täter tun würde. Und jetzt sitze ich hier vor dir und erzähle dir alles, bevor …« Sie schüttelte den Kopf. »Es ist mir wichtig, dass du das alles weißt, damit dir klarwird, wie leichtfertig du ein traumhaft schönes Leben mit mir weggeworfen hast wegen der da.« Ein erneuter Blick über die Schulter zu Jana, dann sprach sie weiter.

»Um meinen Plan in die Tat umzusetzen, brauchte ich viel Geduld. Vor allem aber auch zwei Männer, die mir dabei helfen würden, dass es funktioniert. Einen, der leicht zu manipulieren ist. Und einen, der schnell die Beherrschung verliert und als vermeintlicher Täter herhalten konnte. Der Erste, Feldmann, war schnell gefunden: Ich hatte dir gesagt, ich hätte ihn auf Station nie gesehen. Das stimmt nicht ganz. Bevor er stationär bei uns aufgenommen wurde, war Feldmann einige Male in ambulanter Behandlung bei meiner Chefin. Ich habe mir seine Akte angeschaut und geahnt, dass er der Richtige für mich ist.

Psychotisch, leicht beeinflussbar und allein. Er hat jahrelang keine Frau mehr gehabt.« Dominique stieß ein kurzes Lachen aus. »Es war so einfach. Ich habe ihm meinen Körper versprochen, dafür hat er alles für mich getan.

Erst hauste er in einem kleinen Zimmer, das ihm jemand vom Sozialdienst der Station besorgt hatte. Als ich ein paar Monate später von meinem Vermieter hörte, dass die Wohnung über mir frei wird, habe ich für Feldmann gebürgt, und er hat sie bekommen. So hatte ich einen meiner Helfer jederzeit in greifbarer Nähe.

Nun brauchte ich noch den Zweiten, der, der als Täter in Frage kommen konnte. Mir war klar, dass ich dafür sorgen musste, dass du nicht weiter von anderen Leuten abgelenkt wirst, und dafür brauchte ich einen Sündenbock. Sebastian Kernbach. Ein introvertierter Eigenbrötler, den ich ausgerechnet über deinen geliebten Professor Bormann gefunden habe.« Sie stieß ein hysterisches Kichern aus. »Nachdem ich dir ein paarmal zu Bormann gefolgt war, ist mir Sebastian aufgefallen, der bei Bormann in Therapie zu sein schien. Er hatte einen festen Rhythmus. Immer am ersten Dienstag im Monat, stets um vierzehn Uhr. Das war vor fast einem Jahr. Sebastian und ich sind uns *zufällig* begegnet, nachdem ich ihm von Bormann aus gefolgt bin. Wir waren zusammen einen Kaffee trinken und haben uns danach regelmäßig getroffen. Dabei habe ich festgestellt, dass das Schicksal es wirklich gut mit mir meint. Es hat mir genau den Richtigen geschickt. Ein weiteres Zeichen dafür, dass du und ich zusammengehören. Recht bald hat Sebastian mir gestanden, dass er bei Bormann eine Aggressionsbewältigungstherapie machte. Machen musste. Weil er einen Mann krankenhausreif geschlagen hatte. Wir haben uns dann schnell ineinander verliebt. Das dachte er zumindest.« Erneut kicherte sie auf eine Art, die Max einen Schauer über den Rücken trieb.

»Der gute Feldmann war alles andere als begeistert, als Sebastian plötzlich bei mir auftauchte. Er hat sogar in einem kurzen Anflug von Männlichkeit versucht, mich zur Rede zu stellen. Ein netter Versuch, der damit endete, dass er weinend vor mir auf den Knien lag, als ich ihm sagte, er habe die Wahl, entweder zu akzeptieren, dass ich mit ihm *und* Sebastian zusammen bin, oder zu verschwinden. Damit war das Thema erledigt.«

Ein diabolisches Grinsen legte sich über ihr Gesicht. »Mit Sebastian lief alles so, wie es sollte. Und ich wusste, er würde entsprechend reagieren und handgreiflich werden, wenn es an der Zeit war.«

Sie atmete tief durch und zuckte mit den Schultern. »Es hat funktioniert. Bei Bormanns Beerdigung hast du mich endlich so gesehen, wie du mich sehen solltest, und ich wusste in dem Moment, in dem du mich angesprochen hast, dass ich mein Ziel erreicht hatte. Du, der Mann, der sich in Jennifer verliebt hatte, hast dich in *mich* verliebt. Wie du mich angesehen hast, wie du danach mit mir gesprochen hast … du hast mich zur glücklichsten Frau gemacht. Aber da war noch Jana.« Dominique drehte sich zu Jana um und betrachtete sie verächtlich, bevor sie fortfuhr: »Sie hat dich davon abgehalten, dich deinen Gefühlen für mich hinzugeben. Sie war im Weg, wie ich das bereits befürchtet hatte, als ich euch zusammen gesehen habe. Die Zeit für meinen finalen Plan war reif. Begreifst du langsam, wie groß das alles ist, was du weggeworfen hast, Max?«

»Ich beginne, es zu ahnen«, sagte Max und erschrak darüber, wie rau seine Stimme klang. Er hatte es mit einem Ausmaß an Wahnsinn zu tun, wie er es noch nie zuvor erlebt hatte.

»Das bezweifle ich. Aber bald wirst du es begreifen, ganz sicher. Es wurde Zeit, mit meinen Schachfiguren die ersten Züge zu machen. Ich erzählte Sebastian, ich bräuchte seine Hilfe, um Professor Bormann eine Lektion zu erteilen, weil er durch seine Unfähigkeit als Psychologe meiner Familie geschadet habe. Ich habe ihm gesagt, was er dem Alten erzählen soll, und Sebastian, der Einfallspinsel, hat ihm meine Geschichte aufgetischt. Dass er eine Rechnung mit dir offen hat usw. Aber das weißt du ja schon. Bormann hielt es für den großen Durchbruch und dachte wohl tatsächlich, dass er nach fast einem Jahr endlich den Auslöser für Sebastians Aggressionsproblem erkannt hatte.«

Max musste sich konzentrieren, um Dominique folgen zu können.

»Und Feldmann hat derweil nach meinen Vorgaben das schöne Notizbuch angefertigt, das ich in Sebastians Wohnung deponiert habe. Den Liebesbrief von J. habe ich auf dem Computer vorgeschrieben und von einer Obdachlosen für zehn Euro abschreiben lassen. Und die speziellen Fotos von mir … da musste reichlich Schminke her, und um einen Schlag, den ich mir selbst auf die Lippen verpasst habe, kam ich auch nicht herum. Aber was soll ich sagen, es hat sogar Spaß gemacht.«

Sie lachte irre auf. »Als wir uns auf der Beerdigung getroffen haben, habe ich Sebastian erzählt, du hättest mich angemacht und belästigt. Als wir dir dann bei deiner Joggingrunde *zufällig* begegnet sind, hat er entsprechend reagiert und dir gedroht. Alles lief perfekt.

Als Nächstes musste ich mich um Jana kümmern. Ich

habe sie mit einem Anruf *von dir* in der Nacht aus dem Haus gelockt.« Erneut stieß sie ein kurzes Lachen aus und schüttelte den Kopf. »Es war so einfach, eine KI-App macht's möglich. Ich habe ihr eins mit einem Baseballschläger übergezogen, aber nicht zu fest, weil ich wissen wollte, was dich an ihr so interessiert. Aber ich konnte nichts finden. Ich habe sie angefasst, an ihr gerochen, mir ihren Körper angeschaut ... sie hat rein gar nichts Besonderes an sich. Also habe ich sie hier sitzen lassen. Ich brauchte nichts weiter zu tun, der Durst und der Hunger würden den Rest erledigen.

Und dann kam mein größtes Opfer für dich, Max. Ich habe Sebastian so lange gereizt, bis er zugeschlagen hat, und dann habe ich ihn ausgelacht. Ich habe ihn so wütend gemacht, dass er völlig ausgeflippt ist. Das Ergebnis von *seiner Prügelorgie* hast du ja gesehen.« Sie warf einen kurzen Blick auf Kernbachs Leiche. »Feldmann hat sich dann um Sebastian gekümmert, nachdem er mich gesehen hat und ich ihm erzählt habe, dass Sebastian mich misshandelt hat. Er war so wütend, der dumme Irre ... sie haben perfekt funktioniert, meine beiden Schachfiguren.

Deinen Freund Böhmer habe ich übrigens auf die gleiche Weise wie Jana zu mir gelockt, falls du dich das fragen solltest. Und eigentlich wollte ich ihn sofort erledigen. Leider habe ich offensichtlich nicht fest genug zugeschlagen. Ein Fehler, den ich bei Feldmann nicht wiederholt habe, nachdem er mir gestern bei meinem kleinen Schauspiel mit dir geholfen und Sebastian gespielt hat, der mich angeblich umbringen wollte. *Heute Nacht wirst du verre-*

cken«, äffte sie mit heiserer Stimme nach und lachte dann irre. »Und du bist natürlich darauf hereingefallen. Ich habe Feldmann dann mit einer Spritze betäubt – du kennst die Wirkung –, und als du und die Polizei endlich verschwunden wart, habe ich ihn mit einer Sackkarre in diesen Raum geschafft und mit dem Hammer den Rest erledigt. Übrigens, du hast es sicher längst erraten: Deine Flucht war natürlich von mir gewollt. Nachdem du Zeuge geworden bist, wie *Kernbach* alias Feldmann gedroht hat, mich umzubringen, hatte diese kleine Scharade ihren Zweck erfüllt.«

Max' Kopf war wie leergefegt. Wie konnte es sein, dass er nicht gemerkt hatte, wie hochgradig geisteskrank diese Frau war? Wie hatte sie es geschafft, ihm gegenüber so normal zu wirken?

»Na, Max, was sagst du? Hättest du gedacht, dass jemals eine Frau so viel für dich tun würde?«

»Nein, niemals.«

»Siehst du. Und du? Du missachtest mich und erzählst mir, du liebst diese blasse Qualle hinter mir.«

51

»Wir müssen in Ruhe über all das reden, Dominique.«

Sie stand auf und schüttelte den Kopf. »Zu spät. Ich habe dir meine Liebe gestanden und alles so vorbereitet, dass du nur noch hättest zugreifen müssen, aber du wolltest stattdessen für immer mit deiner Jana zusammen sein. Und glaub mir, das wirst du. Diesen Wunsch werde ich dir nämlich jetzt erfüllen.«

Dominique wandte sich ab und verschwand hinter Max. Als sie kurz darauf wieder auftauchte, hatte sie einen Hammer in der Hand. Max sah, dass das stumpfe Ende blutverschmiert war. Sein Verstand arbeitete fieberhaft, aber es wollte ihm nichts einfallen, und ihm war klar, dass er nicht auf Rettung von außen hoffen durfte. Kein Mensch konnte ahnen, wo sie sich aufhielten.

»Dominique, bitte, wir finden eine Lösung, ganz sicher. Vielleicht wäre es eine Idee, wenn wir alle drei befreundet sind und alles zusammen unternehmen? Ich bin sicher, Jana würde das verstehen. Sie weiß, wie viel mir Jenny bedeutet hat, und sieht, wie ähnlich du ihr bist. Dass du genau wie sie bist.«

Dominique schien nachzudenken, und fast schöpfte er ein wenig Hoffnung, doch dann wandte sie sich um und ging zu Jana hinüber. »Darauf falle ich nicht herein. Du hast mir klar gesagt, dass du mich nie lieben wirst. Alles, was ich wollte, war, wie Jennifer zu sein und deine Liebe zu bekommen. Aber jetzt ist es zu spät.«

Sie stellte sich hinter Jana und wog den Hammer in der Hand. »Möchtest du deinem geliebten Vögelchen noch etwas sagen?«

In diesem Moment, in dem Janas Tod fast unausweichlich war, geschah etwas in Max. Es war wie ein Schalter, der sich in seinem Kopf umlegte. Vielleicht lag es an der absoluten Ausweglosigkeit der Situation, dass seine Gedanken mit einem Mal glasklar waren und sein Verstand auf Hochtouren lief. Er musste Dominique sofort von Jana weglotsen.

»Nein, ich möchte *dir* noch etwas sagen.«

»Aha. Und was?«

»Da du Wert darauf legst, mir die ganze Wahrheit zu sagen, möchte ich ebenfalls ehrlich zu dir sein.«

Mit hochgezogenen Brauen wandte Dominique sich ein wenig von Jana ab, was Max als ersten kleinen Erfolg verbuchte. »Ach ja? Ich denke, ich weiß schon alles.«

Max schüttelte den Kopf. »Ganz sicher nicht. Ich möchte aber, dass du weißt, dass ich von dem Moment an, als ich dich auf Professor Bormanns Beerdigung gesehen habe, Mitleid mit dir hatte. Ich habe sofort erkannt, dass du eine billige Kopie von Jenny bist. Es hat mich einfach nur interessiert, was in deinem kranken Kopf vor sich gegangen ist, als du versucht hast, so wie sie auszusehen. Nur deshalb bin ich mit dir in dieses Café gegangen. Hast du ein Ahnung, wie lächerlich du als Jennifer Sommer für Arme aussiehst? Du kannst deine Haare färben und sie nachahmen, so lange du willst, du hast nicht den kleinsten Funken ihrer Persönlichkeit, und genau das ist es, was mich von dir abgeschreckt hat. Jenny war voller Liebe und Zärtlichkeit, sie war gütig und liebte das Leben und die Menschen. Und jetzt schau dich an. Du stehst da mit einem Hammer in der Hand, mit dem du uns umbringen willst, und triefst vor Selbstmitleid und Hass. Du bist so durch und durch armselig …«

Dominique starrte Max ungläubig an, sekundenlang, dann verzerrte sich ihr Gesicht zu einer Fratze. Mit einem unartikulierten Schrei machte sie zwei große Schritte auf ihn zu. Der Hammer fiel polternd zu Boden, dann schlug sie Max mit voller Wucht ins Gesicht. Der Schlag ließ seine Lippen aufplatzen, metallisch schmeckendes Blut lief ihm in den Mund, dann war ihr Gesicht wenige Zentimeter vor seinem.

»Ich bin Jenny«, schrie sie ihm mit hochrotem Kopf entgegen. »Du hast Jenny von dir gestoßen wegen diesem Flittchen da. Und dafür wirst du jetzt verrecken.«

Sie bückte sich nach dem Hammer und bekam ihn zu fassen. Als sie sich wieder aufrichtete, erschrak Max bei ihrem Anblick. Fast war es, als sei alles Menschliche aus ihrem Gesicht verschwunden.

Langsam, wie in Zeitlupe, hob Dominique den Hammer an, und noch während Max daran dachte, dass er zumindest vor Jana sterben würde, flog plötzlich die Tür auf, und Chaos brach aus.

Max sah dunkle Gestalten und hörte Schreie, sein Blick richtete sich sofort wieder auf Dominique, die noch immer mit erhobenem Arm vor ihm stand, aber so überrascht war, das sie regelrecht erstarrte. Dann fielen mehrere Schüsse.

Ein Ruck ging durch Dominiques Körper, der Hammer entglitt ihren Händen und fiel hinter ihr zu Boden.

Max starrte wie gebannt auf die Szene, während Dominique in sich zusammensackte und reglos auf dem Boden liegen blieb.

Jemand war neben ihm, es wurde an seinen Fesseln gezerrt, dann waren seine Hände frei.

Als wären sie Wesen von einer anderen Welt, starrte Max die Beamten des SEK an, die in voller Montur und maskiert den Raum sicherten. »Geht es Ihnen gut?«, fragte einer von ihnen, aber Max hatte nur Augen für Jana, die in diesem Moment behutsam auf den Boden gelegt wurde. Er wollte aufstehen, doch seine Beine versagten ihm den Dienst, und er sackte in sich zusammen. Gestützt von kräftigen Armen, kam er wieder hoch, ging zu Jana und kniete sich neben sie. Sie hatte die Augen geschlossen, aber ihr Brustkorb hob und senkte sich. Jemand legte eine Decke über ihren nackten Oberkörper.

»Jana«, sagte Max, beugte sich vor und küsste sie auf die Stirn und die aufgeplatzten Lippen. »Jana!« Er streichelte ihr übers Gesicht, wieder und wieder.

»Sie wird gleich versorgt«, erklärte eine Frau hinter Max. Keskin.

Er erhob sich mühsam und sagte: »Woher wussten Sie, wo wir sind?«

»Das war Ihr Freund, der …«

»Max!«, rief Marvin von der Tür aus und trat zu ihm. Nach einem kurzen Rundumblick sagte er: »Puh, ein bestialischer Gestank, aber wie es aussieht, sind wir ja noch rechtzeitig gekommen.«

»Woher wusstest du, wo wir sind?«

Grinsend griff Marvin in Max' Jacke, zog ein kleines schwarzes Kästchen aus der Innentasche und hielt es Max vor die Nase. »GPS-Tracker. Habe ich in einem Tierbedarfsgeschäft gekauft, nachdem du mir bei deinem letzten Alleingang gestern abhandengekommen bist. Wie sich gezeigt hat, eine weise Entscheidung. Ich habe ihn in deine Tasche gesteckt, als ich dir deine Jacke gegeben habe. Bevor du Dominique aus dem Krankenhaus abgeholt hast, du erinnerst dich?«

Max starrte abwechselnd auf Marvin und den Tracker, bis er sich in Marvins Arme fallen ließ.

»Danke, mein Freund. Du hast uns das Leben gerettet.«

»Erinnere dich daran, wenn ich dir einen Vorschlag mache, sobald ihr wieder halbwegs auf den Beinen seid.«

»Was immer es auch ist, ich werde mich daran erinnern«, versprach Max, dann wurde ihm schwindlig.

52

Max saß an Janas Bett und hielt ihre Hand, als die Tür aufging und der behandelnde Arzt hereinkam.

Max wollte aufstehen und das Zimmer verlassen, doch Jana hielt seine Hand fest und sagte mit dünner Stimme: »Bleib bitte.«

»Frau Brosius, Sie sind natürlich stark dehydriert und haben einen Mangel an so ziemlich jedem wichtigen Nährstoff«, erklärte der Mediziner. »Aber das ist nichts, was nicht zu beheben wäre. Ich denke, in ein paar Tagen haben wir Sie so weit wieder aufgepäppelt, dass Sie die Station verlassen können.«

»Danke!«, erwiderte Jana, woraufhin der Arzt ihr ein Lächeln schenkte und das Zimmer verließ.

Jana schüttelte vorsichtig den Kopf. »Ich kann das, was passiert ist, noch immer nicht glauben.«

»Das ist auch schwer zu glauben. Dominique war hochgradig gestört, und das ist verrückterweise nie jemandem aufgefallen. Auch mir nicht. Lass mich mal sehen, ob ich zusammenbekomme, was Marvin dazu gesagt hat: Wenn in der Zeit der persönlichen Entfaltung traumatische Erfahrungen gemacht werden, kann die natürliche Ich-Entwicklung extrem gestört werden und die Hauptursache für spätere Neurosen bzw. Psychosen bilden. Dazu zählt auch die krankhafte Identifikation mit jemand anderem.«

»Das klingt sehr nach Marvin«, erwiderte Jana lächelnd. »Aber was genau meint er damit? Hat er dir das erklärt?«

»Er meint die Zeit, in der sich unser Selbstwertgefühl entwickelt, das beginnt im Kindesalter. Marvin vermutet, dass irgendjemand in dieser Zeit bei Dominique massiv eingegriffen und dafür gesorgt hat, dass sie sich selbst für durchweg schlecht oder wertlos hält. Vielleicht ein Elternteil.«

»Das ist schlimm. Wie geht es ihr überhaupt? Wird sie durchkommen?«

Max zuckte mit den Schultern. »Wahrscheinlich schon. Es war ein glatter Durchschuss, der sie gestoppt hat. Sie wird sich für zwei Morde und zwei Mordversuche verantworten müssen und wohl nie wieder auf freien Fuß kommen.«

»Was wohl auch besser …« Weiter kam Jana nicht, denn Max' Handy klingelte. Er wollte das Gespräch schon wegdrücken, doch dann sah er, dass es Böhmer war, und nahm es an.

»Es gibt Neuigkeiten«, polterte sein Expartner in gewohnter Manier los. »Welche möchtest du zuerst hören, die guten oder die schlechten?«

»Die guten, bitte.«

»Kriminalrätin Eslem Keskin wird zum Jahresende von ihrem Posten als Leiterin des KK11 zurücktreten.«

»Wow!«, entfuhr es Max. Gleichzeitig verspürte er eine gewisse Erleichterung, denn jetzt musste er sich nicht mehr den Kopf darüber zerbrechen, was er wegen der Sache mit Bormann unternehmen sollte.

»Das sind zwar noch ein paar Monate, aber immerhin. Dann bin ich mal gespannt, wer folgt.«

»Das ist die schlechte Nachricht«, erklärte Böhmer.

»Erzähl.«

»Man hat mir mit meinem Loch im Schädel zwei Optionen geboten: den frühzeitigen Ruhestand oder einen Schreibtischjob.«

»Soll das etwa heißen …«

»Ich habe mich für den Schreibtischjob als KK-Leiter entschieden.«

»Meinen herzlichen Glückwunsch, Horst. Wenn das einer verdient hat, dann du.«

»Das werden wir noch sehen. Eine meiner ersten Amtshandlungen wird wohl sein, dass ich Bandel zu uns rüberziehe.«

»Möchte er das denn?«

»Jetzt, wo Keskin weg ist, auf jeden Fall.«

»Ich freue mich sehr für dich.«

»Danke. Und jetzt sieh zu, dass du deine privaten Verhältnisse endlich klärst.«

»Das mache ich«, versprach Max und legte auf.

Er erzählte Jana von den Neuigkeiten. »Und jetzt soll ich meine privaten Verhältnisse klären, hat mir dein neuer Chef nahegelegt.«

»Und, was meint er damit?«

»Ich zeige es dir«, sagte Max sanft, dann beugte er sich vor und küsste Jana behutsam auf den Mund.

Als sie sich nach einer Weile wieder voneinander lösten, sagte Jana grinsend: »Ich denke, das wäre damit geklärt.«

Als Max das Zimmer verließ, entdeckte er Marvin, der im Flur wartete. Neben sich auf dem Besucherstuhl lag ein Strauß Blumen.

»Warum bist du nicht reingekommen?«, fragte Max.

»Ich dachte, ihr habt vielleicht ein paar Dinge zu besprechen, bei denen ich nicht stören wollte.«

»Das war sehr rücksichtsvoll von dir.«

Marvin nahm den Strauß in die Hand und erhob sich. Als er die Hand schon auf der Türklinke liegen hatte, wandte er sich noch mal an Max. »Du erinnerst dich, dass ich dir gesagt habe, ich hätte einen Vorschlag?«

»Allerdings.«

»Möchtest du ihn hören? Dann hast du anschließend Zeit, darüber nachzudenken.«

»Unbedingt.«

»Ich will mit dir zusammen eine Firma für Privatermittlungen gründen. Ich finde, wir sind ein sehr gutes Team.«

Max konnte nicht anders als zu grinsen. »Wenn du es nicht vorgeschlagen hättest, dann hätte ich es getan.«

»Ist das ein Ja?«

Max nickte. »Aber so was von.«

»Phantastisch«, sagte Marvin sichtlich begeistert. »Ich muss zuvor noch einige berufliche Dinge regeln, aber in ein paar Monaten könnten wir loslegen.«

Max dachte daran, was Böhmer ihm über den Zeitpunkt von Keskins Ausstieg beim KK11 gesagt hatte. Zum Jahresende. Ein guter Zeitpunkt für einen Neuanfang. »Das passt.« Max legte Marvin die Hand auf die Schulter. »Ich freue mich.«

Damit wandte er sich um und ging beschwingt über den Flur.

So knapp es auch gewesen war, schien es doch, als ob sich in seinem Leben ein paar entscheidende Dinge zum Guten wendeten.

Er dachte an Jenny, und es tat nicht mehr weh.

EPILOG

EINE WOCHE SPÄTER

Max kam gerade von der Uni zurück, wo er mit dem Dekan ein längeres Gespräch bezüglich seines Auflösungsvertrages zum Jahresende geführt hatte. Sie hatten sich darauf geeinigt, dass Max anschließend als Gastdozent zur Verfügung stehen würde, sich ansonsten aber seiner Tätigkeit als Mitinhaber der neu gegründeten Firma WaBi Investigations – eine Idee von Marvin – widmen würde.

Als er abbog, um auf seinen Parkplatz zu fahren, sah er den Wagen, der direkt vor dem Haus an der Straße geparkt war, und glaubte, die Person hinter dem Steuer zu erkennen.

Er stieg aus und ging auf den hinteren Eingang zu, als Eslem Keskin ihm entgegenkam.

»Hallo, Herr Bischoff«, sagte sie und blieb vor ihm stehen.

Max hob verwundert die Brauen. »Haben Sie hier auf mich gewartet?«

»Ja, aber ich wäre innerhalb der nächsten zehn Minuten gefahren, wenn Sie nicht aufgetaucht wären. So wichtig sind Sie auch wieder nicht.«

»Okay. Sie scheinen sich nicht geändert haben.«

Sie lächelte. »Niemand kann aus seiner Haut. Aber das

heißt nicht, dass man nicht zu seinen Fehlern steht und zugibt, wenn man jemandem Unrecht getan hat.«

Max steckte die Hände in die Hosentaschen und sagte: »Ich bin gespannt, worauf diese Unterhaltung hinausläuft.«

»Wenn Sie eine Entschuldigung erwarten, muss ich Sie enttäuschen. Ich wollte einfach eine Informationslücke schließen, bevor ich mich verabschiede.«

»Wo geht es denn hin?«

»Ich habe ab Januar eine Stelle in der Jugendarbeit zum Thema Suchtprävention angenommen. Das heißt, ich werde viel in Schulen unterwegs sein und nichts mehr mit Morden zu tun haben. Oder mit Privatermittlern.«

»Vielleicht eine gute Entscheidung.«

Eine Weile sahen sie sich in die Augen, dann sagte Keskin: »Sie haben sich sicher schon oft gefragt, in welcher Beziehung ich zu Bernd Menkhoff gestanden habe.«

Max wiegte den Kopf hin und her. »Nicht oft, aber ich habe schon mal darüber nachgedacht.«

»Als das mit Ihnen passiert ist, waren wir seit etwa einem Jahr ein Paar. Wir haben uns nicht häufig gesehen, aber wir haben uns wirklich geliebt.«

Damit hatte Max nicht gerechnet. Dass sie mehr für Menkhoff empfunden hatte als Freundschaft, hatte er vermutet, aber das …

»Das erklärt manche Reaktion von Ihnen.«

»Danke.«

»Kein Grund, sich zu bedanken«, wehrte Max ab. »Viele Dinge können damit allerdings nicht erklärt werden, und spätestens als Sie Ihre eigenen Interessen über Ihren Auftrag bei der Polizei gestellt haben, ist das nicht mehr akzeptabel.«

Keskin seufzte. »Wir werden in diesem Leben nie einer Meinung sein, aber das ist jetzt auch nicht mehr relevant. Ich wollte Ihnen einfach noch sagen, dass ich der Meinung bin, dass Sie als Ermittler gar nicht so übel sind. Auch wenn ich manchmal das Gegenteil behauptet habe.«

Max nickte. »Ich danke Ihnen. Sehr schade, dass die Dinge immer erst eskalieren müssen, bevor es zu solch offenen Gesprächen kommt.«

»Offenbar.« Sie reichte ihm die Hand. »Ich wünsche Ihnen alles Gute für die Zukunft. Sie haben einen sehr intelligenten Partner in Ihrer neuen Firma, und mit dem Ersten Kriminalhauptkommissar Böhmer einen Leiter des KK11, der Ihnen wohlgesinnt ist.«

»Wie, Erster Kriminalhauptkommissar? Böhmer ist befördert worden? Davon hat er mir nichts gesagt.«

Ein feines Grinsen umspielte Keskins Lippen. »Er erfährt es erst morgen. Ich habe ihn dafür vorgeschlagen.«

»Alle Achtung. Nun haben Sie es doch noch geschafft, mich zu überraschen.«

Keskin lächelte. »Wer hätte das gedacht, dass ich Sie mal überraschen werde. Aber seien Sie versichert: Bei Ihnen hätte ich das nicht gemacht. Und glauben Sie bloß nicht, dass ich in meinen letzten Monaten beim KK11 Ihnen gegenüber nachsichtiger sein werde.«

Damit wandte sie sich ab, setzte sich hinters Steuer ihres Wagens und war Sekunden später verschwunden.

WICHTIGES UPDATE

Der neue große Thriller von **Arno Strobel**
erscheint im **Herbst 2024**.

Wenn Sie über den genauen Erscheinungstermin
informiert werden möchten,
dann senden Sie eine E-Mail mit Ihrem Namen an
info@arno-strobel.de.

Sobald es Neuigkeiten gibt,
werden Sie umgehend benachrichtigt.